삼수탑
三つ首塔

MITSUKUBITÔ by Seishi YOKOMIZO

Copyright © 1972 by Ryoichi, YOKOMIZO
First published in Japan in 1972 by Kadokawa Shoten Publishing Co., Ltd.
Korean translation rights arranged with Ryoichi YOKOMIZO
through Japan Foreign-Rights Centre/Shinwon Agency Co.

이 책의 한국어판 저작권은 신원 에이전시를 통한
Japan Foreign-Rights Centre와의 계약으로 한국어판권을 SIGONGSA CO., LTD가 소유합니다.
저작권법에 의하여 한국 내에서 보호를 받는 저작물이므로 무단전재와 무단복제를 금합니다.

삼
三つ首塔
수
탑

요코미조 세이시(橫溝正史) 지음
정명원 옮김

시공사

* 이 작품에는 오늘날 인권보호의 견지에 비추어 부당하거나 부적합하다고 생각되는 어구나 표현이 있습니다만, 작품 발표 당시의 시대적 배경과 문학성에 비춰볼 때 저작권 계승자의 양해를 얻어 일부를 편집부의 책임하에 고치는 걸로 마무리했습니다.
—일본 편집자 백

* 본문 내 모든 주석은 옮긴이가 작성한 것입니다.

차례

서사 7

제1장 슬픈 추억

슬픈 추억 15 / 백 억 엔의 심부름꾼 21 / 더없이 이상한 이야기 28 / 회갑연 밤 33
가사하라 자매 40 / 치자나무 꽃 46 / 우산 그림 51 / 긴다이치 코스케 등장 57
꽃이 지네 64 / 폭풍이 할퀴고 간 자국 69 / 긴다이치 코스케와의 싸움 75

제2장 무서운 군상

무서운 군상 83 / 사타케 일족 90 / 복면의 협박자 96 / 여괴 무리 104 / 순례 110
금과 은 115 / 무서운 엿보기 121 / 사랑과 증오 129 / 환상의 탑 135 / 삼수탑의 유래 141
피로 젖은 손수건 148 / 알리바이 만들기 154 / 놀라운 소식이 도착하다 162

제3장 폭로

폭로 169 / 무너진 알리바이 175 / 잘못된 도망 181 / 초콜릿 깡통 187 / 독살 이중주 193
호랑이 굴을 벗어나 198 / 도피행 205 / 치정의 구렁텅이 211 / 유리코의 고백 218
여도적 오토네 223 / 어둠의 향연 229 / 경찰의 단속 235

제4장 화형

화형 243 / 가오루의 질투 249 / 뒷문의 이리 256 / 아파트에서 나온 남자 262
얼룩진 핏방울 268 / 운명의 전화 273 / 세 사람의 동료 280 / 삼수탑으로 286
어린 시절의 추억 292 / 렌카 공양탑 298 / 호넨 스님 306 / 무서운 모습 311
청동 뱀 317 / 우물 바닥에서 324 / 기쁜 폭로 330 / 악령 336 / 우물 바닥에서 341
동성애 지옥 348 / 구조의 손길 359 / 두 사람의 교수형 집행인 367
두 사람의 행방 373 / 두꺼운 끈 382 / 회복기 390

제5장 삼수탑의 불길 395

대단원 410

작품 해설 420

서사

 나는 마침내 삼수탑(三ㄱ首塔)이 멀찍이 내다보이는 황혼고개에 다다랐다.
 말 그대로 그것은 황혼 무렵의, 게다가 흐린 날의 일이었다. 좁은 분지를 사이에 두고 맞은편 언덕 중턱에 엷은 쥐색 수풀과 숲을 배경으로 우뚝 서 있는 삼층탑을 바라보았을 때, 너무 감격스러운 나머지 고리타분한 말이지만 내게는 삼수탑이 꿈이나 환상으로밖에 생각되지 않았다.
 아, 우리가 이 탑에 다다를 때까지 대관절 며칠이 걸렸던 것일까. 그리고 그동안 몇 사람의 피가 흘렀던 것일까. 생각해 보면 우리는 피바다를 헤엄쳐서 겨우 여기까지 도착한 것이나 마찬가지였다.

하지만 나는 알고 있다. 아니, 본능적으로 느끼는 것이다. 이곳은 아직 종착역이 아니라는 사실을. 삼수탑은 단순히 환승지점에 지나지 않는다는 것을. 삼수탑의 발견을 계기로 무서운 사건은 다시금 계속되지 않을까…….

나는 한동안 넋을 놓은 채 불길한 탑 그림자를 지켜보다가 문득 정신이 들어 옆에 선 남자를 돌아보았다.

그 남자는 남의 눈을 꺼리는 인간이 흔히 그렇듯 헌팅캡을 뒤집어쓰고 높이 세운 외투 깃에 고개를 파묻고 있었다. 하지만 모자 차양 아래로 집어삼킬 듯 격렬하게 삼수탑을 응시하는 시선에서는 나 따위와는 비할 수 없을 만큼 엄청난 집착이 느껴졌다.

나는 무심코 몸을 떨었다.

나는 이 남자가 두렵다. 이 남자는 나쁜 사람이다. 자기 욕망을 채우기 위해서라면 어떤 짓이라도 저지를 사람인 것이다. 어쩌면 지금까지 흐른 사람들의 피도 모두 이 남자가 저지른 소행일지도 모른다.

나는 더할 수 없이 이 남자를 두려워하고 있었다.

어쩌면 나는 이 남자에게 속고 있는지도 몰라. 자신의 욕망을 채우기 위해 나 같은 여자 하나 속이는 것쯤은 식은 죽 먹기인 남자인걸. 실제 이 남자에게 속아 노리개가 된 끝에 쓰레기처럼 버려진 여자를 두세 명 알고 있다.

이 남자에게 있어 나는 저 막대한 재산이 내 품에 굴러 들어올 때까지만 필요한 존재인지도 몰라. 순조롭게 재산이 내 것이 되면 교묘하게 그것을 빼돌리고 나를 버릴지도 모르지.

아니, 아니, 버리는 정도라면 다행이지만 나라는 존재를 이 세상에서 제거해버릴지도 몰라.

아, 무서워. 나는 무섭다, 이 남자가…….

그럼에도 내 몸은 이 남자를 떠날 수가 없었다. 내 몸은, 피부의 감촉은 이 남자의 늠름한 팔의 힘을, 포옹을, 그리고 삼킬 듯 난폭한 입맞춤을 잊을 수 없게 되었다. 그런 여자로 만들어버렸다, 이 남자가.

"당신……."

여전히 눈조차 깜박이지 않고 삼수탑을 응시하는 남자의 팔에 나는 살며시 손을 올렸다.

"드디어 도착했네요."

"음, 드디어 도착했어. 삼수탑에."

그렇게 말하면서 내 쪽을 돌아보는 남자의 눈에는 흉포하기조차 한 욕망과 집착이 어려 있다. 나는 무심코 몸서리를 칠 수밖에 없었다.

"왜 그래, 오토네(音禰). 왜 그렇게 떠는 거지? 춥진 않잖아."
"당신."
"응?"
"삼수탑을 발견했지만 사건은 이걸로 끝나지 않겠죠. 또다시 무슨 일인가 일어나겠죠. 무서운 일이……."
"응, 그럴 가능성이 크지. 네가 그 막대한 유산의 상속인으로 확실히 결정될 때까지는."

유산 따위 아무래도 좋다. 나는 그보다 이 무서운 사건의 소용돌이에서 빠져나오고 싶다. 하지만 이 사건에서 몸을 뺀다는 것은, 다시 말해 이 남자를 떠나는 것을 의미한다. 이 남자가 나를 붙잡고 놔주지 않는 것은 내 배후에 막대한 유산의 환영이 있기 때문일 뿐인걸.

어릴 때부터 나는 예쁜 아이라는 말을 들어왔다. 나이가 차면 절세미인이 될 거라고 다들 입을 모아 칭찬했다. 하지만 나는 이 남자를 알고 있다. 아무리 내가 아름답다 한들 무일푼인 여자라면 상대조차 하지 않을 게 분명하다.

아, 이 남자를 떠나지 않기 위해서는 나는 영원히, 영원히 피바다를 헤엄치지 않으면 안 된다.

갑자기 격렬한 격정의 폭풍우가 내 몸 안을 뒤흔들었다. 나는 늠름한 남자의 팔에 매달려 실성한 사람처럼 호소했다.

"당신, 당신, 날 버리면 안 돼요. 이제부터 무슨 일이 일어나도 날 버리면 싫어! 죽어서도 지옥에 가건 극락에 가건 함께라고 언젠가 맹세한 말을 잊으면 안 돼요. 당신에게 버림받을 바엔 당신 손에 죽는 편이 나아."

"버리지 않아. 버리지 않아. 네가 유산 상속인으로 결정될 때까지 난 절대 널 버리지 않아."

유산 상속인으로 결정될 때까지……? 내 가슴에 다시금 불안과 두려움이 스쳤다. 하지만 그런 감정에 젖어 있을 겨를이 없었다. 남자는 느닷없이 강인한 힘으로 내 몸을 끌어당기더니 내가 남의 눈을 피하기 위해 썼던 선글라스를 벗겨내고 삼킬 듯 격렬하게 내 입술을 빨아들였다.

이렇게 나는 다시금 남자의 늠름한 팔 안에서 몸이 저릿해지는 한때의 무아지경에 빠져갔다.

경관에게 쫓기는 불안한 상황도, 삼수탑에서 기다릴 앞날의 여러 공포도 잊고…….

슬픈 추억

대체 어쩌다 이렇게 된 것일까.

쇼와 30년(1955년), 즉 작년 봄 여대를 막 졸업한 뒤 얌전히 집안일을 거들고 있던 나, 말하자면 신부수업을 하던 평범하고 세상 물정 모르는 아가씨가 남자와 함께 경관들의 눈을 피해 도피행의 스릴을 맛보게 되다니.

나로서도 이 석 달 남짓한 동안 일어난 상황의 격변에는 망연히 자신을 돌아보지 않을 수 없다.

대체 어쩌다 이렇게 된 것일까……. 나는 지금 그것을 회상해보려고 한다. 제법 긴 이야기가 될 것 같지만.

발단은 백부님의 환갑을 축하하던 밤에 일어났다.

백부님의 이름은 우에스기 세이야(上杉誠也)로, 모 사립대학의 문학부장이고 영문학자이다. 나는 이분을 어릴 때부터 백부님이라고 부르며 자랐지만 사실은 진짜 백부가 아니라 돌아가신 내 어머니의 언니, 즉 이모님의 남편이다.

　나의 어머니 세쓰코(節子)는 삼남매 중 둘째로, 맏이인 가즈코(和子) 이모와 결혼한 우에스기 백부님의 소개로 그분의 친구인 미야모토 쇼죠(宮本省三)라는 국문학자와 결혼해 나를 낳았다. 그러므로 미야모토 오토네(宮本音禰)가 내 본명인 것이다.

　하지만 내가 열세 살 되던 해 갑자기 어머니가 돌아가셨다. 폐렴이 악화되었는데 전쟁 중이라 대처가 미흡했던 탓이었다. 그리고 반년도 안 되어 이번에는 아버지마저 돌아가셨다. 어머니를 그리워한 나머지 비탄에 몸을 망쳤기 때문이었다. 그 정도로 아버지는 어머니를 사랑하셨던 것이다.

　이렇게 단숨에 양친을 잃은 나는 다른 형제도 없어서 천애고아가 되고 말았다.

　그것을 딱하게 여겨 거두어주신 분이 우에스기 백부님이었다. 당시에는 가즈코 이모님도 건강하셨지만 두 분 사이에 아이가 없으니 나를 양녀로 삼을까 하는 생각이셔서 나는 친자식처럼 백부님 부부에게 귀여움을 받으며 성장했다. 혹시 이모님이 살아 계셨다면 작년 학교를 졸업함과 동시에 나는 백부님의 양녀로 입적되었을 것이다.

 하지만 그 일이 있기 전 재작년에 이모님이 유방암으로 돌아가셨다. 작년에 들어와서는 갑자기 내 신변에 일대 이변이 일어나서…… 그 이래 지금까지 계속해서 나는 피투성이 지옥의 공포 속을 방황하는 느낌인 것이다.

 하지만 그 이야기는 조금 나중으로 미루고 여기서는 이 이야기에 깊이 관련된 두 인물을 소개하기로 하자.

 내 어머니가 삼남매 중 하나라는 이야기는 앞에서도 했는데, 가장 아래가 남자이고 이름은 사타케 다테히코(佐竹建彦), 이 이야기가 시작된 작년에는 45세였다. 나한테는 외삼촌이다.

 이분은 모 사립대학의 경제학부를 나와 어느 상사회사에 근무했다. 머리도 좋고 수완도 있고 장래가 촉망되었지만 전쟁 중 독신인 채 군대에 끌려가 오랫동안 호되게 고생을 한 탓인지 쇼와 24년(1949년)에 귀환하니 전과는 완전히 다른 인간이 되어 있었다.

 일단 전에 근무했던 상사회사가 귀환해보니 망해버린 통에 직장을 잃은 탓도 있었다. 군대시절 동료와 함께 암거래 브로커 같은 짓을 하며 손을 더럽힌 걸 계기로 완전히 그쪽으로 들어가 버렸다. 게다가 취급 품목이라는 게 모르핀이나 밀수한 시계처럼 위험한 것뿐이라 인간이 변하니 눈매도 변했다.

실제 사람이 달라진다는 말은 이 다테히코 삼촌을 두고 하는 이야기다.

삼촌이 군대에 끌려간 것은 내가 아직 열 살인가 열한 살 무렵으로 부모님도 건재하셨다. 부모님을 제외하고 세상에서 가장 좋아한 사람은 삼촌이었다. 학생 시절 보드 선수였던 터라 몸도 좋고 성격도 활달해서 '오토네, 오토네' 하고 곧잘 부르며 나를 귀여워해주었다.

그런 삼촌이 무절제해져 버린 것을 보았기 때문에라도 나는 전쟁이라는 것을 미워하지 않을 수 없었다. 재작년에 돌아가신 가즈코 이모님도 삼촌을 무척 두려워했고, 또 백부님에게도 면목이 없었는지 친동생임에도 가끔 찾아올 때면 기쁜 얼굴을 하지 않았다.

하지만 그런 걸로 물러날 다테히코 삼촌이 아니었다.

돈이 궁하면 부끄러움도 모르고 백부님에게 염치없이 찾아왔다. 그리고 항상 엄청난 일을 떠벌렸다. 실제 일이 잘될 때는 아주 벌이가 좋았지만 부정하게 얻은 재물은 오래가지 못한다는 말처럼 돈이 있으면 천박한 여자에게 걸려든다든지 꽤 큰 도박판을 벌인다든지 해서 항상 남기지를 못하는 것 같았다.

하지만 이모님이 괴로움에 병이 드실 지경인 데 반해 백부님 쪽에서는 이 무뢰한 삼촌을 딱히 싫어하신 것은 아니었던 모양이다.

"뭐, 조만간 정신 차리겠지. 원래 머리가 좋은 남자니까 말이야. 당신처럼 그렇게 시종일관 나쁘게 말하는 게 아냐."

이렇게 항상 이모님을 질책하고 다테히코 삼촌이 찾아와도 절대 문전박대하는 일이 없었다. 언제고 흔쾌히 만나 삼촌의 과장된 허풍을 싱글벙글하면서 들어주었고 그러다 염치없는 요구를 해도 싫은 표정 하나 없이 돈을 주시는 것이다. 너무나 마음이 넓은 분이라고 나는 항상 마음속으로 감사하지 않을 수 없었다.

이 이야기와 관련 깊은 또 한 인물은 우에스기 백부님의 누님에 해당하는 분이다.

그분은 시나코(品子) 님인데, 대놓고는 말 못 하지만 옛날 신바시(新橋)에서 기생을 하셨던 적이 있었다던가. 즉 우에스기 가문이 몰락하자 스스로 기생이 되어 단 한 명의 형제인 우에스기 백부님을 키웠다는 이야기다. 백부님의 오늘이 있는 것은 다 이분 덕이라 했다. 백부님에게 이분은 누님인 것과 동시에 부모 대신이기도 하고 은인이기도 하였다. 백부님이 이분을 소중히 생각하고 시나코 님 쪽에서도 "세이야 씨, 세이야 씨." 하고 백부님을 귀하게 여기는 걸 보면 옆에서 보기에도 부러울 정도였다.

원래는 시부야(渋谷) 쪽에 집을 지어 다도나 꽃꽂이 선생을 하고, 백부님이 보내시는 생활비로 조용한 노후생활을 보내고 계셨다. 하지만 재작년에 가즈코 이모님이 돌아가시자 백부님의 수발을 들기 위해 시부야의 집을 나와 아자부(麻布)에 있는 우에스기 가문에 들어오셨다.

역시 예전에 신바시에서도 명기라 불리셨던 만큼 정말이지 아름다운 분으로, 여자로서의 몸가짐도 아주 조신하신 분이었다. 연세는 우에스기 백부님보다 여섯 살 위로, 만이 아닌 그냥 나이로 68세이셨지만 아주 정정하셨다. 머리는 새하얗게 셌지만 그 머리칼을 잘라 틀어 올려 뒤로 묶고 항상 다갈색 두루마기를 입고 계신 모습은 자세도 좋고 품격 있는 데다 그야말로 상냥하신 분이었다.

그분은 어릴 때부터 나를 귀여워하셨다. 그런 내가 남자와 둘이서 경찰의 눈을 피해 도피 행각을 벌이고 있다는 사실이 얼마나 한탄스러우실까. 그 생각을 하니 내 가슴은 날카롭게 에이는 것처럼 아프다. 그럼 이제 어쩌다 이렇게 되었는지 슬슬 그 이야기를 해보도록 하자.

백 억 엔의 심부름꾼

작년 10월 3일은 우에스기 백부님의 예순 번째 생신이었다.

그래서 친구, 지기, 제자 분들이 모여 성대한 회갑연을 해드리자고 작년 봄 무렵부터 이따금 얘기가 나왔었다.

우에스기 백부님은 학자로서도 고명한 분으로, 전공인 영문학 분야에도 귀중한 저술을 여러 편 남기셨다. 하지만 결코 서재에만 틀어박혀 계신 분은 아니고 교제의 폭이 무척 넓은 분이셨다. 젊었을 적부터 연극을 좋아하셔서 직접 사극 각본이나 무용 대본을 쓰셨고 그것이 상연된 적도 여러 번 있어서 가부키 배우나 일본 무용 선생들 사이에서도 알려져 있었다. 게다가 정치적인 수완도 있어 후배들이나 제자들의 뒤도 꽤 봐주고 계셨다. 그야말로 그 교제의 범위가 다채롭기 그지없었다.

그 사람들이 진심으로 우에스기 선생님의 환갑을 축하하고자 여름이 끝나갈 무렵부터 착착 준비를 했으니 대관절 얼마나 화려한 모임이 될까 싶어 그날이 오기를 즐거이 기다리고 있었다. 하지만 10월 3일을 2주 앞둔 시점이 되어 갑자기 내 신상에 꿈에도 생각지 못한 대사건이 일어났던 것이다.

잊을 수도 없는 그날은 작년 9월 17일이었다. 피아노 강습에서 돌아오자 집 밖에 고급차가 세워져 있었다. 이미 말했듯 발이 넓은 백부님이신지라 이런 일은 드물지 않았다. 또 손님이 오셨구나 하고 대수롭지 않게 생각하며 현관에서 안으로 들어가자 하녀인 시게야(茂や)가 마중하러 나왔다.

"다녀오셨어요? 저, 아가씨."

"시게야, 무슨 일 있어?"

"네. 돌아오는 대로 응접실로 오시라고 선생님께서 말씀하셨어요."

"어머, 그래? 하지만 손님이 계시잖아?"

"네. 그 손님께서 뭔가 아가씨께 용건이 있으시다고요."

"어떤 분인데?"

"변호사님이 아닐까요? 마루노우치(丸の內)인가 하는 법률사무소 명함을 갖고 계셨어요."

'변호사'라는 말을 듣고 나는 무심코 눈을 크게 떴다. 변호사가 대체 나한테 무슨 용건이 있다는 걸까.

"어떤 분이지? 나이 드신 분이야?"

"네, 선생님보다 조금 젊은 연배셨어요."

"아, 그래."

내가 가려고 하자 "저, 이케부쿠로(池袋) 나리도 같이 계세요." 하고 뒤에서 시게야가 덧붙였다. 이케부쿠로 나리란 사타케 다테히코 삼촌을 말한다. 다테히코 삼촌은 이케부쿠로에 있는 꽤 고급스런 아파트를 근거지로 삼아 방종한 생활을 하고 있었다.

"어머. 그럼 다테히코 삼촌이 그 변호사님을 안내하신 거야?"

"아뇨. 그게 아니고요. 이케부쿠로 나리가 오신 참에 그 변호사님이 오셨어요. 선생님과 말씀 나누시다가 한참 지나서야 어르신과 이케부쿠로 나리를 부르셨어요. 그때 아가씨가 돌아오시면 바로 불러달라고 하셨고요."

나는 파득 가슴이 뛰고 얼굴이 붉어지는 걸 느꼈다. 혹시 혼담이 아닐까.

"아, 그래. 그럼 바로 갈게."

나는 일단 내 방으로 가서 손님에게 실례가 안 될 정도의 복장을 갖추고 응접실 문을 두드렸다.

"누구……? 오토네냐?"

그렇게 물은 것은 우에스기 백부님이었다.

"네, 방금 돌아왔어요. 늦어서 죄송……."

"오토네, 괜찮으니 이쪽으로 들어오렴."

그렇게 말하는 목소리는 어르신이라 불리는 시나코 님이었다. 웬일인지 목소리가 떨리는 것 같아서 나는 문득 가슴이 두근거렸다. 손잡이를 돌리려는 순간 안에서 문을 열어준 것은 다테히코 삼촌이었다.

"오토네, 이쪽으로 와라. 저분이 네 일로 아주 중요한 소식을 가져오셨다. 너, 그렇게 눈을 크게 뜨면 안 되지. 아하하."

삼촌의 목소리에는 왠지 표독스런 울림이 섞여 있었다. 놀라 그 얼굴을 보니 위에서 내려다보는 삼촌의 눈에는 무시무시할 정도의 감정이 용솟음치고 있었다. 물론 그런 표정은 단숨에 사라졌지만.

"오토네, 이쪽으로 오려무나."

머뭇거리는 나에게 저편에서 구명보트를 내밀어주신 것은 우에스기 백부님이다. 그걸 기회로 다테히코 삼촌 곁을 빠져나가 백부님 옆으로 가자 원탁 너머에 줄무늬바지에 검은 도스킨* 웃옷으로 간편하면서도 예장을 갖춘 쉰 전후의 신사가 눈도 깜박이지 않고 내 얼굴을 보면서 서 있었다. 나는 다시금 살짝 얼굴이 붉어졌다. 백부님도 의자에서 일어나셨다.

"이 아이가 방금 말씀드린 사타케 젠키치(佐竹善吉)의 증손녀 미야모토 오토네입니다. 오토네, 이분은 마루노우치에 법률사무소를 갖고 계신 구로카와(黑川) 변호사님이시다. 네 일로 일부러 와주셨단다."

"네."

나는 뭐라 인사해야 할지 몰라 그저 잠자코 고개를 숙였다.

"예쁜 아가씨군요. 자, 앉으세요. 저도 앉겠습니다."

"네."

구로카와 변호사가 앉기를 기다려 나도 백부님 옆에 앉았다. 시나코 님이 맞은편에서 걱정스런 눈으로 나를 바라보셨다. 왠지 긴장된 공기에 나는 몸이 경직되었다.

"구로카와 씨, 당신이 말씀해주시겠습니까. 아니면 제가 얘기할까요?"

"예, 선생님께서 대충 말씀을……."

"아, 그래요. 그럼…… 오토네."

백부님도 살짝 쉰 목소리였다.

---

* doeskin. 사슴 가죽 비슷하게 만든 윤이 나고 두꺼운 예복용 천.

"사타케 젠키치라고, 너한테는 증조할아버지가 되시는 분에 대해 들은 적이 있더냐?"

"네, 성함만요……."

그렇게 대답하기는 했지만 나는 이상해서 견딜 수가 없었다. 아까도 나를 소개할 때 증조부의 이름이 나왔는데, 오래 전에 돌아가신 증조부의 이름이 왜 새삼 필요한 것일까?

"그럼 그 젠키치라는 분에게 겐조(玄蔵)라는 동생이 있다는 건 들은 적 없고?"

나는 놀라 백부님의 얼굴을 올려다보았다.

겐조, 나의 어머니나 가즈코 이모님에게 숙부가 되시는 분의 이름은 이모님이나 어머니에게 있어서 금기인 듯 그분 이야기를 할 때면 두 분은 항상 목소리를 낮추고 소곤거리며 대화하곤 했다.

"들어본 적이 있구나."

"네, 두세 번……. 하지만 어떤 분이신지는 몰라요. 물론 한참 전에 돌아가셨겠지만요."

"아, 그런데 그분이 살아 계시다는구나. 백 세 가까운 연세로 말이다. 게다가 미국에서 성공해서 엄청난 부자가 되셨는데 그 재산을 너한테 물려주겠다고 하신다."

"엔화로 환산하면 백 억에 가까운 재산이란다. 아하하하."

긴 소파에 몸을 뒤로 젖힌 채 기대어 있던 다테히코 삼촌은 최근 살이 찐 배를 크게 흔들며 웃어댔다.

 나는 무슨 말을 들었는지 한참 동안 영문을 몰라 멍한 기분이었다.

더없이 이상한 이야기

"아, 아가씨가 놀라는 것도 무리가 아니지만 이건 결코 터무니없는 얘기는 아닙니다. 미국에서도 신뢰할 만한 법률사무소에서 온 연락이고 조만간 저쪽에서 사람이 오기로 되어 있습니다."

나중에 알게 된 사실이지만 이 구로카와 법률사무소란 특허와 관련하여 외국 변호사를 상대로 한 교섭을 전문으로 하는 아주 고급 법률사무소였다.

나는 뭐가 뭔지 모른 채 갑자기 두려움이 몸에 스며드는 것을 느꼈다.

백 억 엔의 유산 상속인? 내가……? 나는 처음으로 다테히코 삼촌이 낸 표독스런 웃음소리의 의미를 알 법한 기분이 들었다.

"저, 너무 갑작스러워서 사정을 잘 모르겠지만, 그 겐조란 분이 살아 계신다면 어째서 지금까지 이쪽에 소식이 없었나요?"

"아, 그 사정은 저희도 자세히 모르지만 뭔가 그분께는 부득이한 사정이 있어서 본인이 살아 있다는 사실을 숨기고 계셨던 건 아닐까요? 실제 최근까지 그분은 진화경(陳和敬)이라는 이름의 중국인으로 통하고 있었던 모양이니까요."

"뭔가 뒤가 구린 일이 있어서 일본을 탈주한 게 아닐까. 오토네, 넌 그런 얘기 못 들었냐?"

아, 그 얘기구나. 그 사람이 겐조란 분인지는 모르지만 사타케 가문의 친척 중에 살인 혐의를 받고 행방을 감춘 사람이 있다고 했다. 바로 그것이 이모님이나 우리 어머니의 고민의 근원이었다. 다테히코 삼촌도 그 사실을 알고 있을 터인데…….

"그런데 그분은 왜 저한테 재산을 물려주시려는 건가요? 존속관계로 따지면 여기 계신 사타케 숙부님 쪽이 저보다 그분과 가깝지 않나요?"

"아, 그래서 아가씨, 여기엔 한 가지 조건이 있습니다."

구로카와 변호사는 눈초리에 주름을 잡고 싱글벙글 웃었다.

"아가씨는 혹시 다카토 슌사쿠(高頭俊作)라는 이름을 들어본 적 없나요?"

"아뇨. 어떤 분인가요?"

"글쎄, 그건 잘 모르지만 쇼와 2년(1927년)에 태어났다니 살아 있다면 올해 스물아홉 살, 그냥 나이로 말입니다. 아가씨와 다섯 살 차이인데, 조건이란 이분과 결혼하라는 겁니다."

나는 갑자기 싫은 기분이 들었다. 나도 인간이니 욕망이 없는 건 아니다. 하지만 금액도 어느 정도여야지 백 억이라는 엄청난 숫자를 들고 나와 그런 조건을 붙이면 마치 인격을 무시당하는 것 같아서 좋은 기분이 들지 않는 게 당연하다.

"방금 선생님은 '살아 있다면'이라고 하셨는데 그렇다면······."

"그렇습니다, 아가씨. 현재로서는 아직 거처를 모릅니다. 그래서 제 쪽에서도 조속히 손을 써서 찾을 예정이지만 여기 선생님께서도 비밀탐정이라도 고용해서 찾겠다고 하셨습니다."

"오토네, 그야 어떻게든 찾을 거라고 생각한단다. 신문이나 라디오를 죄다 이용하면 말이다."

"하지만 백부님, 그분이 살아 있다 해도 스물아홉 살이면 벌써 결혼하지 않았을까요?"

"아니, 그에 대해서는 의뢰인, 즉 겐조 씨도 확신을 갖고 계시는 것 같습니다. 그 말은……."

변호사는 큰 갈색 종이봉투에서 한 장의 사진을 꺼내더니 내 쪽으로 밀어 보냈다.

"이게 다카토 슌사쿠 씨가 열한 살 때 찍은 사진이라고 하는데요. 겐조 씨가 귀국해서 직접 촬영한 건지 아니면 남에게 부탁해서 찍은 건지 거기까진 모르겠습니다. 아무튼 슌사쿠 씨와 아가씨에게는 시종일관 관심을 갖고 계셔서 슌사쿠 씨에게는 그 사실을 넌지시 알린 게 아닌가 싶습니다. 결혼과 유산 얘기 말이죠. 보세요, 여기 아가씨 사진도 있습니다."

처음 보여준 것은 머리를 빡빡 깎고 굵은 실로 두껍게 짠 검은 옷을 입은 자못 영리해 보이는 소년의 사진이었다. 솔직히 털어놓겠다. 그 사진을 본 순간 나는 왠지 가슴이 두근거리고 뺨에 핏기가 올라오는 것을 막을 수 없었다.

하지만 그다음에 보여준 나 자신의 사진을 보았을 때 나는 무심코 눈을 크게 뜨지 않을 수 없었다. 그것은 분명히 유치원 시절의 나였지만 지금까지 한 번도 그런 사진을 본 적은 없다. 분명 몰래 찍은 사진이었다.

"이렇게 겐조 씨란 분은 두 분이 어릴 때부터 자라면 부부로 맺어주고 재산을 물려받게 하겠다고 결심하고 계셨죠."

"만약 제가 그분과 결혼하는 것을 거부한다면요……?"

"그때는."

구로카와 변호사는 한마디 한마디에 힘을 실어 말했다.

"백 억이라는 재산은 아가씨 손에서 떠나 다른 사람에게 가기로 되어 있는 모양입니다. 그런 자세한 부분까지는 이쪽도 아직 모릅니다. 그럼에도 불구하고 제가 오늘 이렇게 찾아뵌 것은 아가씨도 결혼할 나이이고, 한편으로는 학교도 졸업했으니 따로 혼담이 정해져서 후회할 일이 생기지 않을까 싶어 일단 주의를 드리려고 했던 겁니다. 당분간 이 일은 절대 타인에게 누설하지 않도록 지금 여러분에게 부탁드립니다."

"아하하, 더없이 이상한 이야기란 이런 거군."

다테히코 삼촌이 다시금 표독스럽게 웃었다.

회갑연 밤

 구로카와 변호사를 통해 갑자기 알게 된 이번 보고가 얼마나 나의 마음을 휘저어놓았는지 새삼 말할 필요도 없다.
 나는 어머니와 마찬가지로 평화롭고 온화한 생활을 하기를 원했다. 백부님이나 시나코 님이 소개해주신 남자와 평범한 결혼을 하고 다소곳한 부인이 되기를 희망하고 있었다.
 그랬는데…… 그랬는데…… 평지풍파와 같은 겐조란 분의 이번 조치. 물론 나는 그 호의에 감사하지 않았던 것은 아니다. 백 억이라는 돈을 원치 않았던 것도 아니다. 아니, 아니, 큰 미련이 있었기 때문에 내 마음은 어지러웠다.
 재산을 주실 거면 차라리 그런 조건을 붙이지 마시지…….

굉장히 염치없는 말이지만 그렇게 생각했다.

하지만 그런 내 마음의 동요와는 상관없이 시간은 점점 지나 마침내 우에스기 백부님의 회갑연 날이 왔다.

나는 지금도 그날 밤의 일을 잊지 못한다. 그것은 백부님에게도 내게도 평생 잊을 수 없는 시간이었으리라. 백부님에게는 일생의 경사로운 무대로서, 그리고 내게는 그 막대한 유산을 둘러싸고 일어난 유혈의 바다에 발을 디딘 저주스런 최초의 밤으로서……

회갑연의 화려함은 여기서 길게 설명하지 않겠다.

모인 손님들은 1천여 명 남짓, 히비야(日比谷)에 있는 넓은 국제호텔 홀을 뒤덮었다. 게다가 그 직업이나 전문 분야가 다방면에 걸쳐 있는 것도 당시의 화제였다. 모임은 오후 4시부터 시작이었다. 회갑연이 시작될 때 학교에서 보낸 붉은 두건에 소매 없는 붉은 웃옷을 입을까 했지만 양복 위에는 어울리지 않겠다 싶어 백부님은 붉은 베레모에 붉은 점퍼를 택하셨다. 무대에서 아름다운 여배우들이 그것을 입혀드리자 백부님의 기분은 행복 그 자체였다.

뒤이어 갖가지 화환 증정, 백부님의 인사, 그리고 선택받은 명사들의 테이블 스피치가 시작되었으나 어차피 각 테이블은 제멋대로였고 홀은 차츰 취기에 흐트러져 모처럼의 테이블 스피치도 들을 수가 없었다.

백부님의 테이블에는 백부님과 시나코 님, 다테히코 삼촌, 그리고 나, 이렇게 네 명 외에 대학총장의 대리인 분도 앉아 계셨다. 모든 사람의 축복을 받고서 시나코 님이 몇 번이나 눈에 손수건을 가져다 대는 것도 당연했다.

이윽고 테이블 스피치가 나름대로 끝나고 무대에서는 여러 사람들이 축하의 뜻으로 마련한 온갖 여흥이 시작되었다. 마침 그 무렵 구로카와 변호사가 오셔서 나는 깜짝 놀랐다.

하지만 구로카와 씨가 오신 것은 지난번 일 때문이 아니라 새롭게 친분이 생긴 백부님에게 잠시 경의를 표하기 위해서였다. 구로카와 씨는 30분 정도 백부님 테이블에 있다 자리를 떠났다. 그때였다. 내가 처음으로 그 불길한 탑의 이름을 들은 것은.

"혹시 아가씨는 삼수탑이란 이름을 들은 적 있습니까?"

"삼수탑이라고요? 어떤 글자를 쓰나요?"

"석 삼(三)에 머리 수(首), 그리고 탑이라고 씁니다."

"어머!"

그 이름을 듣는 순간, 나는 뭐라 말할 수 없는 이상한 전율을 느끼지 않을 수 없었다.

"아뇨. 그런 이름, 지금 처음 듣는데요……."

"구로카와 씨, 그 탑이 뭔가 지난번 일과 관련이라도……."

그렇게 물은 사람은 다테히코 삼촌이다. 삼촌은 테이블에서 테이블로 쏘다니느라 우리 옆에 없었는데 구로카와 변호사의 모습을 보더니 돌아왔다.

"예, 그렇습니다. 아주 중대한 관계가 있는 모양입니다. 대체 그게 어디 있는지, 어떤 식으로 관계가 있는지, 지금으로서는 아직 모르겠습니다. 아니, 이번 건은 다카토 슌사쿠란 인물을 한시라도 빨리 찾아서 아가씨가 그 남자와 결혼하겠다고 동의해주지 않으면 상당히 복잡하고 괴기스런 일이 될 것 같습니다."

거기까지 말하고 변호사는 내 안색을 알아차렸다.

"아, 실례했습니다. 이건 이런 자리에서 꺼낼 얘긴 아니군요. 선생님, 그럼 이만……."

구로카와 변호사가 백부님과 악수하고 떠나는 것과 엇갈려 보이가 명함을 들고 왔다.

"이런 분이 뵙고 싶다고 저쪽에서 기다리시는데요……."

명함이 바로 내 앞에 놓여 있어서 그게 누구인지 나도 알 수 있었다. 이와시타 산고로(岩下三五郎). 그 사람은 백부님이 다카토 슌사쿠란 인물을 찾기 위해 의뢰한 비밀탐정으로 우리 집에도 두세 번 온 적이 있다.

"아, 그래요."

백부님은 그 명함을 감추듯 하면서 천천히 의자에서 일어서더니 보이를 따라 홀로 나갔다. 다테히코 삼촌은 여전히 이 테이블에서 저 테이블로 돌아다니고 있다.

기분 나쁜 아크로바트 댄스가 시작된 것은 그로부터 30분 정도 지나서였다.

그것은 전라에 가까운 차림으로, 육체 구석구석에 반짝반짝 빛나는 금붙이나 천을 두른 두 여자가 마치 연체동물처럼 얽혀 춤을 추는 것이었다. 보는 동안 나는 왠지 메슥메슥해졌다. 두 마리 뱀이 새끼줄처럼 뒤얽혀 있는 모습이 연상되어서였다.

그래서 나는 시나코 님에게 양해를 구하고 테이블에서 일어나 홀을 나왔다. 다행히 자리가 완전히 소란스럽고 테이블마다 대화가 한창인지라 묘하게도 무대를 보는 사람조차 없어서 내 행동을 보는 사람도 없었다. 홀 밖에도 많은 손님이 서서 이야기를 한다든지 돌아갈 채비를 하고 있었다.

나는 아무도 없는 곳에 가고 싶어서 정처 없이 복도를 따라 걸었다. 5분 정도 걸었을까. 나는 묘하게 전등 빛이 어두운 복도에 다다랐다. 그때 갑자기 오른쪽 문이 안에서 열리더니 한 남자가 뛰어나왔다. 내가 놀라 멈춰 서자 상대도 놀란 듯 멈취 서더니 손을 뒤로 하여 문을 닫았다.

그 사람은 서른 전후로, 키가 크고 단단한 체구에 이목구비가 또렷한, 한마디로 남자다운 풍채의 청년이었다. 어딘가 다테히코 삼촌과 비슷한 분위기를 풍겼다. 즉 거친 인상이었다.

아, 인간의 첫인상만큼 정확한 것은 없다. 이것이야말로 저 주스럽고도 그리운 그 남자와의 첫 대면이었다.

남자는 노골적일 만치 무례한 시선으로 외출복 차림의 나를 훑듯이 응시하다가, 이윽고 빙긋 대담한 미소를 짓더니 가볍게 내게 고개를 숙이고 도망치듯 어두운 복도를 걸어갔다. 어쩐 일인지 그때 나는 멍하니 남자의 뒷모습을 응시하고 있었다. 상대가 복도를 돌면서 이쪽을 돌아보고 손을 흔들었을 때 갑자기 뱃속에서 분노가 치밀어 올랐다. 남자의 무례함에 화가 난 게 아니다. 상스러운 나 자신의 행동에 혐오를 느꼈던 것이다.

나는 왔던 길로 되돌아갔다. 홀의 입구에 다다랐을 때였다. 갑자기 안에서 소란한 소리가 들려 무슨 일이 일어났나 싶어 들여다보았다. 그 순간 나는 보았던 것이다.

아크로바트 댄서 한 사람이 무대 중앙에 서 있었다. 그리고 그 배 부분에 또 한 사람의 아크로바트 댄서가 십자가처럼 수평으로 얽혀 있었다. 그녀의 얼굴은 손님 쪽을 향해 있었고 몸은 서 있는 여자의 등을 휘감고 양다리로는 자신의 목을 지지하고 있었다. 그것만으로도 기분 나쁜 모습이었는데 갑자기 그 입술에서 방울방울 피거품이 흘러나왔던 것이다.

아, 이것이야말로 그날 밤 국제호텔에서 행해진 3중 살인사건의 시작이었고 내가 발을 디딘 피바다의 첫 번째 소(沼)였던 것이다.

가사하라 자매

그때 받은 으스스한 인상을 나는 평생 잊을 수 없을 것이다.

두 마리 흰 뱀처럼 뒤얽힌 두 명의 아크로바트 댄서 중 한 명의 입에서 방울방울 선혈이 떨어진다. 피는 그녀의 뺨을 가로질러 자신의 머리를 받친 발목에서 상아처럼 하얗게 화장한 장딴지 쪽으로 몇 줄기 냇물이 되어 흐르고, 거기서 점점이 무대 위로 떨어진다. 게다가 댄서의 전신을 뱀이 꿈틀거리는 것 같은 경련이 여러 차례 꿰뚫고 지나간다.

그럼에도 불구하고 나는 아직 그것도 연기의 일부가 아닌가 생각하고 있었다. 이 그로테스크한 춤에 한층 그로테스크한 취향을 더하기 위해 준비한 연기일 거라고 생각했다:

아니, 나뿐만 아니라 그날 밤의 손님 대부분이 그렇게 생각했음에 틀림없다. 장내가 한순간 징 하는 울림을 숨기고 그 기묘한 장면을 응시하고 있었다는 게 그 증거이다.

하지만 이윽고 뭔가에 속박당했던 것 같은 손님들의 정적이 폭발할 때가 찾아왔다. 파트너의 허리에 수평으로 얽혀 있던 그녀의 육체를 마지막 경련이 전광처럼 꿰뚫는가 싶더니 이내 힘이 다했는지 유충처럼 툭 무대 위에 떨어졌고…… 그리고 또 희미하게 꿈틀거리고 있었다.

무대 중앙에 서서 정면을 보던 댄서는 지금까지 동료의 고통을 몰랐던 모양인지 놀란 듯 무릎을 꿇고 파트너의 몸을 안아 일으켰다. 그 순간 "꺅!" 하고 비명이 울려 퍼졌다.

"누구든 좀 와주세요! 의사 선생님을! 의사 선생님을……"

뒤이은 그 외침이 경사스러워야 할 회갑연장을 소란과 혼란의 소용돌이 속으로 몰아넣었다. 단숨에 열 명 남짓한 사람들이 각자 홀에서 무대로 뛰어들었는데, 그 선두에 선 것은 사타케 다테히코 삼촌이었다. 다테히코 삼촌은 무대에 뛰어들더니 바로 댄서를 안아 일으켰고 다른 사람들이 그들을 둘러싸는 통에 불쌍한 댄서의 모습은 보이지 않았다.

나보다 한 발 앞서 돌아오셨던 우에스기 백부님도 자기 자리를 떠나 이상한 듯 무대 쪽으로 향하셨다. 나는 그 옆으로 달려갔다.

"백부님."

"아아, 오토네, 어디 갔던 거냐?"

"조금 기분이 나빠져서 근방을 어슬렁어슬렁……. 그런데 백부님, 저 사람은 어떻게 된 건가요?"

"글쎄……. 다테히코, 다테히코, 대체 무슨 일이 일어난 건가?"

"아, 매형."

무대 위에 있던 사람들 사이로 얼굴을 내민 다테히코 삼촌의 두 눈에는 번들번들 흉포한 빛이 어려 있다.

"매형, 지금 보신 대롭니다. 이 여자, 피를 토하고 죽어버렸어요."

"피를 토하고 죽어?"

우에스기 백부님도 멈칫하며 눈을 크게 떴다.

"이미 숨이 끊어졌나?"

"예, 우에스기 선생님. 절망적이에요."

무대에서 이쪽을 돌아본 것은 나도 잘 아는 유명한 내과 의사인 이노우에(井上) 박사님이었다.

"그 여자, 병 때문인가? 가슴에 병이 있었다던가……."

"아니에요. 병 아니에요. 미사오(操)가 폐렴이라니……. 아까지 그렇게 팔팔했는데……. 미사오, 정신 차려, 미사오, 정신 차려…….”

사람들 너머로 살아남은 댄서가 비통하게 외치는 소리가 감정의 둑을 터뜨리듯 들려왔다.

```
                    낸시 가사하라
  아크로바트 댄스
                    캐롤린 가사하라
```

무대의 양옆에 매달린 게시판에는 그렇게 나와 있지만 그것은 예명이고, 방금 죽은 댄서의 이름은 미사오인 모양이다.

"선생님, 독살일 가능성이 있습니까? 아니, 확실히 독살이겠죠."

다테히코 삼촌의 목소리는 대드는 투였다.

"글쎄, 그건 해부 결과를 보지 않으면 책임질 만한 답변은 못하겠지만……. 이보게, 자네. 이 여자가 자살할 만한 이유라도 있었나?"

"미사오가 자살하다니 그런, 그런……. 그럼 미사오는 살해당한 거로군요. 누군가가 독을 먹인 거군요!"

"흠, 뭐, 그럴 가능성도 없다고는 못하겠네만 만약 독살이라면 자네에게 뭔가 짚이는 데라도 있나?"

"앗!"

흐느껴 울던 댄서가 반사적으로 소리를 냈다.

"그럼 그놈이군요. 그놈이에요. 그놈이 독을 먹인 거예요."

"가오루(薫), 가오루, 네가 그걸 알아? 미사오에게 독을 먹인 놈을 아냐고?"

다테히코 삼촌의 목소리다. 삼촌은 이 두 사람을 잘 아는 모양이다. 백부님과 나는 무심코 얼굴을 마주 보았다.

"아뇨, 사타케 씨. 전 그 사람이 누군지 몰라요. 하지만 아까 무대에 나오기 전에 미사오가 입을 우물거리기에 뭘 먹느냐고 물었더니 방금 저쪽에서 손님이 초콜릿을 줬다고 했어요. 그러니 분명 그 초콜릿 속에 독이 들어 있었을 거예요."

"가오루, 정신 차려. 네 동생이 죽었다고. 울 때가 아냐. 그래서 미사오가 초콜릿을 준 남자…… 아니, 남잔지 여자인지는 모르지만 어떤 놈인지 말 안 했어?"

"아뇨. 미사오는 그런 말 안 했어요. 그저 손님한테 받았다고만……. 저도 기껏해야 초콜릿이니 자세히 묻지도 않았고요. 사타케 씨, 이건 당신 책임이에요. 당신이 불러서 이렇게 된 거라고요."

아, 그랬던가. 그 아크로바트 댄스는 다테히코 삼촌의 축하

선물이었던가. 정말이지 최근 삼촌의 취미답다고 그때 나는 무심코 생각했지만 지금 와서 보면 다테히코 삼촌이 낸시 가사하라와 캐롤린 가사하라, 즉 가사하라 가오루와 미사오 자매를 그날 밤 부른 데에는 좀 더 큰 의미가 있었다.

"알아, 안다고. 가오루, 네 동생의 원수는 반드시 내가 갚아 주겠어."

삼촌의 말을 들었을 때 나는 왠지 모르게 전율이 등골을 꿰뚫고 지나가는 것을 느꼈다. 설마 그것이 나의 신상과 커다란 관계가 있을 거라는 사실은 알지 못했지만…….

치자나무 꽃

 화려했던 회갑연 자리는 단숨에 비참한 살인현장이 되고 말았다. 손님들은 삼삼오오 각자의 테이블로 돌아가 소곤소곤 귓속말을 주고받고 있었지만 이제 아무도 술잔에 손을 내미는 사람은 없었고 취기가 사라진 얼굴이었다. 불안한 기색이 장내에 넘쳐흘렀다.
 백부님과 내가 원래 있던 자리로 돌아오자 시나코 님이 걱정스런 듯 눈썹을 찌푸리고 자세한 연유를 물으셨다. 그에 대해 백부님이 간략하게 사정을 설명하자 시나코 님은 눈썹을 한층 더 찌푸렸다.
 "어머, 그럼 오늘 밤 손님들 한 분 한 분 경찰에게 취조를 받게 되는 건가요?"

그건 너무 실례라는 시나코 님의 마음 씀씀이였다.

"글쎄요, 그건 어떨지 모르겠습니다. 이미 돌아가신 분들도 계실 테니까요."

"아, 그건 그렇죠. 그럼요, 세이야 씨. 부인들만이라도 자유로이 돌려 보내드리면 어때요? 이건 너무 실례예요."

"하지만 누님, 그 댄서에게 초콜릿을 준 사람이 남잔지 여잔지 모릅니다. 댄서의 언니 되는 사람 말에 의하면 댄서는 단지 손님에게 받았다고만 했을 뿐 상대가 남잔지 여잔지도 얘기 안 했답니다. 그래서 부인들을 돌려 보내드리면 남자 분들 역시 풀어드리지 않으면 안 됩니다."

"어머나. 어쨌든…… 모처럼의 축하연인데 어처구니없는 일이 생겼네요."

시나코 님은 자못 안타까운 기색이었다.

그에 대해 백부님은 아무 대답도 없었으나 물론 마음속으로는 같은 생각이셨을 테고, 나 또한 애석하기 그지없었다. 정신을 차리고 보니 백부님은 어느새 붉은 베레모와 점퍼를 벗고 모닝코트 차림으로 돌아와 계셨다.

근처 마루노우치 경찰서와 경시청에서 담당형사가 일제히 달려온 것은 그로부터 얼마 지나지 않아서의 일이었다.

가사하라 미사오의 시체는 아직 무대 위에 가로놓여 있었다. 경찰 측에서 온 의사가 시체를 조사하는 모습이 내 자리에서 손에 잡힐 듯 보였다. 그 의사 선생님과 이노우에 박사의 의견은 완전히 일치한 듯싶었다. 이어서 찰칵찰칵 사진을 찍고 들것이 와서 시체를 분장실로 옮겼다. 분명 해부를 하려는 것이리라.

그 사이 울부짖는 가사하라 가오루를 위로하는 사람은 다테히코 삼촌이었다. 나는 그것을 보고 왠지 싫은 기분이 들어서 견딜 수 없었다. 가사하라 자매를 오늘 밤 자리에 부른 책임자이니 삼촌이 피해자의 언니를 위로하는 것은 당연한 일일지도 모르지만 왠지 두 사람의 허물없는 태도는 도를 지나친 것처럼 생각되었다.

수백의 눈이 보는 앞에서 저 그로테스크한 아크로바트 댄서와 끌어안은 삼촌의 모습을 보니 나는 수치스런 나머지 전신이 불처럼 뜨거워지고 구멍이 있다면 들어가고픈 기분이었다. 그래서 가오루가 들것에 실려 분장실에 들어가고 삼촌도 그 뒤를 따라가는 것을 보고 나는 안심하여 가슴을 쓸어내렸다.

시체가 옮겨지고 얼마 지나지 않아 경찰 제복을 입은 인물이 사복형사 두 명을 거느리고 우리가 있는 자리로 찾아왔다.

"우에스기 선생님이시죠? 경사스런 자리에 황당한 일이 일어났군요. 저는 이런 사람입니다만."

그렇게 말하며 내민 명함을 보니 그 사람은 경시청 수사1과의 도도로키라는 경부였다.

"아, 안녕하십니까. 수고하십니다. 예상도 못한 일이 터져서 저도 당황하고 있는 참입니다."

"물론 선생님께서는 전혀 짐작도 가지 않으시겠죠."

"물론입니다. 오늘 밤 손님들 중 그런 댄서와 교류가 있는 인물이 있으리라고는 생각되지 않으니까요."

"하지만 그 사타케 다테히코 씨란 분은 피해자의 언니와 굉장히 가까운 사이인 것 같던데요."

"예, 그래요. 그 프로그램은 다테히코가 축하 선물로 준비한 겁니다만 어느 정도 아는 사이인지 저는 전혀……."

"그분은 선생님과는 무슨……?"

"죽은 아내의 동생으로, 여기 있는 오토네의 삼촌입니다."

도도로키 경부는 빨갛게 달아오른 내 얼굴에 힐끗 시선을 돌렸다.

"그분, 직업은?"

"글쎄요. 뭐라고 하더라, 브로커 비슷한 일을 하는 것 같습니다. 저는 잘 모르지만……."

백부님도 대답하기 곤란하신 듯했다. 나는 문득 불안감에 가슴이 답답해졌다.

 도도로키 경부는 왜 이렇게 꼬치꼬치 삼촌에 대해 묻는 것일까. 어쩌면 삼촌을 의심하는 것은 아닐까. 그런 생각이 드니 친척이라는 이유만으로 나는 불안해지지 않을 수 없었다.

 "그런데 경부님, 사인은 역시 독살이 확실합니까?"

 "글쎄요, 그건 해부 결과를 보지 않으면 확실한 대답을 해드릴 수 없지만 대충 그렇게 생각해도 무방하겠지요."

 도도로키 경부가 대답하고 있을 때 다시금 홀 바깥이 소란스러워지더니 경관들이 황망하게 오가는 사이로 형사 한 명이 뛰어 들어왔다. 그 얼굴색으로 보아 뭔가 엄청난 것을 발견한 게 분명했다. 장내에는 긴장감이 흘렀다.

 형사는 주변에 모인 부인들에게 손에 든 하얀 물건을 보이며 돌아다니고 있었다. 그러는 사이 형사와 부인들의 시선이 일제히 나에게 모인 것을 알아차리고 나는 깜짝 놀랐다. 형사는 부인들에게 고개를 숙이더니 테이블 사이를 빠져나와 내 쪽으로 다가왔다. 형사가 다가옴에 따라 손에 든 것이 확실히 보이기 시작했는데 그것을 보고 나는 무심코 머리에 손을 올렸다.

 형사의 손에 든 하얀 물건…… 그것은 내 머리장식인 치자나무 꽃 조화였다.

우산 그림

"왜 그래? 뭐가 발견됐나?"

"네, 경부님. 잠시 귀 좀……."

형사가 굳은 얼굴로 경부의 귀에 뭔가 속삭였다.

"뭐, 뭐, 뭐라고? 그, 그, 그럼 또……."

그렇게 말하고 나서 정신이 들었는지 경부는 입을 다물고 주변을 둘러보았다. 그때 경부의 얼굴에 떠오른 더없이 격렬한 경악의 빛을 나는 지금도 잊을 수가 없다. 형사는 계속해서 귀엣말을 하고 있었다. 그 말을 듣는 도도로키 경부의 시선은 언제부터인가 나를 향했고 그대로 고정되어 움직이지 않았다.

대체 어떻게 된 것일까? 내 치자나무 꽃 머리장식이 뭔가 이 사건과 관계가 있다는 것일까. 나는 아무것도 모르는데…….

형사의 귀엣말이 끝나자 경부는 치자나무 꽃을 쥐고 유유히 내 쪽으로 다가왔다.

"실례합니다. 아가씨, 이건 아가씨의 머리장식이라더군요."

"네. 그렇습니다."

만인의 시선이 쏟아지는 것을 느끼고 나는 확 얼굴이 달아올랐다.

"아가씨, 이걸 어디에 떨어뜨렸는지 기억합니까?"

"아뇨. 저, 전 지금까지 전혀 몰랐어요."

"아가씨는 이 홀에서 밖으로 나간 적이 있소?"

"예. 아까 아크로바트 댄스가 시작되자마자 왠지 기분이 나빠져서 복도를 어슬렁어슬렁……."

"아가씨, 그럼 미안하지만 아가씨가 걸어간 길을 안내해주실 수 있겠소?"

"경부님, 왜 그러시죠? 오토네가 뭘 어쨌다는 겁니까?"

우에스기 백부님이 이상한 듯, 그리고 약간은 성난 기색으로 구명보트를 내밀어주셨다.

"그건 나중에 말씀드리겠습니다. 아가씨, 부탁하겠소."

경부의 독촉을 받고 나는 별수 없이 의자에서 일어섰다.

"세이야 씨, 당신도 다녀와요. 어찌 된 영문인지 모르지만 오토네 혼자서는 딱하니까."

"예, 알겠습니다. 경부님, 저도 함께 가도 되겠습니까?"

경부는 잠시 망설였다.

"예, 그러십시오……. 그럼 아가씨."

만인의 시선을 받으며 테이블 사이를 지나가는 나는 마치 구름 위를 걸어가는 기분이었다. 홀에서 나오려다 밖에서 돌아온 다테히코 삼촌과 딱 마주쳤다.

"어, 오토네. 무슨 일 있어?"

"아니에요. 삼촌."

"매형, 오토네한테 무슨 일 있어요?"

"아니, 나도 도무지 모를 일이네만."

"아, 사타케 씨. 저희와 같이 가시지요."

경부의 목소리에는 어딘가 명령하는 듯한 울림이 있었다.

이윽고 나는 아까 실례되는 짓을 한 남자가 뛰어나온 문밖까지 일행을 안내했다.

"저는 여기까지 와서 되돌아갔습니다."

형사가 문 쪽을 턱으로 가리키며 경부에게 뭔가 속삭이자 경부는 의심스런 듯 내 얼굴을 응시했다.

"왜 여기서 되돌아간 거지요? 여기서 무슨 일이 있었소?"

"아뇨, 별로……. 복도가 어두운 데다 너무 멀리까지 가서 돌아가는 길을 모르게 되면 곤란하겠다 싶어서요……."

아, 나는 왜 여기서 거짓말을 한 걸까. 왜 그 무례한 남자가 이 방에서 나왔다는 사실을 정직하게 털어놓지 못했을까. 분명 그것은 모르는 남자를 지켜본 자신의 경박함에 화가 나서 그 남자에 대해 말하는 것도 싫었기 때문이었을 것이다. 하지만 그로 인해 돌이킬 수 없는 의심을 받게 되리라고는!

도도로키 경부는 수상쩍다는 듯 내 얼굴을 응시했다.

"아가씨, 혹시 이 방에 들어갔던 건 아니오?"

"아뇨, 당치도 않습니다."

"하지만 이 머리장식은 이 방 안에 떨어져 있었소."

"어머!"

나는 눈을 크게 뜨고 아무 말도 하지 못했다.

"경부님, 이 방 안에 대체 뭐가 있다는 겁니까?"

우에스기 백부님이 자못 놀라 물었다.

"그럼 들어가 보죠."

사복형사가 문을 열자 좁은 방 안에 여러 명의 남자가 움직이는 사이로 이노우에 박사님과 아까 본 경찰 쪽 의사가 섞여 있는 것을 보고 나는 무심코 숨을 삼켰다.

무슨 일이 또 여기서 벌어진 것인가!

그곳은 호텔 직원이 쓰는 숙직실인 듯했다. 여섯 장 크기의 다다미방 한쪽에 2단짜리 선반이 보이고 거기에 고리짝이나 트렁크가 놓여 있다. 천장으로부터 어슴푸레한 전구가 늘어져 있었다. 이 화려한 호텔에 이런 살풍경한 방이 있었나 싶었다.

"선생님, 사인은……?"

치자나무 꽃을 들고 나를 찾으러 온 형사가 물었다.

"아까와 같아. 오른손 손가락에 초콜릿 찌꺼기가 붙어 있어."

그렇게 말하면서 의사와 형사가 일어섰을 때였다.

"!"

나는 무심코 소리 없는 비명을 올리며 주춤 뒤로 물러났다.

다다미 위쪽에 서른 전후의 가무잡잡한 피부에 근육질 체구의 남자가 괴로움에 일그러진 모습으로 쓰러져 있다. 화려한 아메리칸 스타일의 복장으로 보아 건실한 직업을 가진 남자라고는 생각되지 않았다. 그 입술에서 다다미에 걸쳐 점점이 불그스름한 얼룩이 떨어져 있었다.

"아가씨, 당신의 머리장식은 이 시체 옆에 떨어져 있었어요."

사복형사는 한마디 한마디에 힘을 실었다.

"아는 남자입니까?"

나는 멈칫멈칫 남자의 얼굴을 살펴보았지만 전혀 모르는

얼굴이었다.

"아뇨. 전 몰라요. 지금껏 한 번도 만난 적 없는 사람이에요."

"그렇다면 이상하군요. 아가씨 이름이 오토네라고 하셨죠?"

"네. 그런데요……."

"이 남자의 왼쪽 팔에 당신 이름이 새겨져 있습니다. 자, 보세요."

내 뒤에서 우에스기 백부님과 다테히코 삼촌이 드러난 남자의 왼쪽 팔을 동시에 들여다보았다. 그 순간 세 사람의 입술에서 '앗' 하는 외침이 새어 나왔다.

이게 뭐지? 거기에는 다음과 같은 문신이 새겨져 있지 않은가.

긴다이치 코스케 등장

아, 슌사쿠, 슌사쿠…….

그럼 이 남자야말로 미국에 있는 겐조 노인이 나와 짝지어 주려는 다카토 슌사쿠가 아닌가. 그렇다. 분명 그럴 것이다. 우산 아래 내 이름과 그 이름이 나란히 씌어 있는 문신이 무엇보다 확실하게 그 사실을 말해주고 있다. 나는 이 남자와 결혼한다는 조건하에 백 억이라는 어처구니없는 재산을 상속할 수 있는 것이다. 내가 이 남자와의 결혼을 거부하면 '백 억이라는 재산은 아가씨 손에서 떠나 다른 사람에게 가기로 되어 있는 모양'이라고 언젠가 구로카와 변호사가 말하지 않았던가. 그렇다면 이 남자가 죽었을 경우에는 어떻게 될까. 분명 나는 상속인의 제1후보 자리에서 밀려나겠지.

아까도 구로카와 변호사는 이렇게 말했다.

"이번 건은 다카토 슌사쿠란 인물을 한시라도 빨리 찾아서 아가씨가 그 남자와 결혼하겠다고 동의해주지 않으면 상당히 복잡하고 괴기스런 일이 될 것 같습니다."

그 복잡하고 괴기스런 사건은 이미 시작되지 않았던가. 아까의 아크로바트 댄서 괴사사건도 이 사건과 관련이 있다면 그것은 이미 치정 살인이라 생각할 수 없게 된다. 백 억 엔의 유산을 둘러싸고 피로 피를 씻는 살인의 막이 이미 올라간 건 아닐까.

아까부터 주의 깊게 우리의 안색을 읽고 있던 도도로키 경부가 그때 가볍게 헛기침을 했다.

"아무래도 다들 이 남자를 아시는 눈치로군요. 어떤 관계입니까?"

"아, 아니요."

우에스기 백부님은 꿈에서 깨어난 듯 말했다.

"우리 중 아무도 이 남자와 만난 적이 있는 사람은 없습니다. 하지만 어쩌면 이 남자야말로 오늘 밤 제가 여기서 만나려던 인물이 아닐까 싶습니다만……."

"선생님, 그건 무슨 뜻입니까? 좀 더 자세하게 말씀해주시죠."

"알겠습니다."

우에스기 백부님은 침착함을 되찾았다.

"실은 저는 이와시타 산고로라는 비밀탐정에게 부탁해 다카토 슌사쿠라는 인물을 찾게 했었습니다. 한데 그 이와시타 씨가 아까 저를 찾아와 오늘 밤 바로 다카토 슌사쿠라는 남자가 여기 올 테니 만나라고 말했습니다. 그래서 저도 기다리고 있었는데……. 단 이와시타 씨가 소개하려던 다카토 슌사쿠란 인물이 정말 이 남자인지 어쩐지 그건 저도 모릅니다. 아무래도 한 번도 만난 적이 없는 남자니까요."

"이와시타 씨라면 저도 면식이 있죠. 그렇다면 이와시타 씨는 이 호텔에……?"

"예, 아래층 로비에 있을 겁니다. 다카토 슌사쿠란 인물이 오나 대기하고 있을 테니까요."

경부의 신호에 형사가 방에서 나갔다. 분명 이와시타 비밀탐정을 찾으러 갔겠지.

"그런데 우에스기 선생님, 무슨 이유로 다카토 슌사쿠란 인물을 찾고 계신 겁니까?"

"그건 좀…… 여기선 말씀드리기 곤란합니다."

"하지만 선생님, 이건 살인사건이에요. 아시는 게 있다면 숨기지 말고……."

"그래도 지금 단계에선 좀……."

백부님은 갑갑한 듯 헛기침을 했다. 경부는 불만에 가득 찬 눈초리였다. 그 불만의 배출구는 서서 기다리던 내 쪽으로 돌아왔다.

"아가씨, 그럼 당신에게 묻겠는데 당신의 머리장식이 왜 시체 옆에 떨어져 있었죠? 일단 그에 대해 설명해주시지 않겠소?"

"전 몰라요……. 정말 이 방에는 들어오지 않았어요. 아까 이 방 바깥 복도에 떨어뜨리고 간 것을 누군가가 주워서 이 방에……."

그런 애매한 설명을 납득할 경부가 아니었다. 뭔가 격렬한 태도로 말하려는데 옆에서 가로막은 사람은 다테히코 삼촌이었다.

"아이고야, 경부님. 만약 오토네가 이 방에 들어와 저기 있는 슌사쿠란 남자랑 얘기를 했다 쳐도 절대 죽였을 리 없어요. 왜냐하면……."

"왜냐하면?"

"다카토 슌사쿠란 남자가 죽어버리면 오토네는 백 억이라는 유산을 상속할 수 없게 되니까요. 아하하!"

"뭐, 뭐, 뭐라고요! 배, 배, 백 억 엔의 유산이라고?"

이야기가 너무 커지는 바람에 도도로키 경부를 필두로 그 자리에 있던 사람들은 당황한 것 같았다.

"그래요, 그렇습니다. 여기 있는 미야모토 오토네는 다카토 슌사쿠라는 지금까지 만난 적도 들은 적도 없는 인물과 결혼하는 것을 조건으로 미국에 있는 친척에게서 백 억이라는 재산을 물려받게 되어 있습니다. 그러니 미치지 않고서야 소중하고 소중한 백 억 엔의 서방님을 죽일 리가 없지 않겠습니까? 아하하."

"선생님, 그게 사실입니까? 사타케 씨가 방금 말씀하신 게……."

"사실입니다. 아직 자세한 건 모르지만요."

"그래서 다카토 슌사쿠라는 인물을 찾고 계신 거군요. 대체 다카토 슌사쿠란 인물은 어떤 인물입니까?"

"글쎄요, 그걸 저도 전혀 몰라요. 방금 다테히코가 말했다시피 지금까지 이름도 들은 적이 없는 사람으로…… 열한 살 때 찍었다는 사진만 보았을 따름인지라……."

"어떤가요. 그 사진의 흔적이 있습니까?"

우리는 다시 시체의 얼굴에 눈을 돌렸으나 너무나 괴로워하는 표정이라 확실한 건 알 수 없었다. 하지만 어딘가에 사진의 흔적이 남아 있다는 데 세 사람의 의견이 일치했다.

"아니, 그건 이와시타 씨에게 물으면 좀 더 확실해지겠죠."

경부의 말을 비웃기라도 하듯 문밖에서 노크 소리가 들렸다.

"누구……? 들어오시오."

바로 밖에서 문을 열고 싱글벙글 웃으며 얼굴을 들이민 것은 이 호텔에 어울리지 않는 기묘한 인물이었다. 꾸깃꾸깃한 모직 홑옷에 모직 하카마,* 거기에 마찬가지로 꾸깃꾸깃한 모직 하오리**를 입고, 머리로 말하자면 참새 집 같은 더벅머리, 작은 키에 궁상맞아 보이는 남자였다.

그럼에도 도도로키 경부는 엄청나게 반가운 기색이었다.

"앗, 긴다이치 선생. 어떻게 여길……."

"아, 전 다른 용건으로 여기 왔는데요. 경부님이 오셨다는 말을 듣고……. 경부님, 이건 엄청난 사건이에요. 3중 살인사건인데요."

"3, 3중 살인사건이라고요?"

"그래요, 그렇습니다. 이 뒤에 있는 잡동사니 놔두는 방에 들어가 보세요. 또 한 남자가 목이 졸려 검은 혀를 내밀고 죽어 있어요."

---

* 일본 겉옷 중 하의.
** 일본 겉옷 중 상의.

"긴다이치 선생, 그, 그게 정말이오?"
"정말이고말고요."
"살해당한 사람은?"
"저와 같은 일을 하는 이와시타 산고로 씨!"

전류가 흐르는 듯한 충격이 내 몸 안을 꿰뚫었다. 그 자극은 내 신경이 버틸 수 있는 한계를 넘어서고 있었다. 나는 주변이 몽롱하게 흐려지는 것을 의식했나 싶더니 마침내 그 자리에서 졸도하고 말았다.

꽃이 지네

그로부터 얼마나 지났을까.

문득 의식을 되찾은 나는 긴 속옷 한 장 차림으로 호화스런 침실 침대 속에 누워 있는 자신을 발견했다.

방의 모습으로 보아 이곳이 호텔 방인 것은 금세 알 수 있었다. 머리맡에 둔 손목시계를 집어 보니 8시 반, 시간은 얼마 지나지 않았다. 분명 가벼운 뇌빈혈로 진단받아 여기 옮겨진 거겠지. 그리고 갑갑한 띠를 풀었을 것이다. 전통 옷차림에 익숙지 않은 나로서는 띠를 풀어준 것은 고마웠으나 아무것도 몰랐다는 게 부끄럽기만 했다.

나는 침대에서 몸을 일으켰다. 또 머리가 어질어질해서 눈이 돌아갈 것 같은 기분이 든다.

목구멍이 타서 눌어붙은 것 같아 머리맡에 둔 물병의 물을 컵에 따라 마셨다. 이렇게 맛난 물은 처음이다. 그래서인지 약간 기분이 좋아져 침대에서 나가려는데 바깥 문이 열리는 소리가 나더니 누군가 옆방에 들어왔다. 경관인가, 그렇지 않으면 백부님이나 다테히코 삼촌이나 시나코 님일까.

"누구……?"

말을 걸었으나 대답도 없이 문을 닫고 열쇠를 돌리는 소리가 난다. 내가 놀라 숨을 삼키고 있노라니 침실 문이 열린다. 거기서 슬쩍 얼굴을 내민 사람은 아, 아까 살인이 있었던 방에서 뛰어나온 남자가 아닌가.

나는 공포 때문에 심장이 목구멍에서 튀어나올 것 같은 기분이 들어 이불을 가슴께로 끌어올렸다.

남자는 그런 내 모습을 핥듯이 훑어보면서 뒤로 손을 돌려 문을 닫고는 다시금 열쇠를 철컥 돌린다. 나는 본능적인 공포로 전신을 수천수만 개의 바늘이 찌르는 것 같은 욱신거림을 느꼈다.

"당신, 누구……? 왜, 왜 여기 온 거죠?"

"문병 왔지. 이제부터 네 간호를 해주려고 말이야."

간호란 말을 입 밖에 냈을 때 열기를 머금은 남자의 눈동자에 징그러운 욕망이 번뜩이고 입술이 빙긋 일그러졌다.

"싫어요. 싫어요. 나가주세요. 안 그러면 소리 질러 사람을 부를 거예요."

"안 될걸. 아무리 소리 질러 봐야 밖에 안 들려. 방음 장치가 되어 있거든. 남녀의 정담이 밖으로 새는 그런 싸구려 호텔이 아냐. 봐, 더블베드잖아?"

남자는 유유히 상의를 벗고 넥타이를 풀고 와이셔츠를 벗기 시작한다. 나는 필사적으로 주변을 둘러보았으나 침대와 문 사이에는 남자의 늠름한 몸이 버티고 있다. 도저히 도망갈 방법이 없다.

"살려줘요. 참아줘요. 대체 나를 어쩌려는 거죠?"

"간호해준다고 했잖아. 오토네, 난 네게 반했어. 첫눈에 반해버렸다고. 너도 나한테 반했잖아?"

"거짓말, 거짓말이에요. 그런 거……."

"그러니까 내 뒷모습을 본 거 아냐. 나한테 반해 치자나무 꽃 머리장식을 떨어뜨린 것도 모르고."

"아, 그럼 당신이군요. 그걸 그 방에 던져놓고 나한테 죄를 뒤집어씌우려고 한 사람은."

"아하하, 그런 건 아무래도 좋아. 자, 안아주지."

남자는 구두를 벗고 침대 안에 들어온다.

"아, 살려줘요……. 참아줘요……. 악당! 나쁜 사람! 비겁자!"

숨이 막힐 것처럼 강인하고 늠름한 남자가 덮쳐왔다. 나는 전력을 다해 발버둥 쳤다. 저항했다. 이런 남자에게 범해질 바에는 죽어도 좋다고 생각하며 싸웠다.

하지만 어차피 남자와 여자의 힘이다. 그것은 악몽의 어둠과 낙원의 빛이 교차하는 더없이 복잡하고 미묘한 한때였다.

남자가 땀에 젖은 나의 몸에서 겨우 떨어졌을 때 나는 그 자리에 쓰러져 울었다.

'악당! 악당! 비겁자……!'

나는 베갯잇을 씹으면서 무참히 스러진 나의 꽃봉오리가 안타까워 마음속으로 계속해서 외쳤다. 남자는 유유히 옷을 입으면서 말했다.

"오토네, 넌 이제 내 거다. 네 몸에는 이제 나란 남자의 각인이 새겨져 있어. 그 사실을 잊으면 안 돼. 다시 만나지."

남자가 나가려고 했다. 나는 눈물이 가득 고인 눈을 들었다.

"잠깐 기다려요."

"무슨 일이지?"

"당신은 누구죠? 최소한 이름은 가르쳐줘요……."

"이름 말인가. 이름 따윈 아무거나 댈 수 있어. 하지만 진짜 이름은 다카토 고로."

 나는 깜짝 놀라 눈을 크게 떴다.

 "아하하, 눈치챘나? 아까 숙직실에서 살해당한 다카토 슌사쿠의 사촌이야. 하지만 다시 만날 땐 다른 이름을 댈 거다. 그럼 쉬어."

 이 무서운 악당은 가볍게 고개를 숙이고 방에서 나갔다. 나는 다시금 침대 위에 쓰러져 울음을 터뜨렸다…….

폭풍이 할퀴고 간 자국

 우에스기 백부님의 회갑 축하연 밤을 경계로 내 인생은 돌변했다.

 그때까지의 나는 더할 수 없이 행복했다. 나는 젊음과 건강을 타고난 데다가 내 입으로 말하기는 좀 그렇지만 남들은 나를 아름답다고 한다. 양친이 안 계신 것은 외롭지만 그 대신 우에스기 백부님과 시나코 님이 각별히 나를 사랑해주신다.

 나는 그때까지 부정, 사악함, 불륜 같은 말과는 무관한 세상에서 자라왔다. '맑게, 바르게, 아름답게.' 나는 우리 모교의 모토대로 자랐고 예의범절을 배웠다. 나는 지금까지 비밀이란 것을 가져본 일이 없다. 그러나 그날 밤을 경계로 더없이 저주스런 비밀을 안은 몸이 되어버린 것이다.

봄날 밤 폭풍우와도 닮은 폭력은 무참하게 나의 순결을 앗아갔다. 그럼에도 나는 회상한다. 그때 나는 전력을 다해 마지막까지 저항했었던가. 아니, 아니. 남자의 거친 폭력에 굴해 자신도 모르게 남자의 주도에 따라 음란하고 외설스런 환락에 몸을 맡겼던 것은 아닐까.

아, 나는 혀를 깨물고 죽어버리고 싶다.

이 저주스런 경험은 나의 육체에도 정신에도 너무나 큰 충격이었다. 나는 그 후 사흘 남짓 고열을 내며 잠을 잤다. 열에 들떠 꿈속에까지 그날 밤의 이런저런 무서운 경험이 따라붙었다. 구불구불하게 몸을 비비 꼬는 두 마리의 흰 뱀……. 흰 뱀의 입술에서 떨어지는 핏방울……. 우산 그림에 새겨진 오토네와 슌사쿠……. 그리고 마지막으로 눈앞에 다가오는 남자의 입술…….

"악당! 악당!"

나는 헐떡이며 몸부림치는 찰나 정신이 들어 눈을 떴다. 시나코 님이 걱정스런 듯 위에서 얼굴을 들여다보고 있었다.

"오토네, 정신이 드니? 뭔가 무서운 꿈이라도 꾼 게로구나."

시나코 님은 여느 때처럼 다정했지만 저주스런 비밀을 지닌 나로서는 그 자상한 말조차 바늘처럼 가슴을 찔렀다.

"아, 아주머니, 제가 무슨 말을 했나요?"

혹시 헛소리로 비밀을 불어버린 것은 아닌가 싶어 나는 시나코 님의 얼굴을 살피지 않을 수 없었다.

"아니, 별로……."

시나코 님은 말을 흐렸다.

"오토네, 조금도 걱정할 거 없어. 아무도 널 의심하는 사람은 없으니까. 조금 자극이 지나쳐서 힘은 들겠지만 정신 차리고 하루 빨리 원래 몸으로 돌아오렴."

"아주머니, 죄송해요."

내 충격의 원인을 사건 탓이라고만 생각하고 계신 시나코 님의 말에 안도해서 나는 가슴을 쓸어내렸다.

"아주머니, 경찰한테 무슨 얘기 들으셨어요?"

"오토네, 그런 건 신경 안 써도 돼. 그보다 지금은 안정이 최우선이니 전부 잊어버리려무나."

정말 그렇다고 나도 생각했다. 이 이상 평정심을 잃고 무심코 헛소리로라도 비밀을 누설하면 큰일이다. 정말이지 정신을 차리지 않으면 안 돼.

그것이 사건으로부터 사흘째 되는 날의 일로, 그 후에도 엄청난 열은 좀처럼 잡히지 않았지만 헛소리를 할 정도는 아니었고 열흘 후에는 몸을 일으킬 수 있게 되었다.

시나코 님은 가능한 한 나를 자극하지 않도록 온화한 말투로 그 후의 경위를 말해주셨는데, 대강 이러했다.

  그 살풍경한 숙직실에서 살해당한 사람은 역시 다카토 슌사쿠였다. 그는 어느 재즈 밴드에서 트롬본이나 색소폰을 불고 있었다고 한다. 꽤 방탕하고 불량한 생활을 하고 있었던 듯 관계하는 여자도 다섯 손가락이 넘을 정도라고 한다.

  "그러니까 오토네, 아무리 막대한 재산이 따라온다 해도 그런 사람과 결혼하는 건……. 그야 너한테는 아쉬운 건 아쉬운 거지만."

  "아뇨, 아주머니. 저 오히려 후련한 기분이에요. 물론 누구이건 사람이 죽은 걸 기뻐하면 안 되겠지만요……."

  "그렇지. 하지만 이것도 운명이란다."

  "그런데 아주머니, 다카토 슌사쿠란 사람, 왜 살해당했나요? 역시 유언장이 원인인가요?"

  "글쎄, 그건 아직 잘 몰라. 여자관계도 이래저래 복잡한 사람이라 그쪽일지도 모른다는 얘기도 있는 것 같던데, 그럼 이와시타 산고로란 분이 왜 같이 죽었는지……. 그런 점에서 역시 유산 문제와 관련이 있는 게 아닐까 하고……."

  "하지만 이상해요. 유산 문제가 관련되어 있다 쳐도 이와시타 산고로란 분을 왜 죽이지 않으면 안 되었을까요?"

"오토네, 나도 이상하다고 생각해. 하지만 이런 건 여자로서는 알 수 없는 일이지."

나는 한동안 잠자코 생각에 빠져 있다가 다시 뭔가를 떠올렸다.

"아주머니, 그 아크로바트 댄서 말이에요. 그 사람은 왜 살해당한 거죠?"

"아, 그건 이렇게 된 거란다. 범인은 그 방에 들어가거나 나가는 걸 미사오란 아가씨에게 들킨 게 아닌가 싶어. 그렇다 치면 나중에 그 방에서 시체가 발견될 경우 범인에게는 상황이 나쁘지. 그래서 미사오라는 아가씨 입을 막기 위해 그런 짓을 한 게 아닐까……."

나는 무심코 몸을 떨었다.

단지 그것 때문에 사람을 죽이다니……. 하지만 그 남자라면 그럴 만하다. 내 입을 봉하기 위해 처녀의 생명이라 할 만한 순결의 꽃을 짓밟은 남자인걸. 시나코 님은 잠자코 내 얼굴을 보고 계셨지만 이윽고 걱정스런 듯 목소리를 낮추었다.

"오토네, 설마 그런 일은 없을 거라 생각하지만 너 뭔가 숨기고 있는 건 아니겠지?"

"어머, 왜 그런 말씀을……."

"아니, 난 그런 말은 안 믿지만 긴다이치 코스케란 분……

오토네도 만났지? 음, 참새둥지 같은 더벅머리를 한 사람."

"네, 그분이 왜요?"

"그분이 꽤 훌륭한 탐정이라더구나. 한데 그분이 말하기를 시체 옆에 떨어져 있던 치자나무 꽃 말이다. 그건 너한테 죄를 덮어씌우기 위해서가 아니라 네 입을 막기 위한 암시가 아닐까 하시더구나. 치자나무는 열매가 익어도 입을 열지 않으니까.* 그러니까 아가씨는 뭔가 알고 있는 게 아닐까 하더라만."

"어머, 말도 안 돼!"

그렇게 말하기는 했지만 나는 얼굴에서 핏기가 가시는 것을 막을 도리가 없었다.

---

* 치자나무를 뜻하는 구치나시(梔)와 입을 열지 않는다는 뜻의 구치나시(口無し)는 동음이 의어이기도 하다.

긴다이치 코스케와의 싸움

 건강을 회복한 것은 다행이었지만 그 때문에 나는 다시금 성가신 경찰관의 심문에 시달리지 않으면 안 되었다.

 이 사건의 담당은 도도로키 경부인 모양이었다. 그는 내가 건강을 회복했다는 말을 듣더니 즉시 부하를 데리고 왔다. 거기까진 좋은데 그 더벅머리 탐정이 같이 온 데는 나도 눈을 크게 뜨지 않을 수 없었다.

 이번 취조에는 내 몸을 염려해 우에스기 백부님이나 시나코 님도 입회해주셨다. 경부가 던지는 질문의 요점은 여전히 똑같았다. 내가 왜 그 방 앞에서 되돌아갔는가. 그에 대한 내 답변도 같았다.

"전에 말씀드렸다시피 너무 멀리까지 갔다가 돌아갈 길을 잃어버리면 곤란하다 싶어서요."

"그럼 아가씨, 우연이 너무 지나치지 않소. 어쩌면 당신의 남편이 될지도 모르는 사람이 살해당한 방 앞까지 와서 갑자기 돌아가다니……."

"무슨 예감이 든 걸까요."

형사 한 사람이 농담처럼 중얼거려서 나는 발끈해 그 사람을 노려보았다. 그리고 도도로키 경부 쪽을 보았다.

"저, 경부님. 만약 그 방에 대해 뭔가 켕기는 걸 감추고 있다면 제가 그 방 앞까지 경부님을 안내하지 않았겠죠. 똑같이 그 복도를 안내했다 쳐도 좀 더 지나쳐 갔다거나 못 미쳐서 돌아갔다고 거짓말하는 편이 안전하다고 생각지 않으세요? 게다가……."

그렇게 말하고 나는 입을 꾹 다물었다. 긴다이치 코스케란 남자가 더벅머리를 긁으면서 싱글벙글 내 얼굴을 보고 있는 것을 깨달았기 때문이다.

"게다가…… 게다가 어떻다는 거요."

"아뇨. 전 그 이상 말씀드릴 게 없습니다."

"아가씨, 그러면 안 되지요. 말을 하려다 말고 도중에 그만두는 건 좀 아니에요. 더구나 이렇게 중요한 사건에서."

"오토네, 경부님 말씀이 맞다. 하고 싶은 얘기가 있다면 하거라."

우에스기 백부님이 옆에서 온화하게 주의를 주셨다.

"네, 별로 대단한 건 아니지만 그 치자나무 꽃 말인데요. 그걸 어디서 떨어뜨렸는지 정말 기억이 안 나요. 하지만 그 방이 아니라는 것만은 단언해요. 그 방에는 절대 들어가지 않았으니까요."

"아가씨, 아가씨. 우리는 아무도 당신이 그 방에 들어갔다고는 생각하지 않소. 그저 치자나무 꽃을 주워 그 방에 가져간 인물에 대해 혹시 짚이는 데가 있나 하고……."

"아뇨, 모릅니다."

나는 딱 잘라 말하고 긴다이치 코스케 쪽으로 도전하는 듯한 시선을 보냈다.

"선생님, 긴다이치 선생님이라고 하셨죠."

"예, 저, 저, 기, 긴다이치 코스켑니다."

느닷없이 말을 걸자 긴다이치 코스케는 겁을 집어먹고 조금 더듬거리며 더벅머리를 꾸벅 숙였다.

"여기 계신 아주머니한테 듣기로, 선생님께서는 그 치자나무 꽃이 저를 입 다물게 하기 위한 범인의 암시가 아닐까 의심하고 계신다고요."

"예, 그렇게 말하긴 했습니다."

"혹시 선생님께서 말씀하신 대로라고 해도 저처럼 머리 나쁜 여자한테 그렇게 돌려 말하는 게 통하겠어요?"

"저처럼 머리 나쁜 여자……?"

의아한 듯 그렇게 말하면서 내 얼굴을 똑바로 보더니 긴다이치 코스케는 싱긋 웃었다.

"아하하, 실례했습니다. 하지만 아가씨, 겸손이 좀 지나치신 것 같군요. 당신이 굉장히 머리가 비상한 분이라는 건 저희 모두 알고 있어요. 학교에서도 유례없이 재색을 겸비한 재원이셨다는 게 한결같은 평판이더군요."

나는 눈을 치켜뜨고서 긴다이치 코스케의 얼굴을 노려보았다. 왜 그런 말을 하는 걸까. 조심하지 않으면 안 된다. 뭔가 함정이 있는 건 아닐까.

"그래서 말입니다. 실은 좀 이상하게 생각했죠."

"뭘 말인가요?"

함정에 빠지지 않으려 조심하면서도 상대의 의미심장한 말투에 나는 그만 그렇게 묻지 않을 수 없었다.

"음, 당신은 재원이실 뿐만 아니라 굉장히 똑 부러진 성품을 지니셨다고 하더군요. 그런데 그 정도 충격에 열을 내고 열흘이나 앓아눕다니, 설마 당신 같은 분이 꿈같은 백 억 엔을 날린 걸로 실망하시진 않았을 텐데 말입니다."

아, 그것이야말로 내게 있어 가장 뼈아픈 부분이다. 어쩌면 이 사람은 그 저주스런 침실에서의 사건을 알고 있는 것은 아닐까.

하지만 나는 져서는 안 된다. 의심 많은 경부나 형사들의 눈앞에서 이대로 잠자코 있을 수는 없다.

"긴다이치 선생님, 선생님은 정말이지 동정심이라고는 없는 분이시군요."

"아하하, 실례. 한데 왜죠?"

"선생님은 그런 시체, 질릴 만큼 많이 보셔서 익숙하시겠지만 전 여자예요. 이제 막 학교를 졸업한 규중처녀라고요. 그런데 하룻밤 사이에 두 번이나 시체를 보다니, 그것도 면식 없는 남자의 팔에 제 이름이 새겨져 있는 것을 보았다고요. 보통 충격이 아니죠. 선생님처럼 동정심 없는 분이 이번 사건에 관계하고 계시니 전 병에도 함부로 못 걸리겠네요."

"아하하, 아, 이거 실례했습니다."

긴다이치 코스케는 고개를 꾸벅 숙이더니 뭘 생각했는지 나는 그대로 놔두고 우에스기 백부님 쪽으로 고개를 돌렸다.

"그런데 우에스기 선생님."

"예……."

"선생님은 그날 밤 비밀탐정인 이와시타 씨로부터 사타케 다테히코 씨에 대해 듣지 않으셨습니까?"

"다테히코에 대해……?"

백부님은 눈을 동그랗게 떴다.

"그럼 이와시타 씨는 다테히코를 알고 있습니까?"

"알고 있을 겁니다. 사타케 다테히코 씨도 이와시타 씨에게 뭔가 의뢰한 흔적이 있어요. 아무래도 지금 미국에 계신 사타케 겐조 씨의 혈연들을 찾아달라는 의뢰였던 것 같은데요."

긴다이치 코스케가 한 말은 명백히 나더러 들으라는 것 같았다. 그럼 긴다이치 코스케는 내가 비호하는 사람이 다테히코 삼촌이라고 생각하는 것일까. 무심코 입가에 미소가 떠오르려 했지만 긴다이치 코스케의 시선을 느끼고 당황해서 꽉 다물었다.

이렇게 뜻하지 않게도 나는 명탐정이라고 평판이 높은 이 남자, 긴다이치 코스케를 상대로 싸우지 않으면 안 될 운명에 놓였던 것이다.

제 2 장 무서운 군상

무서운 군상

 미국에서 겐조 노인이 작성한 유언장의 상세한 내용이 구로카와 법률사무소에 도착한 것은 그로부터 2주 정도 지나서의 일이었다.

 그 무렵 나는 치명적인 공포로부터 겨우 해방되어 가슴을 쓸어내리고 있던 참이었다. 내가 가지고 있던 치명적인 공포…… 그것은 임신에 대한 공포였다.

 그때 임신한 건 아닐까 하는 공포는 거무칙칙한 불길이 되어 나를 남김없이 불태우는 것 같았다. 날이면 날마다 나는 내 몸을 살폈다. 그때의 추잡스런 쾌락의 결과가 잉태된다면. 그런 생각을 하니 나는 정신이 나갈 듯한 공포에 사로잡혔다.

그랬기 때문에 그 현상이 순조롭게 찾아왔을 때의 나의 기쁨이란! 나는 겨우 원래의 명랑함을 어느 정도 되찾고 백부님과 시나코 님의 얼굴을 똑바로 볼 수 있게 되었다.

겐조 노인의 유산 문제가 제2단계로 나아간 것은 바로 그 무렵이었다.

어느 날 백부님이 부르셔서 서재로 가보니 백부님은 심각한 얼굴을 하고 시나코 님과 마주 앉아 계셨다.

지금까지 한 번도 이 백부님의 풍모를 묘사할 기회가 없었으니 여기에 간단하게 써두자.

우에스기 백부님은 연세가 예순하나, 5척 4촌(약 164센티미터) 정도의 키에 유도가 5단인 체구는 당당하고 피부는 가무스름한 편이지만 꽤 호남자이시다.

아무튼 백부님은 다정하게 나를 보면서 이야기를 꺼냈다.

"오토네, 그 겐조 노인의 유산 문제 말인데."

나는 흠칫 놀라 눈을 내리깔았다. 어깨가 미세하게 떨렸다.

"왜 그러느냐. 이 얘길 듣는 게 싫으냐?"

"아뇨. 말씀하세요."

"그래. 그럼 이야기하마. 실은 요전에 구로카와 변호사가 유언장의 상세한 복사본을 보내왔단다. 유언장에 씌어 있는 사람들의 거처도 전부 판명되어서 내일 오후 2시 구로카와 씨의 사무소에 관계자들이 전부 모여 유언장 내용을 발표한다는데 어떠냐."

"어떠냐니요……?"

"아, 너도 갈 거냐고 묻는 거다."

"백부님, 아주머니, 제가 가는 편이 나을까요?"

"오토네, 가는 편이 좋지 않을까. 세이야 씨도 같이 가도 된다고 하니까."

"아, 백부님도 같이 가주신다면."

나는 안심해서 가슴을 쓸어내렸다.

"백부님, 다테히코 삼촌도 오겠죠?"

"물론이지. 너보다 겐조 노인과 가까운 사이니까. 오토네, 왜 그런 걸 묻지?"

"아뇨. 저, 왜냐하면 백부님, 왠지 그 삼촌이 무서워서……. 삼촌은 어째서 비밀탐정한테 부탁해서 겐조라는 분의 혈연을 찾은 걸까요?"

"그건 말이지, 오토네. 역시 일종의 호기심에서야. 다테히코는 모험가라 이런 이야기가 재밌어서 견딜 수 없는 게야. 하지만 근본은 착한 사람이니 무섭다고 할 게 아니야. 너한테는 혈육인 삼촌 아니냐."

"오토네는 뭔가 그분이 무서운 이유라도 있니?"

시나코 님은 내 헛소리를 들으신 게 틀림없다. 신중한 분이라 입 밖에 내서 말씀하시지는 않았지만 내가 외친 악당이란 말을 다테히코 삼촌으로 이해하셨던 것 같다.

마침내 운명의 10월 28일이 다가왔다. 지금 생각하면 이 모임이야말로 이제부터 이야기할 갖가지 유혈사태의 첫 번째 막을 알리는 신호탄이었다. 그에 비하면 국제호텔의 3중 살인사건은 단순한 프롤로그에 지나지 않는다.

아무튼 내가 백부님에게 이끌려 구로카와 법률사무소의 제법 넓은 응접실에 발을 디뎠을 때 거기에는 열 명의 남녀가 어색한 군상을 만들어내고 있었다.

그들 중 얼굴을 아는 이는 변호사와 다테히코 삼촌 두 사람이었으나 그 밖에도 또 한 사람, 더벅머리의 긴다이치 코스케가 안락의자에 몸을 젖히고 앉아 있는 걸 보고 놀랐다. 이 사람은 왜 이렇게 아무데나 주제넘게 참견하는 걸까 하고 나는 반감을 느꼈다. 그래서 상대가 인사하는 것도 무시하고 휙 고개를 돌려버렸다. 다테히코 삼촌이 하얀 치아를 드러내고 싱긋 웃는다.

아무튼 자리가 정해지자 나는 슬며시 실내를 둘러보았다.

안에 있는 열두 사람 중 우에스기 백부님과 구로카와 변호사, 그리고 긴다이치 코스케를 제외한 아홉 명이 유언장에 있는 사람들인 것일까. 나는 다테히코 삼촌과 나를 제외한 일곱 사람을 관찰했다.

우선 가장 먼저 눈에 띈 것은 지방 덩어리 같은 40대 여자다. 거대한 유방을 노골적으로 드러낸 붉은 이브닝드레스, 붉게 염색하고 파마한 머리카락이 호저처럼 곤두서 있다. 짙은 화장에 붉게 칠한 날카로운 손톱, 처음부터 끝까지 무시무시하다는 한마디면 족하다.

이 프로레슬러 같은 여자는 안락의자에 묵직하니 몸을 파묻고 뻐끔뻐끔 담배 연기로 고리를 만들면서 관심 없는 눈으로 물끄러미 나를 보고 있었다. 그 뒤에는 스물 전후의 화사한 청년이 서서 오른손을 여자의 어깨에 올리고 왼손으로는 여자의 왼손을 잡고 있다. 남자다운 구석은 털끝만큼도 없지만 피부가 흰 미소년이다. 물론 모자간은 아닌 듯하다.

핥는 듯한 시선으로 나를 바라보던 소년은 이윽고 여자의 귀에 입을 대고 교태 부리듯 뭔가를 속삭인다. 그러더니 둘이서 쿡쿡 웃으며 내 얼굴을 본다.

나는 당황해서 눈을 피했다.

이 두 사람한테서 조금 떨어진 긴 의자에 마흔대여섯 살의 정력적인 남자가 두 여자를 좌우에 거느리고 몸을 뒤로 젖힌 채 앉아 있다. 거친 스코치 트위드 양복 가슴에는 금사슬, 손가락에도 굵은 금반지. 그것만으로도 인품을 알 법한데, 그보다 문제는 좌우에 있는 두 여자다.

이들은 명백히 쌍둥이일 것이다. 오이를 가운데서 토막 낸 것처럼 흡사하다. 연령은 나와 비슷해 보인다. 화려한 옷차림에 강렬한 화장, 그녀들 또한 손톱을 붉게 물들이고 있다. 하지만 이런 게 그다지 눈에 띄지 않는 것은 옆에 있는 여자 프로레슬러 탓일 것이다.

이 세 사람에게서 조금 떨어진 자리에 초라한 원피스를 입은 소녀가 쓸쓸히 앉아 있다. 나이는 열예닐곱 정도. 외모는 나쁘지 않지만 얼굴 혈색이 꽤 안 좋다. 그 소녀의 어깨를 껴안듯이 하고 뭔가 속삭이고 있는 것은 머리를 치켜 올려 네모지게 깎은 마흔대여섯의 커다란 남자로 양복을 벗으면 전신에 문신이라도 있을 법한 느낌의 사람이다.

이상 일곱 명이 만드는 기묘하고 왠지 무시무시한 군상을, 나는 멍하니 관찰하고 있었다. 그때 쌍둥이를 양쪽에 거느린 금사슬의 남자가 회중시계를 꺼내서 보았다.

"선생, 슬슬 시작하지 않겠소? 이 두 사람은 무대가 있어서."

"아, 조금만 더⋯⋯. 또 한 명 와야 할 사람이 있어서요."

그렇게 말하면서 구로카와 변호사가 벽시계에 눈을 돌렸을 때였다. 응접실 입구에 모습을 드러낸 두 남녀를 보고 나는 무심코 의자에서 일어날 뻔했다.

　세상에나! 아크로바트 댄서인 가사하라 가오루, 그리고 아아, 그 남자, 나를 범한 악당 다카토 고로가 아닌가.

사타케 일족

나는 그때 그 남자가 가사하라 가오루와 함께 나타난 것에 감사한다. 그렇지 않았다면 내가 놀라는 모습에서 긴다이치 코스케가 그 남자와 내 관계를 파악했을지도 모른다. 우에스기 백부님도 가사하라 가오루의 출현에 적잖이 놀라서 내가 놀란 것도 그녀 탓이라고 받아들인 것 같다. 나는 흠뻑 땀이 밴 손바닥으로 손수건을 꾸겼다.

"선생님, 가사하라 씨를 모셔왔습니다."

다카토 고로는 요전과는 완전히 다른 태도로 구로카와 변호사에게 인사한다. 하지만 나는 더 이상 눈을 크게 뜨지도 숨을 몰아쉬지도 않는다. 이 남자를 길바닥에 놓인 돌멩이처럼 무시하지 않으면 안 된다. 상대도 나한테 눈길 한 번 주지 않았다.

"아, 호리이(堀井). 수고했네. 이걸로 전원이 모인 것 같네만 자네가 다시 한 번 확인해주게."

구로카와 변호사는 아무것도 모르는 듯 태평한 모습이다. 다카토 고로는 눈으로 일동을 헤아렸다.

"예, 선생님. 모두 모였습니다. 틀림없습니다."

"아, 그래. 그럼 자네는 여기 있어 주게. 긴다이치 씨에게 소개하겠네. 여기 있는 사람은 호리이 게이조(堀井敬三)입니다. 나이는 젊지만 조사를 잘하고, 우에스기 댁 아가씨와 사타케 씨를 제외한 다른 사타케 일족 다섯 분을 찾아준 인물입니다. 앞으로도 잘 부탁드립니다."

"아, 그렇군요. 그래요, 그래……."

언젠가 호텔 침실에서 나를 범하고 가버렸을 때 이 남자는 이렇게 말하지 않았던가. 다음에 만날 때는 분명 다른 이름을 댈 거라고……. 정말로 여기서는 호리이 게이조라는 이름을 쓰는 모양이다. 그러니 나도 이제부터 이 남자를 호리이 게이조라고 부르기로 하자.

그건 그렇고 가사하라 가오루는 사람들 속에서 다테히코 삼촌을 발견하고는 놀라 눈을 크게 떴지만 이내 기쁜 듯 다가

와 무너지듯 삼촌의 팔 안에 몸을 던졌다.

"아하하, 가오루. 놀랐어? 우리는 친척이야. 아하하, 자, 거기 앉아. 다들 보고 계시잖아."

"사타케 씨는 그분이 겐조 노인의 핏줄이란 걸 전부터 아셨습니까?"

긴다이치 코스케가 옆에서 물었다.

"예, 알고 있었습니다. 그러니까 이 사람 동생인 미사오가 죽었을 때 그토록 분개했던 겁니다. 그러니 긴다이치 씨, 당신 생각은 틀린 것 같습니다. 미사오는 범인이 그 방에 나가거나 들어가는 것을 목격했다. 단지 그 때문에 살해당한 게 아니에요. 범인은 처음부터 미사오를 노리고 있었던 게 아닐까 싶습니다."

"그건 어떤 이유로……."

"물론 겐조 노인의 친지를 가능한 한 줄이기 위해섭니다. 그러는 쪽이 유산 상속 확률이 높아지고 또 자기 몫이 많아질지도 모르니까요."

"하지만 그때는 아직 구로카와 씨조차 유언장 내용을 몰랐어요."

"그러니까 범인은 분명 요행수를 노린 거죠. 큰 도박을 한 겁니다. 도박을 할 정도의 가치가 있는 액수이니까요."

"사타케 씨, 마치 본인의 얘기를 하는 것 같군요."

"아하하! 뭐 그렇게 말씀하시리라 생각했죠. 그러나 유감스럽게도 제가 아닙니다."

"그런데 사타케 씨, 가사하라 자매가 사타케 일족이라는 건 어떻게 아셨습니까?"

"물론 이와시타 산고로 씨에게 조사해달라고 했죠. 이와시타 씨는 거기 있는 호리이만큼 대단하지는 못했던 모양인지 이 자매만 찾아냈더군요."

"당신은 겐조 노인의 핏줄을 찾아 어쩔 작정이셨습니까?"

"어쩌냐니, 재미있지 않습니까. 큰 부자의 유언장에 쓰여 있을지도 모를 친척을 찾아내는 건 일종의 스릴이에요. 아하하."

나는 더 이상 이 무서운 문답을 듣고 있을 수가 없었다.

"구로카와 선생님."

"예……?"

"방금 선생님께서는 저와 다테히코 삼촌을 제외한 다른 사타케 일족 다섯 분……이라고 말씀하셨죠. 그럼 여기 계신 분들 전원이 그렇다는 거 아닌가요?"

"아, 그래요. 그럼 소개하죠. 호리이, 그 인쇄물을 나눠드리게."

"예."

호리이 게이조는 일어나서 복사한 종이를 한 장 한 장 나눠

주었다. 나한테는 가장 마지막으로 다가오더니 "아가씨도 한 장 받으십시오." 하고 말하면서 인쇄물 속에 또 한 장 작게 접은 종이를 재빨리 내 손에 쥐여준다. 나는 깜짝 놀라 긴다이치 코스케 쪽으로 눈을 돌렸다. 다행히 그는 인쇄물을 보느라 알아차리지 못했다.

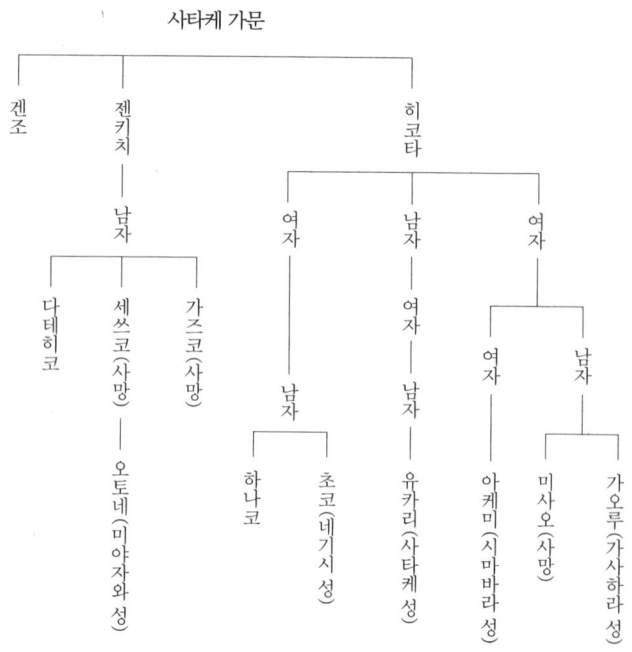

"실제는 좀 더 복잡합니다만 후계자가 없거나 끊긴 부분은 생략했습니다. 그래서 현존하는 사람이라면 가사하라 가오루 씨와 시마바라 아케미(島原明美) 씨, 사타케 유카리(佐竹由香里) 씨, 네기시 초코(根岸蝶子) 씨와 하나코(花子) 씨 자매, 그렇게만 겐조 노인의 맏형 히코타(彦太) 씨의 자손이고 둘째 형 젠키치(善吉) 씨의 혈육으로는 사타케 다테히코 씨와 미야모토 오토네 씨, 이상 일곱 분만이 겐조 노인의 핏줄입니다."

"의외로 사람이란 늘지를 않는군요."

"그건요, 사타케 씨. 역시 전쟁 탓입니다. 당연히 이 리스트에 올라야 할 남자가 여섯 명이나 전쟁에서 죽었어요."

"그렇군요. 그럼 전쟁이란 것도 꼭 나쁜 건 아니군."

다테히코 삼촌은 표독스럽게 웃었다.

"그래서 이 일곱 명을 어쩌려는 겁니까?"

"그게 말입니다. 겐조 노인은 다카토 슌사쿠라는 인물에게 여기 계신 오토네 씨를 연결시켜 백 억이라는 재산을 죄다 물려줄 작정이었던 겁니다."

복면의 협박자

 백 억이라는 숫자를 듣자 사람들은 갑자기 웅성거렸다. 물론 그들도 여기 오기 전에 대충 이야기를 들었을 게 뻔하지만 지금 신뢰할 만한 변호사의 입에서 그 말을 듣자 새삼 실감이 나고 흥분하지 않을 수 없는 것이다.

 지방 덩어리 같은 여자 프로레슬러는 무시무시한 눈을 하고 나를 본다. 나중에 알았지만 이 사람이 시마바라 아케미라는 여자였다. 쌍둥이 자매는 말할 것도 없이 네기시 초코와 하나코다. 그리고 그 초라한 복장의 소녀야말로 사타케 가문의 직계, 사타케 유카리였다.

 "하지만 아무리 겐조 노인이 희망해도 이건 이미 실행 불가능이니 당연한 결과로 두 번째 조항이 생겨났습니다."

"두 번째 조항이란……?"

초코와 하나코를 양쪽에 거느린 남자가 예리한 눈매로 날카롭게 질문한다. 나중에 알게 된 바에 따르면 그는 초코와 하나코 자매를 동시에 애인으로 둔 남자로, 이름은 시가 라이조(志賀雷蔵)라고 한다.

"그 두 번째 조항이란 첫 번째 조항이 실행 불가능할 경우 백 억, 물론 상속세 같은 걸 제하면 반액 이하가 되겠지만 그걸 일곱 분에게…… 다카토 슌사쿠 씨나 미사오 씨를 포함해 아홉 분입니다만, 그 두 분은 죽었으니…… 남은 일곱 분에게 균등하게 분배하고 싶다는 뜻입니다."

바늘이 떨어져도 알아차릴 듯한 고요함이 문을 꽉 닫아놓은 응접실 안에 조용히 퍼져나갔다. 그 고요함이 지닌 무서운 의미를 나는 확실히 알고 있다. 내가 무심코 우에스기 백부님을 돌아보니 백부님도 약간은 흥분한 기색이었으나 그래도 온화한 미소를 띠고 바라봐 주셨다.

"마마! 마마!"

갑자기 미소년이 시마바라 아케미의 어깨에 양손을 올리고 격렬하게 뒤에서 흔들었다. 볼을 붉게 물들이고 흥분으로 눈동자를 반짝반짝 빛내고 있다.

"알아, 시로."

시마바라 아케미는 자신의 어깨에 놓인 소년의 손을 힘껏 맞잡아주었다.

"마마는 아무리 부자가 돼도 널 버리지 않을 테니까. 너야말로 바람피우면 안 돼? 호호호."

나는 전신이 근질근질해지며 수치심을 느꼈다. 시마바라 아케미는 구로카와 변호사에게 교태를 지어 보였다.

"선생님, 그 분배란 건 지금 바로 하는 건가요?"

"아뇨, 그게 지금 바로는 아닙니다. 겐조 노인이 아직 살아 계시니까요. 즉 그분이 돌아가신 후에야 이 유언장이 효력을 발휘하는 겁니다."

"그럼 그 할아버지, 아니 겐조 님이라는 분, 아직 건강하신가요?"

"한때는 중태였지만 최근 다시 회복해서 조금 좋아진 참입니다. 하지만 어쨌거나 백 세 가까운 노구이시니……."

"그렇군요. 그런데요, 선생님."

몸을 내민 사람은 초코와 하나코의 후원자 시가 라이조였다. 그는 지금 넉살 좋게 두 여자를 양옆에 거느리고 있다.

"혹시, 만약에…… 만약에 말인데요. 겐조 노인이 돌아가시기 전에, 즉 그 유언장의 효력이 생기기 전에 여기 있는 일곱 분들 중 하나라도 빠진다면……. 그러니까, 불길한 얘기지만 하나나 둘이라도 죽는 일이 생긴다면…….."

나는 깜짝 놀라 시가 라이조의 얼굴을 쳐다보다 슬며시 호리이 게이조 쪽으로 시선을 돌렸다. 게이조는 이를 드러내고 싱긋 웃으면서 아무렇지도 않게 다테히코 삼촌의 얼굴을 보고 있다. 나는 왠지 뱃속이 딱딱하게 굳어지는 느낌이었다.

"그때는…… 그만큼 남은 분들의 몫이 늘어납니다."

사람들은 조용히 입을 다물고 있다. 나중에 나는 생각했는데, 그 무서운 침묵 속에서 그 후 잇따라 일어난 유혈의 씨앗이 잉태된 것이다.

"아하하, 이거 재미있군!"

느닷없이 소리친 사람은 기토 쇼이치(鬼頭庄七), 가련한 유카리의 양아버지였다.

"그럼 뭔가요, 여기 있는 여섯 명이 죄다 죽어버리고 이 아이 하나만 살아남으면 백 억이란 재산은 죄다 이 아이 몫이 되는 겁니까?"

"그래요, 그렇게 됩니다. 그러니 여러분은 엄청난 행운을 얻음과 동시에 한층 큰 위험에 처한 것이기도 합니다. 은감불원(殷鑑不遠),* 앞서 살해당한 다카토 슌사쿠 씨나 미사오 씨의 예도 있으니까요."

사람들은 다시금 조용히 침묵한다.

유카리는 작은 새처럼 몸을 떨고, 여자 프로레슬러 같은 시마바라 아케미는 암사자 같은 눈을 하고서 한 사람 한 사람을 노려본다. 지방 덩어리 같은 거대한 육체에 투지가 가득 넘쳐흐른다. 초코와 하나코는 아름답지만 어딘가 백치 같은 느낌이 드는 눈을 멍하니 부릅뜨고 있고, 가오루는 눈을 크게 뜨고 다테히코 삼촌에게 기댄다.

내 시선은 다시금 호리이 게이조 쪽으로 향했으나 게이조는 무심한 얼굴로 한 사람 한 사람 남자들의 안색을 읽고 있다. 다테히코 삼촌은 가오루의 어깨를 안으며 애무하고, 긴다이치 코스케는 더벅머리를 긁고 있다.

"실은 이 유언장의 발표를 서두른 것도 그 일 때문입니다. 여기 누군가가 유언장 내용을 캐냈던 게 아닌가, 그 인물이 유산을 죄다 차지하고자 다른 사람들을, 이를테면 다카토 슌사쿠 씨나 미사오 씨처럼 해버리면 큰일이라는 생각에서, 일단 여러분이 경계하는 편이 좋지 않나 싶어 이렇게 발표한 겁니다."

"그럼 뭔가요, 유언장의 내용이 지금까지 누설된 흔적이 있

---

* 교훈으로 삼을 실패의 예는 바로 가까이에 있다는 뜻.

습니까?"

시가 라이조의 질문이다.

"아뇨, 그에 대해선 뭐라고도 말씀 못 드리지만 실제로 다카토 슌사쿠 씨나 미사오 씨 일이 있으니까요. 게다가 또 한 사람, 겐조 노인이 두려워하시는 인물이 있습니다."

"또 한 사람이라니요……?"

이것은 다테히코 삼촌의 질문이었다.

"그것은 다케우치 준고(武內潤伍)라는 인물로, 어떤 이유에선지 겐조 노인은 그 남자에게 재산을 물려주려고 한때 미국에 부른 일이 있는 것 같습니다. 하지만 그 다케우치 준고란 자가 어쩔 도리가 없는 인간이라 여러 가지로 폐를 끼치는 통에 할 수 없이 위자료를 주고 일본으로 쫓아 보냈죠. 그 사람, 그 후에도 이따금 돈을 달라며 찾아왔다고 합니다만 겐조 노인도 정나미가 떨어져서 전혀 상대해주지 않았죠. 그래서 엄청 노인을 원망하며 노인의 유족들에게 반드시 복수하겠다고 3년쯤 전에 협박장 같은 것을 보냈는데, 그 뒤로 소식이 없다고 합니다. 겐조 노인은 그 남자를 무척 두려워하시는 것 같더군요……."

"어떤 남자인지 사진 같은 것은……."

"그게, 한 장도 없습니다. 이전에는 있었다고 합니다만 보는 것도 싫다고 원판째 겐조 노인이 파기시켰다는군요."

"그럼 나이는?"

"겐조 노인이 뒤를 봐주고 계실 때가 스물 전후였고 쫓아낸 게 쇼와 5년(1930년)이었다니 지금 마흔대여섯 정도의 연배겠죠. 여러분도 이 사실을 유념하고 경계해주십시오."

구로카와 변호사는 그렇게 말하고 사람들의 얼굴을 번갈아 보다가 갑자기 생각난 듯 질문을 던졌다.

"그런데 여러분은 지금까지 삼수탑에 대해 들어본 적 없습니까?"

삼수탑? 구로카와 변호사의 입에서 그 이름을 들은 것은 나는 이로써 두 번째이다. 하지만 다른 사람들 중 누구도 지금까지 그런 이름을 들어본 사람은 없었다.

"삼수탑이라……. 묘한 이름이군요. 그게 어쨌다는 겁니까?"

그렇게 물은 사람은 시가 라이조.

"아, 그 탑 속에 다케우치 준고의 사진…… 물론 젊은 시절 사진입니다만, 그 외에 여러 가지 중요한 물건이 보관되어 있는 것 같은데요. 그게 어디 있는지 겐조 노인 자신도 잊어버리셨습니다. 아무래도 연세가 연세이니만큼……."

"그 탑의 존재가 뭔가 이번 유산 상속에 중대한 의미라도 있습니까?"

그렇게 물은 분은 우에스기 백부님. 그날 백부님이 발언한 것은 그때가 처음이었다.

"아무래도 그런 것 같습니다. 이 유언장만으로 충분히 효력이 있을 텐데 겐조 노인은 왠지 자꾸만 그 탑에 신경을 쓰시는 것 같습니다. 하지만 뭐, 그것은 노인의 망상으로 봐도 좋겠습니다만. 그럼 오늘은 이 정도로······."

이렇게 갖가지 수수께끼를 내포한 이 공포스럽고도 무시무시한 첫 번째 모임이 끝났다. 나는 집으로 돌아가 혼자가 되자 떨리는 손가락으로 호리이 게이조에게 받은 종이쪽지를 펼쳐보았다.

11월 3일, 저녁 8시, 히비야 교차점에서.

거기에는 간단하게 그렇게만 씌어 있었다.

하지만 호리이 게이조는 알고 있는 게 아닐까. 그날 밤 내가 친구와 히비야 공회당에서 열리는 음악회에 간다는 사실을. 새삼 이 남자에 대한 공포가 몸에 스며들었다.

여괴 무리

 구로카와 법률사무소에서 열린 사타케 일족의 첫 번째 모임만큼 나에게 강렬한 인상을 던진 장면은 없었다.
 백 억이라는 꿈같은 유산을 둘러싼 일곱 명의 남녀……. 그 일곱 사람 중 어느 하나 기묘한 분위기를 자아내지 않는 이가 없다.
 여자 프로레슬러 시마바라 아케미의 무시무시함은 어떤가. 지방 덩어리 같은 육체, 고양이처럼 다듬어 새빨갛게 칠한 손톱, 암사자처럼 용맹한 눈매. 그리고 시로라는 미소년에게 말할 때의 징그럽게 간드러진 목소리……. 생각하는 것조차 오싹하다.

그리고 초코와 하나코라는 쌍둥이 자매는 어떤가. 그 자리에서 처음부터 끝까지 한마디도 하지 않았던 사람은 그 두 사람뿐이었다. 초코도 하나코도 아름답다. 하지만 그 아름다움에는 어딘가 생기가 결여되어 있다. 화제가 아무리 긴박하게 흘러도 두 사람은 그저 덧없이 눈만 크게 뜰 따름.

 남 앞에서 시가 라이조의 양팔에 안겨 있어도 태연히 표정 하나 바꾸지 않는 것은 부끄러움을 모른다고 해야 할지, 의지가 없다고 해야 할지……. 표정 변화가 적은 것이 도리어 무서움을 자아낸다. 초코와 하나코 속에 있는 홀린 듯한, 어딘가 백치 같은 아름다움에는 분명 여느 사람 같지 않은 무서움이 있다.

 연체동물 같은 가사하라 가오루의 징그러움에 대해서는 전에도 이야기했다. 다테히코 삼촌은 그 여자와 어떤 관계인 것일까.

 겐조 노인은 왜 불쌍한 사타케 유카리에게 전 재산을 물려주려고 하지 않는 걸까. 어린 유카리야말로 사타케 가문의 적통이 아닌가. 그녀를 전 재산의 상속인으로 정해버리면 아무 분쟁도 일어나지 않을 텐데. 하지만…… '싫어, 싫어, 싫어!' 하고 나는 생각한다. 유카리의 양부라는 기토 쇼이치가 토해낸 무서운 말을 생각해냈기 때문이다.

'그럼 뭔가요, 여기 있는 여섯 명이 죄다 죽어버리고 이 아이 하나만 살아남으면 백 억이란 재산은 죄다 이 아이 몫이 되는 겁니까?'

대체 기토 쇼이치는 어떤 남자인가. 그 무서운 양부 아래 유카리는 어떤 대우를 받는 것일까. 아니, 아니, 기토 쇼이치와 유카리뿐만 아니라 네기시 초코와 하나코, 그 후원자 시가 라이조도 어떤 인물인지 나는 모른다. 또 지방 덩어리 같은 시마바라 아케미나 그 애인인 듯한 시로는 대체 어떤 인물일까.

나는 이렇게 여섯 상속인들과 그 주변인물을 한 사람 한 사람 품평하고 있었으나 문득 정신이 들어 나 자신에 대해 생각해본다.

내게 다른 상속인들을 논할 자격이 있는 걸까. 꺼림칙한 비밀을 가슴에 품은 채 자못 양갓집의 영양인 척 새침 떨고 있는 미야모토 오토네. 아, 남 얘기를 할 계제가 아냐. 내게도 역시 사타케 일족의 피가 흐르고 있는 거다. 나도 시마바라 아케미나 가사하라 가오루, 또 네기시 자매와 마찬가지로 여괴(女怪)의 한 사람인 것이다.

시마바라 아케미와 미소년 시로, 가사하라 가오루와 다테히코 삼촌, 네기시 자매와 시가 라이조, 사타케 유카리와 기토 쇼이치, 이렇게 제각기 남자가 붙어 있는 것처럼 내게도 역시 호리이 게이조 혹은 다카토 고로라는 악당이 붙어 있지 않은가.

갈피를 못 잡고 그런 생각을 하는 사이, 망연히 나는 어떤 무서운 생각을 했다.

구로카와 변호사의 말에 따르면 사타케 일족과는 별개로 다케우치 준고라는 인물이 있어서 겐조 노인의 유족을 노리고 있다고 한다. 그리고 다케우치 준고라는 인물은 현재 마흔 대여섯이라고 하는데, 시가 라이조나 기토 쇼이치는 대체 몇 살일까. 보기에 마흔대여섯 정도 되지 않았던가. 어쩌면 다케우치 준고는 그 두 명 중 하나가 아닐까.

"어머, 미야모토. 왜 그래?"

왼쪽 자리에 앉은 친구 가와이(河合)가 불러 나는 퍼뜩 무서운 상념에서 깨어났다.

"지금 왠지 굉장히 떨고 있는 것 같았는데."

가와이는 낮은 소리로 물으면서 물끄러미 내 표정을 읽고 있다.

"미안해. 나 왠지 기분이 나빠서……."

"그러고 보니 안색이 안 좋네."

오른쪽 자리에서 하시모토(橋本)도 몸을 내밀고 걱정스런 듯 내 얼굴을 들여다본다. 우리는 주의를 기울여 작은 소리로 이야기했지만 관객석 여기저기서 '쉿, 쉿' 하고 질타하는 소리가 들렸다.

"조용히 해, 난 걱정 말고⋯⋯."

나는 몸을 굳히고 손바닥에 쥔 손수건을 움켜쥐었다.

히비야 공회당 무대에서는 지금 저명한 외국 피아니스트가 연주를 하고 있다. 장내를 가득 메운 청중은 취한 듯 그 묘기에 귀를 기울이고 있지만 솔직히 내 귀에는 그 멜로디가 한 소절도 들리지 않았다.

시각은 이미 7시 반. 8시까지 나는 히비야 교차점에 가지 않으면 안 된다. 그 불량배를 화나게 하면 어떤 일이 생길지 모른다. 한 번 몸을 허락한 여자의 연약함을 나는 탄식하지 않을 수 없다.

하지만 오토네, 넌 그런 식으로 자신의 양심을 속이고 있지만 사실은 그 남자 옆에 가고 싶은 거 아니니? 그리고 언젠가처럼 그 남자의 타오르는 입술에 젖고 호흡도 멈출 듯 늠름한 남자의 팔에 안겨 헐떡이고 신음하고 황홀경에 빠지고 싶은 거 아니야?

"아냐, 아냐, 아냐! 그런 거⋯⋯."

나는 무심코 입 밖에 내어 외친 후 놀라 정신을 차렸다. 다행히 그때 폭풍 같은 박수가 장내를 가득 메워서 양옆에 있던

가와이나 하시모토 외에 아무도 내 작태를 알아차린 사람은 없었다.

"정말 기분이 나쁜 것 같네."

"얼굴이 빨개. 상기되어 있어."

휴식시간이 되어 복도로 나오자 가와이와 하시모토가 걱정스런 듯 양쪽에서 내 얼굴을 들여다본다.

"응, 왠지 머리가 빙빙 돌아서……. 미안한데 먼저 실례해도 될까. 모처럼 불러줬는데……."

"그럼, 몸이 힘든데……. 근데 혼자서 괜찮겠어?"

"응, 괜찮아. 정말 미안해."

"그래, 그럼 현관까지 바래다줄게. 조심해."

비밀은 비밀을 부르고 거기에서 거짓말이 태어난다. 나는 두 친구를 속이고 히비야 공회당 정면 현관에서 계단으로 나갔다. 그때 뒤에서 "여, 오토네 아니냐?" 하고 느닷없이 부르는 목소리에 놀라 돌아보았다. 다테히코 삼촌이 가사하라 가오루와 정답게 팔짱을 끼고 서 있다. 나는 그 모습을 보고 도망치듯 계단을 내려갔다. 도중에 손수건이 떨어졌지만 그걸 줍는 것조차 두려웠다.

순례

"이봐요, 아가씨. 차에 타시겠습니까?"

히비야 교차점 안전지대에서 전차를 기다리는 척하며 서 있던 나는 갑자기 뒤에서 들려온 목소리에 돌아보았다. '빈차'라는 푯말이 걸린 택시가 멈춰 서 있다.

"됐어요, 저는……."

작은 소리로 거절했는데도 운전사는 운전석에서 내려 뒷자리 문을 열었다.

"자, 타십시오. 나야, 오토네."

나는 놀라 멈칫거렸지만 이내 주위를 둘러본 후 말없이 자동차에 탄다. 운전사가 운전석에 타자 자동차는 바로 달려 나간다.

"왜 그래, 오토네. 심하게 떨고 있잖아. 누군가 미행하는 사람이라도 있었어?"

"아뇨, 별로……. 그저……."

"그저? 왜 그래?"

"방금 공회당 앞에서 다테히코 삼촌과 만나서……."

"사타케 다테히코가 공회당에 와 있었어?"

"네."

"혼자?"

"아뇨. 가사하라 가오루란 사람하고……."

"아, 그런가. 즐기고 있군. 아하하."

핸들을 움켜쥔 채 목구멍으로 낮게 웃는 남자의 얼굴을 백미러 속에서 찾다가 "어머!" 하고 나는 무심코 큰 소리를 질렀다.

백미러에 비친 얼굴은 호리이 게이조도 아니고 다카토 고로도 아니다. 금테안경에 콧수염을 기른 멋쟁이 40대 남자다.

"당신은 누구죠?"

내 심장은 당장이라도 터질 것처럼 격하게 가슴속에서 요동치고 있었다. 상대는 거울 너머로 재미있다는 듯 웃었다.

"나잖아. 네 연인, 다카토 고로, 호리이 게이조. 어느 쪽이

든 좋아. 어때, 오토네. 내 변장술도 상당하지?"

아, 이 악당은 카멜레온처럼 모습을 바꾸는 방법을 알고 있는 것이다. 아무리 봐도 이 사람이 구로카와 변호사의 조수, 호리이 게이조라고는 생각되지 않는다.

"당신, 나를 어디로 데려가는 건가요?"

"뭐, 잠깐 순례하려고 해."

"순례라니……?"

"곧 알게 돼. 그보다 오토네, 거기에 가방 있지?"

정말 좌석 구석에 작은 가방이 놓여 있다.

"그 안에 숄하고 안경이 있으니까 그걸로 너도 변장하도록 해. 나만 모습을 바꿔봐야 네가 들키면 소용없어."

어디로 데려가는 건지 모르지만 나도 이런 남자와 둘이서 있는 것을 아는 사람에게 보이는 것은 싫고, 무엇보다 위험하기도 하다. 가방을 여니 수수한 색의 숄과 황갈색 테 안경이 들어 있다. 나는 숄을 머리에 두르고 안경을 썼다. 콤팩트를 꺼내 거울을 들여다본다. 어쨌거나 이걸로 나도 불완전하게나마 변신을 마친 것 같다.

"이봐요."

"응?"

"어디로 데려가는지는 모르지만 늦어도 11시까진 집에 돌려 보내줘요. 백부님과 시나코 님이 걱정하시니까."

"아, 그야 물론이지. 가능한 한 오래 두 사람의 교제를 계속하려면 가급적 남에게 수상하게 보이지 않도록 하는 편이 좋으니까. 우후후."

낮게 웃는 남자의 목소리를 듣는 사이 감은 내 눈초리에 뜨거운 눈물이 배어든다. 그때만큼 나는 자신의 처지를 불쌍하게 생각한 적이 없다.

호리이 게이조가 자동차를 세운 곳은 아사쿠사(浅草)의 쇼치쿠(松竹) 극장 옆이었다. 게이조는 거기에 자동차를 주차시키더니 내 손을 잡고 록쿠(六区) 쪽으로 들어간다. 나는 이런 시각에 록쿠를 걸은 적이 없다. 더욱이 남자와 둘이서는. 하지만 이제 와서 망설일 게 뭐람. 오늘 밤 스케줄을 마칠 때까지 이 남자는 나를 놔주지 않을 거야. 나는 몸 안이 움츠러드는 상념에 시달리면서도 남자에게 팔이 잡힌 채 걸어간다.

어수선한 록쿠의 골목길을 꺾어 들어가니 '홍장미 극장'이라는 네온이 켜진 가건물이 있다. 똑바로 바라보기 민망한 여자의 나신을 큼지막하게 그려놓은 포스터가 곁에 붙어 있는 것을 보니 분명 스트립 극장이겠지. 표 파는 곳에서 멈추더니 남자가 지폐를 꺼낸다. 나는 무심코 그 팔에 매달렸다.

"싫어요, 나……. 이런 곳에 들어가는 건……."

"괜찮다. 장래를 위해 이런 것도 봐두는 거다마. 암것도 부끄러워할 거 없다."

남자는 이미 말투까지 바뀌어 있다.

"하지만……."

"괜찮다, 괜찮다. 내한테 고마 맡겨둬라."

표를 사고 내 팔을 잡아끌며 안으로 들어가는 남자의 모습은 영락없는 호색한 시골신사이다. 그렇다면 나는 무엇으로 보일까.

하지만…… 표를 받는 곳을 지났을 때 나는 처음으로 남자의 목적을 알 듯한 기분이 들었다.

"그럼 잠깐 나갔다 오지. 헬렌과 메리는 공연이 끝나도 대기실에서 기다리라고 해. 10시 반까지는 돌아올 테니."

큰 소리로 말하며 사무실에서 나오는 남자의 얼굴을 보고 나는 놀라 숄 속에서 숨을 삼켰다.

그것은 쌍둥이 초코와 하나코를 양손의 꽃처럼 애인으로 둔 시가 라이조가 아닌가.

라이조는 힐끗 내 쪽을 보았지만 숄과 황갈색 테 안경이라는 변장도구가 먹혔는지 아무것도 알아차리지 못하고 부리나케 밖으로 나갔다.

금과 은

"방금 지나간 사람은……?"

관객석 구석 쪽에 앉았을 때 내 마음은 떨리고 있었다. 다시금 강하게 심장이 뛰고 있다.

"이곳의 매니저……."

남자는 낮게 중얼거리고 무대와 팸플릿을 번갈아보고 있었으나 이윽고 만족스런 듯 한숨을 토해내더니 아무렇지도 않은 눈으로 주변을 둘러보고 있다.

막이 열리자 나는 얼굴을 들 수조차 없었다. 장내 전체의 조명이 어두워서 망정이지 안 그랬다면 쥐구멍이라도 찾아 들어가고 싶은 심정이 되었을 것이다. 하지만 그것도 잠시였고

이윽고 작은 박수소리와 함께 막이 닫히자 장내가 확 밝아졌
다. 나는 숄에 고개를 파묻고 몸을 경직시켰다. 그때 느닷없
이 팔을 붙든 게이조가 내 귓가에 속삭였다.

"서쪽 2층을 봐."

"서쪽이라뇨?"

"왼쪽…… 무대 쪽에서 세어 여섯 번째 의자. 아무렇지 않
게…… 놀란 얼굴을 하면 안 돼."

나는 슬며시 고개를 들고 그가 알려준 쪽으로 시선을 돌렸
으나, 남자의 주의에도 불구하고 역시 놀라 숨을 몰아쉬지 않
을 수 없었다.

2층 맨 앞 좌석에서 상반신을 내밀고 물끄러미 아래층을 보
고 있는 사람은 시마바라 아케미의 젊은 정부, 미소년 시로가
아닌가. 올려다보는 나와 내려다보는 시로. 시선과 시선이 딱
마주치는 바람에 나는 당황해서 얼굴을 돌렸다. 무심코 몸이
살며시 떨렸다.

"싫어, 저 사람이 날 알아차렸을까요?"

"설마……. 그럴 리 없지."

"하지만 내 쪽을 보고 있지 않나요?"

"그건 너 같은 젊은 여자가 와 있어서 이상하게 생각한 거
야. 봐, 고개를 돌렸어."

"저 사람도 역시 이 건물과 관계가 있나요?"

"아니, 별로……. 그러니까 재미있지. 뭣 때문에 여기 와 있을까."

"저 사람, 어떤 사람이에요?"

"후루사카 시로(古坂史郞)라고, 고아야. 미모를 무기로 이 여자한테서 저 여자로 옮겨 다니고 있지. 현재는 지방 덩어리의 펫이야."

"그 여자는 어떤……?"

"음, 그건 나중에 보여주지. 하지만 저 미소년이 여기 와 있다니 재미있군. 오토네."

남자는 낮은 소리로 불렀다.

"싸움은 이미 시작되었어. 피투성이의 싸움. 아하하."

"아니, 그런 무서운 말을……."

내가 살짝 몸을 떨었을 때 벨소리가 울려 퍼졌다. 오케스트라 소리와 함께 막이 열리고 조명이 어두워진다. 나는 겨우 긴장을 풀고 그대로 고개를 숙이고 있었다. 그러는 사이 관객석 여기저기서 짝짝 작은 박수소리가 들리나 싶더니 게이조가 팔꿈치로 내 몸을 찔렀다.

"고개를 숙이면 안 돼. 이걸 보러 온 거잖아. 자, 잘 보도록 해."

게이조의 독촉으로 머뭇거리며 고개를 들자 무대에는 금과 은이라는 가희가 광란의 춤을 추고 있었다. 육체를 덮은 아주 미미한 부분 말고는 전신을 노출한 피부를 한 사람은 금, 한 사람은 은으로 칠하고 머리에 각자 금과 은의 관을 쓰고 다리에도 마찬가지로 금과 은의 샌들을 신은 채 뒤얽힌 두 마리 뱀처럼 계속 춤추고 있다.

"몸에 나빠, 이 춤……. 전신의 기공을 틀어막았으니까. 그래서 칠하고 나서 씻어내기까지 30분을 넘기면 위험한 모양이야. 그런데 누군지 알겠어? 저 두 사람?"

"누구?"

"헬렌 네기시와 메리 네기시, 즉 네기시 초코와 하나코야."

나는 다시금 놀라 숨을 삼키고 무대의 두 사람을 살펴보았지만 가면처럼 금칠과 은칠을 한 그 얼굴에서 초코와 하나코의 모습을 찾기는 어려웠다.

게이조는 관객석을 둘러보았다.

"관객이 없군. 시가 라이조가 초조해하는 것도 무리가 아냐."

남자는 갑자기 내 팔을 잡고 일어섰다.

"이번엔 어디……?"

쇼치쿠 극장 옆에 세워둔 자동차에 타자 나는 녹초가 되어 쿠션에 몸을 묻었다.

"이번엔 이케부쿠로, 그리고 신주쿠(新宿), 마지막으로 좋은 곳……. 우후후, 그걸로 오늘 밤은 해방시켜주지."

남자의 여유로운 웃음소리를 듣는 순간 나는 전신에 역겨운 근질거림을 느낌과 동시에 가슴이 격렬하게 뛰는 것을 느끼지 않을 수 없었다. 아, 내 몸에도 다른 사타케 일족 여자들과 마찬가지로 음탕한 피가 흐르고 있는 것일까.

이케부쿠로의 오리온 극장이라는 작은 건물 앞에 도착한 것은 9시가 막 지난 시점이었다.

"또 여기 들어가요?"

"응, 그래."

오리온 극장이란 버라이어티 쇼를 하는 작은 건물인 듯 우리가 들어갔을 때 무대에는 늠름한 거인과 열예닐곱의 귀여운 소녀의 곡예가 펼쳐지고 있었다.

거인은 딱 몸에 붙는 검은 새틴 타이츠에 마찬가지로 검은 새틴으로 만든 셔츠를 입고 은색의 두꺼운 밴드를 매고 있다. 소녀 역시 몸에 딱 붙는 분홍색 타이츠에 서커스에서 흔히 입는 살색 속옷을 입고 머리에 화환을 두르고 있다.

곡예는 눈이 핑핑 도는 빠른 템포로 계속해서 전개되어간다. 큰 남자가 가련한 소녀를 내던지자 그녀가 빙글빙글 고양이처럼 공중회전을 한다. 소녀의 묘기는 물론이고 빠른 템포도 경쾌하다.

그러는 사이 어쩐 일인지 공중회전을 한 소녀의 다리가 아플 만큼 남자의 머리를 찼다. 그러자 맹렬하게 화가 난 남자가 관객석 맨 뒤까지 들릴 정도의 소리를 내며 소녀의 뺨을 후려친다. 무대에 미끄러진 소녀를 짓밟고 찼는데도 분이 안 풀리는지 느닷없이 검은 셔츠를 벗어 팽개쳤는데, 그 밑에는 전신이 검은 문신으로 가득 차 있었다.

남자는 무대에서 큰 채찍을 집더니 도망치려는 소녀의 뒤에서 철썩철썩 날카로운 소리를 내며 휘두른다. 검은 타이츠에 문신을 한 남자가 가련한 소녀에게 채찍을 휘두르는 모습에 눈을 가리고 싶었다.

"뭐, 저것도 연기의 일부야. 봐, 음악의 템포에 딱 맞잖아. 나쁜 취미지. 그런데 오토네, 이 두 사람, 누군지 알겠어?"

놀라 눈을 크게 뜬 나는 처음으로 무대의 두 사람이 사타케 유카리와 양부 기토 쇼이치라는 사실을 깨달았다.

"저래 봬도 저 아가씨, 이미 처녀가 아냐. 남자의 노리개지. 그렇다기보다 남자를 조종한다는 편이 맞을까. 온순한 얼굴을 하고 있지만 제법 엄청난 아가씨야. 자, 나가자."

무서운 엿보기

"오토네, 루주와 눈썹연필 갖고 있어?"

다시금 자동차에 올랐을 때 운전석에서 남자가 물었다.

"네."

"그럼 말이지, 아주 야하게 화장해줘. 매춘부 식으로. 이번엔 숄과 안경만으론 불안해."

"어, 어떤 곳에 가는 거죠?"

"자, 됐으니 내 말대로 해."

나는 콤팩트를 꺼내 강렬한 화장을 시작한다. 눈썹을 길게 그리고 눈가를 칠하고 볼터치를 하고 입술을 아주 붉고 선명하게 칠한다. 어두운 룸 램프의 거울 속에 비친 자신의 비참한 얼굴을 보았을 때 나는 눈물이 흘러넘칠 것 같았다. 하지만 이 남자의 명령에 거역할 수는 없다.

"이 정도면 됐나요?"

황갈색 테 안경을 다시 고쳐 쓰고 내가 얼굴을 내밀자 남자는 백미러로 찬찬히 보았다.

"좋아, 훌륭해. 이젠 안경이 없어도 미야모토 오토네라고는 알아차릴 수 없겠군. 너도 제법 하잖아. 역시 사타케 일족이다. 아하하."

역시 사타케 일족이라는 말을 들었을 때 나는 굴욕감으로 전신이 불처럼 뜨거워졌다.

"이번엔 시마바라 아케미라는 사람한테 가는 거 아닌가요?"

"아, 그래. 통찰력이 좋군."

"그 사람은 어떤……?"

"금방 알게 돼. 하지만 오토네."

"네……."

"이번엔 낯짝과 낯짝을 맞대야 할지도 모르니 아주 조심하지 않으면 안 돼. 어깨를 올려. 걸을 때도 엉덩이를 흔들고. 몬로 식으로."

"난 그런 거……."

"불가능한 일이 어디 있어. 너도 사타케 일족이잖아. 아하하."

굴욕과 슬픔 때문에 내 가슴은 꽉 막힌 것 같았다. 한 번 굴러떨어지기 시작한 돌은 갈 데까지 가지 않으면 멈추지 않는다. 나는 어디까지 굴러가는 걸까. 칸칸마다 나란히 네온이 붙은 신주쿠 옆 거리에 차가 멈추었다.

"자, 가자."

남자는 내 손을 잡고 자동차에서 내린다. 발판에서 내렸을 때 내 무릎은 살짝 떨렸다.

"자, 똑바로 고개 들어. 어깨를 올리고 몬로 식으로……."

칸칸이 켜져 있는 네온사인이 눈물 때문에 살짝 부옇게 보인다. 나는 당황해서 손가락 끝으로 눈가를 누르고는 남자가 명령하는 대로 행동해본다. 그러는 것 외에 다른 길이 없지 않은가.

"그래그래. 잘하는군."

쿡쿡 웃는 남자가 가증스럽다.

오른쪽에도 바, 왼쪽에도 바, 칸칸이 죽 늘어선 바 속에서 재즈 음악이 울리고 새된 여자의 웃음소리가 들린다. 기타를 어깨에 진 두 남자가 차례로 바에 들어간다.

봉봉(BONBON)

네온이 켜진 바 앞까지 왔을 때 안에서 남자가 하나 뛰어나왔다. 그 남자의 얼굴을 본 찰나, 나도 나의 동행인도 놀란 듯 멈춰 섰다.

세상에, 시가 라이조가 아닌가.

하지만 라이조는 우리에게는 신경도 쓰지 않고 허둥지둥 그 옆 구획으로 나갔다. 게이조는 나를 어두운 그늘로 끌어들이더니 라이조의 모습이 옆 구획에서 사라질 때까지 지켜보고 있었다. 상대는 한 번도 뒤돌아보지 않았다.

"아하하, 이거 한층 재밌어지는데. 시로는 네기시 자매에게 들이댈 거야. 시가 라이조는 반대로 지방 덩어리에게 수작을 부리고 있지. 오토네, 아까도 말했다시피 싸움은 이미 시작됐다. 이놈이나 저놈이나 발버둥 치고 있어. 자, 들어가자."

봉봉은 폭은 좁지만 뱀장어잠자리*처럼 안이 깊은 가게로 왼쪽에 스탠드가 있고 손님이 대여섯 명 높은 의자에 앉아서 술을 마시고 있다. 오른쪽에도 테이블이 서너 개, 거기에도 대여섯 명의 손님이 있다. 자욱하게 내뿜는 담배연기, 귀가 멍해지는 재즈 선율, 손님들이 떠드는 소리가 왁자지껄 들린다.

문에서 들어와 왼쪽에 계산대가 있었다. 거기 있는 여자에

---

* 좁고 길쭉한 방이나 집의 비유.

게 게이조는 말을 건다.

"유키, 마담 있냐?"

여느 때의 게이조와는 전혀 다른 말투와 목소리다.

"아, 기 씨, 어서 오세요. 마담은 2층에 있어요."

힐끗 내 쪽으로 눈길을 준 여자는 역시 계속 보지는 않고 바로 눈길을 돌리더니 2층을 올려다보며 의미심장하게 미소 짓는다. 그건 그렇고 게이조는 여기서는 또 다른 이름으로 알려져 있는 모양이다.

"손님······?"

"네, 지금 막 돌아가신 참인데요······. 마담, 왜 안 내려오시는 걸까요?"

"피곤하겠지. 우후후."

게이조는 목소리를 낮췄다.

"유키, 방 비었나?"

"네, 한가운데 방요······."

"한가운데 것도 좋아. 잠깐 이 아가씨와 얘기하고 싶은 게 있어서."

지폐를 내고 열쇠를 받았을 때 여자는 다시 힐끔 내게 시선을 돌렸다. 다행히 여기도 어슴푸레한 간접 조명, 강렬한 화장 때문에 내 맨얼굴까지 간파할 수는 없겠지.

"어이."

눈짓으로 부르는 남자의 뒤를 따라 나는 부루퉁하게 어깨를 치켜 올리고 있는 힘껏 남자가 요구한 걸음걸이로 스탠드와 테이블 사이를 빠져나갔다. 수치심과 굴욕감 때문에 몸 안이 타오르는 것처럼 뜨거웠다.

스탠드와 테이블 사이의 통로를 벗어나자 문이 있고, 문 안쪽에 화장실과 가파른 계단이 보인다. 화장실 맞은편에는 뒤쪽 노지로 통하는 나무문이 닫혀 있다. 계단을 올라가자 복도 왼쪽에 문이 세 개, 안의 두 개는 불이 꺼져 있었다. 앞방에서는 불빛이 조금 새어 나오고 있다. 남자는 가운데 방으로 들어가 불을 켜고 다시금 문 안에서 열쇠를 잠근다.

"저기요, 이런 데 나를 데려와서 어쩔 셈이죠?"

조악한 침대를 보고 당황해서 눈을 피한 내 목소리는 당장이라도 울음이 터질 듯했다.

"상관없잖아. 아무도 너를 미야모토 오토네라고 생각 안 해. 매춘부로 꾸민 네 모습, 잘 어울려. 게다가 말이지, 시마바라 아케미가 어떤 여잔지 너한테 보여주고 싶어서."

남자는 느닷없이 나를 안더니 아플 정도로 격렬하게 입술을 빨아들였다. 그리고 숄을 잡아챘지만 갑자기 생각이 미친 듯 나를 떼어내고 일단 한쪽 벽으로 가서 귀를 기울이더니 다시금 방을 가로질러 다른 벽으로 가서 귀를 기울였다.

"이런, 자고 있나?"

남자는 잠시 숙고하는 양 고개를 기울였다.

"오토네, 잠깐 기다려. 소리 내면 안 돼."

그는 스위치를 눌러 불을 끄고는 침대에 올라가 뭔가 느릿느릿 하고 있었다. 조금 있다가 보니 바닥으로부터 2미터 남짓한 벽에 네모난 구멍이 있고, 그것을 통해 옆방이 들여다보인다. 어둠 속에서 남자의 격렬한 숨소리와 침대가 삐걱거리는 소리가 들렸다.

"오토네…… 오토네……."

남자는 눌러 죽인 소리로 재빠르게 불렀다.

"소리 내면 안 돼. 이쪽으로 와서 잠시 여기로 들여다봐."

"당신, 왜, 왜 그래요?"

"어쨌거나 이쪽으로 와……. 자."

어둠 속을 손으로 더듬어 침대로 올라가자 남자는 내 허리를 잡고 작은 구멍으로 옆방을 엿보게 했다. 그 순간 내 심장이 단숨에 목구멍까지 치밀어 올랐다.

옆방 침대 위에 거의 전라에 가까운 모습을 한 여자가 위를 보고 누워 있었다. 그 가슴에는 손잡이에 손수건을 두른 단도가 푹 자루 언저리까지 박혀 있다. 다행히 허리 아래는 담요로 덮여 있었는데, 커다란 유방이나 지방 덩어리 같은 살집으로 한눈에 시마바라 아케미인 것을 알았다.

"오토네, 오토네……."

당장이라도 실신할 것 같은 내 몸을 꽉 끌어안은 남자의 목소리 역시 그때는 떨리고 있었다.

"내가 말한 대로잖아. 역시 피투성이의 싸움은 시작된 거다."

사랑과 증오

 그 뒤 봉봉을 벗어나 호리이 게이조, 즉 다카토 고로의 은둔처에 도착하기까지의 일은 거의 단편적인 기억으로밖에 내 머릿속에 남아 있지 않다. 그것은 때맞춰 꺼졌다 켜졌다 하는 네온의 광고등처럼 묘하게 반짝반짝 자극적이고 일관성을 띠고 있었다.

 그때 가장 강하게 내 마음을 두드린 것은 게이조라는 남자의 강한 이성이다. 잠시 경악하기는 했지만 그에서 벗어나자 남자는 척척 일을 해냈다. 조금도 허둥대거나 초조해하지 않았다.

 그는 우선 엿보는 구멍의 문을 닫더니 그 위에 액자를 다시 없었다. 나중에 알아차렸지만 그것은 유리에 끼운 여자의 누드 사진이었다. 그리고 나를 안아 침대에서 내리더니 불을 끄고 침대에 묻은 흙을 걷어내고 구둣발로 우묵하게 팬 곳을 정돈했다. 그리고 다시 한 번 주의 깊은 눈길로 방 안을 둘러보다가 내가 장갑을 벗고 있다는 사실을 파악했다.

"오토네, 이 부근의 기물을 만지지 않았겠지?"

"아뇨, 저, 별로……."

"그래도 만약에 대비해서 제대로 그 주변을 닦아두도록 해. 아무 생각 없이 만졌을 법한 곳을……. 지문이 남아 있으면 곤란하니까."

하지만 이미 손수건은 히비야 공회당에서 떨어뜨렸다. 할 수 없이 숄 끄트머리로 닦는 모습을 남자가 보았다.

"오토네, 손수건은?"

"히비야에 떨어뜨리고 왔어요."

"왜 줍지 않았지?"

"다테히코 삼촌이 쫓아올 것 같아서……."

"아, 그래."

게이조도 주의 깊게 그 부근을 다 닦아냈다.

"자, 이걸로 됐어."

그는 내 어깨에 양손을 짚고서 강렬한 눈으로 내 눈을 들여다보았다.

"오토네, 이제부터가 큰일이다. 우리는 여길 빠져나가지 않으면 안 돼. 그렇다고 눈에 띄게 나갈 수는 없어. 너무 이르니까. 그러니 계단 아래 뒷문이 있잖아. 거기로 빠져나가자. 정신 차리고 침착하게……. 괜찮겠지?"

"네. 저, 당신만 옆에 있어주면……."

그것이야말로 그때 나의 본심이었다. 다시금 예기치 못한 살인사건에 휘말려 와들와들 떨고 있던 나에게 있어 그때의 게이조만큼 믿음직한 존재는 없었다.

"좋아. 그럼 나가자."

불을 끄고 복도로 나간 다음 게이조는 문을 닫고 열쇠를 잠갔다. 살인이 일어난 방 앞을 지나 계단에 다다르자 게이조는 멈춰 서더니 입술 위에 손가락을 댔다. 누군가가 화장실에 들어가 있었다. 그 사람이 나와서 가게 쪽으로 가기를 기다려 그는 말했다.

"여기서 기다려. 내가 한 발 앞서 내려가 뒷문을 열고 오지."

"당신, 날 버리면 안 돼요."

"무슨 바보 같은 소릴!"

남자는 성큼성큼 계단을 내려가 일단 모습을 감추었으나 바로 계단 아래로 돌아와 신호한다. 나는 그쪽으로 구르듯 계단을 내려갔다.

좁은 노지를 벗어나 주차해둔 자동차에 올라 달리기 시작했을 때 나는 전신의 관절이란 관절이 뿔뿔이 흩어지는 듯한 나른함을 느끼고는 녹초가 되어 쿠션에 몸을 파묻고 눈을 감았다.

"제발 부탁이니 이제 돌려 보내줘요……."

"아하하, 아직 일러. 11시까지 보내주겠다는 약속이었잖아."

남자의 말을 듣고 손목시계를 보니 웬걸, 불과 9시 40분이 아닌가. 그럼 이 남자와 만난 후 겨우 1시간하고 40분밖에 지나지 않았단 말인가. 내게는 그동안 길고 긴 필름이 돌아간 것 같았는데…….

"이제부터 어디로 가죠?"

"내 은신처로 가자, 오토네."

"네……."

"난 봉봉에선 2층에 올라갈 작정은 아니었어. 시마바라 아케미란 여자의 정체를 네게 보여주고 나서 바로 거길 뜰 작정이었는데, 2층에 올라간 게 오히려 잘됐어. 이걸로 확실히 각오를 정했으니."

"각오라뇨?"

"너와 생사를 같이하겠다는 각오."

나는 잠자코 입술을 깨문다. 혐오와 연정, 사랑과 증오의 실이 기묘하게 뒤얽혀 내 감정을 혼란스럽게 만든다.

"오토네, 왜 잠자코 있는 거지? 왜 아무 대답이 없는 거야."

나는 일부러 화제를 돌렸다.

"그 사람을 죽인 건 시가 라이조인가요?"

"글쎄……. 그렇다고만은 볼 수 없지 않을까."

"어째서?"

"어째서라니, 오토네, 뒷문 빗장이 벗겨져 있었어. 그러니 시가 라이조가 떠난 뒤 누군가가 그 방에 숨어 들어와 아케미를 살해하고 뒷문으로 도망쳤다고 생각할 수도 있어. 시가가 설마 그랬겠어? 그 가게에서 확실히 얼굴을 보였는데 말이지."

"당신은 괜찮아요?"

"뭐가?"

"그 가게에서 당신을 봤잖아요."

"아, 그거 말인가. 난 기노시타라는 암거래 브로커로 거기서 알려져 있어. 아무도 내 진짜 얼굴을 모르지."

나는 백미러 속에서 다카토 고로와 호리이 게이조와는 완전히 다른 멋쟁이 40대 남자의 얼굴을 찾아냈다.

"당신은 대체 어떤 사람인가요?"

"나 말인가. 난 이런 남자야. 그것보다 오토네, 아까 질문에 대답해. 넌 날 어떻게 생각하지?"

"나? 난 이미 그때부터 각오를 정했어요. 당신한테서 달아날 수 없다고……."

"고마워."

남자는 낮고 짧게 중얼거렸을 뿐이다.

그 후에는 침묵하는 두 사람을 태운 채 자동차는 어둠 속을 질주하고 있었다.

환상의 탑

호리이 게이조의 은신처가 어디 있는지 밤이라 확실한 지점은 알지 못했고, 또 나는 그걸 알아낼 기력조차 없었다. 하지만 도중에 아카사카(赤坂) 성문을 지났던 걸 기억하고 있고, 오른쪽에 NHK 방송탑의 표식등 같은 게 보이고 얼마 지나지 않아서의 일이었으니 그곳은 분명 저수지 부근이었을 것이다.

밤눈에도 어수선한 길 한쪽의 꽤 넓은 주차장에 고장 난 것 같은 자동차가 한 대 자리 잡고 있었다. 남자는 나를 태운 채 능숙한 운전으로 주차장 구석에 자동차를 세웠다. 그 소리를 듣고 안에서 서른 전후의 여자가 나왔다.

"어머, 주인님. 다녀오셨어요?"

"아, 유리. 30분 정도 있다가 다시 나갈 거야. 자동차는 이대로 놔둬. 자, 내려."

머뭇거리며 자동차에서 내리는 나를 여자는 처음으로 알아차린 모양이었다.

"어머!"

"아하하, 유리. 뭐야. 그렇게 뚫어져라 보면 부끄러워하잖아. 이 아가씨, 이래 봬도 아직 순진하거든. 자, 가자."

주차장 건물에 들어가자 2층으로 올라가는 조악한 목제 계단이 보이는 한편, 지하로 내려가는 콘크리트 계단이 컴컴한 움막 속으로 이어지고 있다. 남자는 스위치를 비틀어 지하로 가는 계단의 불을 밝혔다.

계단 아래로 이어지는 차가운 콘크리트 복도 바로 앞에 튼튼한 문이 있었다. 이 문은 이중인 데다가 방음 장치가 설치되어 있어서 안으로 들어가 문을 닫는 순간 우리는 완전히 외계의 음향에서 단절되어 버렸다.

나는 다시금 차가운 전율에 무릎께를 떨면서 아플 만큼 심장이 조여드는 것을 느낀다.

"여기가 암거래 브로커 야마구치의 비밀 근거지지. 자, 앉아."

"야마구치……?"

나는 무심코 앵무새처럼 반문한다. 봉봉에서는 기노시타라는 이름이었는데…….

"그래, 야마구치 아키라(山口明)가 이곳에서의 내 이름이야. 됐으니 앉아."

나는 선 채 주변을 둘러보았으나 역시 그곳은 사무적인 교섭이 이루어지는 방인 듯 원탁 외에 커다란 책상이 있다. 책상 위에는 탁상 일기장이나 장부 같은 것이 놓여 있다. 어느 쪽인가 하면 살풍경한 실내의 분위기라 나는 가슴을 쓸어내렸다. 하지만 그 순간 반쯤 열린 문틈으로 옆방의 모습이 눈에 들어와 나는 다시금 놀라 심장이 단단해졌다.

어슴푸레한 불빛 아래 부드러운 새털이불로 덮인 침대 다리가 보인다…….

"자, 오토네. 이걸 마셔."

구석의 선반 앞에서 뭔가 하고 있던 남자가 이쪽을 돌아보더니 붉은 액체를 담은 두 개의 유리잔을 양손에 들고 왔다.

"저, 도저히 못 마시겠어요."

"어째서?"

"왠지 가슴이 답답해서……."

"아, 그래? 그럼 마실 수 있도록 해주지."

남자는 원탁 위에 잔을 놓고 느닷없이 나를 끌어안더니 강하고 격렬하게 숨이 막힐 정도로 긴 키스를 했다. 그리고 내 몸을 떼더니 싱긋 웃었다.

"이제 마실 수 있겠지. 뭐, 가벼운 술이야. 자, 프로짓!*"

고통스러운 상념에 나는 결심하고 단숨에 잔을 비웠다. 그리고는 무너지듯 안락의자에 몸을 묻었다. 뱃속에서 뜨거운 불길이 솟구친다.

"당신, 나를 어쩔 셈이죠? 빨리 집에 돌아가고 싶어……."

"아직 일러. 10시잖아. 게다가 우리는 작전을 세우지 않으면 안 되니까."

"작전……?"

"오토네, 아직 모르겠어? 넌 오늘 밤 8시 전에 친구를 두고 히비야 공회당을 나왔어. 그리고 11시 넘어 아자부 롯폰기의 집에 돌아왔는데, 그사이에 너와는 유산 상속을 둘러싼 경쟁 상대 중 한 사람인 시마바라 아케미가 살해당했다고. 게다가 아케미가 살해당한 옆방에 기노시타라는 이름의 암거래 브로커가 수상한 여자와 함께 있다 모습을 감췄어. 그 여자가 너란 건 모르겠지만 관계자의 한 명으로 오늘 밤 8시부터 11시 무렵까지의 행동에 대해 취조받을지도 몰라. 넌 뭐라 대답할 작정

---

* Prosit. 독일어. 축배를 들 때나 축하할 때 외치는 소리.

이지?"

"당신……."

"그러니 여기서 작전을 세워둘 필요가 있어. 오토네, 넌 아까 나한테서 달아날 수 없다고 각오를 정했다고 했지."

"네……."

"좋은 각오야. 나도 끝까지 널 놓지 않을 거야. 백 억이란 유산이 굴러 들어올 때까지는."

그때의 호리이 게이조의 미소에는 어딘가 피비린내 나는 무시무시함이 있었다.

"너한텐 내가 필요해. 서로 죽이는 경쟁은 이미 시작됐어. 게다가 네 경쟁자에게는 각자 남자가 붙어 있다고. 가사하라 가오루에게는 네 삼촌인 사타케 다테히코, 헬렌과 메리 네기시에게는 시가 라이조, 사타케 유카리에게는 기토 쇼이치. 다들 무서운 남자야. 시마바라 아케미는 죽었지만 그 후루사카 시로란 애송이도 보통 녀석이 아냐. 그렇게 홍장미 극장에 나타난 걸 보면 아케미가 죽었다고 해서 그대로 물러날 거라고는 생각되지 않아. 알겠나, 오토네. 그러니 너한테는 나라는 강하고 영리한 남자가 필요해. 우리는 일단 동맹을 맺는 거다."

이런 악당과 동맹을 맺는다는 것은 이성적으로 생각하면

구역질 나는 일이다. 그럼에도 그때 나는 이 남자에게 매달리고 싶은 충동을 몸 안 가득 느꼈다.

"오늘 밤 알리바이 말인데, 그에 대해 상의하기 전에 너한테 잠깐 보여주고 싶은 게 있어."

남자는 주의 깊게 자물쇠가 걸린 책상 서랍을 열었다.

"오토네, 지금까지 이런 사진이나, 아니면 실물이면 더 좋겠는데, 어딘가에서 이런 걸 본 적 없어?"

남자가 내민 것은 한 장의 사진이었다. 사진을 보자마자 나는 왠지 모르게 등골에 송곳이 닿은 듯한 전율에 휩싸였다.

그것은 언덕을 배경으로 서 있는 삼층탑의 사진이었다. 흐린 날씨에 찍은 듯 묘하게 뿌옇고 어두운 도면이 마치 그 탑에 걸린 불길한 운명을 암시하는 것처럼 생각되어서 견딜 수가 없었다.

하지만 내가 전율한 것은 그 때문이 아니었다. 언제 어디선가 나는 이 탑을 본 듯한 기분이 들었던 것이다. 언제, 어디서……? 하지만 그것은 멀고 오래된 기억의 연막에 가려져 지금의 나로서는 생각해낼 도리가 없다…….

삼수탑의 유래

"넌 알고 있군. 이 탑이 어디 있는지. 오토네, 알고 있다면 가르쳐줘."

남자의 목소리는 정말이지 어울리지 않는 진지함과 강인한 기백으로 가득 차 있었다. 하지만 나는 뭐라 대답해야 할지.

"나…… 분명 이런 탑을 언제 어디선가 본 듯한 기분이 들어요. 하지만 그게 어딘지 모르겠어……."

"오토네, 오토네, 생각해내. 자, 생각해내야 해. 이 탑이야말로 우리의…… 아니, 네 운명에 중대한 영향력을 갖고 있으니까."

내 어깨에 양손을 짚은 채 강인한 힘으로 흔드는 남자의 얼굴은 마치 실성한 것 같다. 어떤 경우에도, 살인사건을 앞에 두고도 태연하고 침착하던 이 남자의 이토록 흐트러진 안색이라니……. 나는 이상하다기보다 기가 막히는 기분으로 뜯어보았다.

"무리예요. 이 탑을 본 적이 있는 듯한 기분이 든다는 것뿐……. 정말로 본 적이 있는지 없는지 그것조차 확실하지 않은걸요. 혹시 본 적이 있다면 아주 옛날 내가 아직 어렸을 때였을 거야."

"오토네, 넌 역시 그 탑을 본 적이 있는 거다. 그리고 말이지. 오토네, 인간한테 완전히 잊어버린다는 일은 있을 수 없어. 그저 기억 밑바닥 깊은 곳에 갇혀 있을 뿐이야. 그러니 생각을 끌어내. 지금이 아니어도 좋으니 가능한 한 빨리 생각해내도록 노력해줘……."

"네, 그건……. 나도 신경 쓰이니까……."

그때 남자의 얼굴을 뒤덮고 있던 비통한 기색을 나는 이상하게 생각하며 지켜보았다.

"그런데 이 탑은……?"

"이게 삼수탑이야."

예상했던 답변이기는 하지만 그 불길한 이름을 들었을 때 나는 역시 허탈한 전율을 금할 길 없었다.

"어째서 그런 징그러운 이름이 붙어 있는 거죠?"

"이 탑에는 나무로 조각한 세 개의 머리가 모셔져 있어. 미국에 있는 네 친척인 겐조 노인과 그에게 살해당한 다케우치 다이지(武内大弐), 다케우치 다이지 살인의 누명을 쓰고 목이 잘린 다카토 쇼조(高頭省三), 세 사람의 목이……."

나는 눈을 크게 뜬 채 한동안 입도 뻥긋하지 못했다. 왠지 무서운 것, 무시무시한 미생물이 전신을 기어 다니는 느낌이다.

"다케우치 다이지라고요? 그럼 혹시 그 사람이 우리를 노리는 다케우치 준고란 사람의……."

"아, 그래. 다케우치 준고의 할아버지에 해당해. 자, 들어봐. 네 친척인 겐조 노인은 다케우치 다이지라는 남자를 죽이고 도망쳤어. 하지만 그 의심이 나의…… 나와 사촌 슌사쿠의 증조할아버지에게 가서 증조할아버지인 다카토 쇼조는 누명을 쓰고 사형을 선고받아 목이 잘렸지."

"목이 잘려요?"

"그래. 오토네는 모르겠지만 일본의 사형제도가 교수형으로 바뀐 것은 메이지 13년(1880년) 이후부터야. 이 사건은 그보다 전인 메이지 11년에서 12년에 걸쳐서 일어났어. 꽤 오래된 얘기지."

남자는 울상을 짓는 듯한 미소를 지었다.

"그런데 네 친척인 겐조 노인은 일본을 탈출하여 여기저기를 방랑한 끝에 중국인 행세를 하며 미국에 입국해 그곳에서 현재와 같이 성공했어. 하지만 성공해보니 옛날에 저지른 죄가 무서웠지. 그래서 죄를 조금이나마 씻기 위해 자신이 죽인 다케우치 다이지의 손자 준고란 사람을 미국으로 불러들였어. 이 준고란 사람이 성실한 사람이었다면 겐조 노인도 자신의 재산을 물려줄 작정이었지만, 요전에 구로카와 변호사도 얘기했다시피 어쩔 도리가 없는 인간이라 결국 일본으로 돌려보냈지. 그리고 그 대신 자신의 혈연에 해당하는 미야모토 오토네, 즉 너와 자신을 대신해 참수형을 당한 다카토 쇼조의 증손 다카토 슌사쿠를 짝지어준 다음 그 두 사람에게 재산을 물려주자고 생각했던 거야."

"다카토 슌사쿠란 사람은 당신 사촌이죠?"

"아, 그래."

"그럼 어째서 겐조란 분은 사촌 대신 당신을 고르지 않은 건가요?"

나는 전신의 비웃음을 담아 상대의 마음에 상처를 입힐 작정이었지만 그 어조는 예상보다 약한 것이 되고 말았다.

남자는 싱긋 건방진 미소를 지었다.

"그건 아마 내 근성이 삐뚤어져 있어서 겐조 노인의 눈에 들지 못했기 때문이겠지."

그는 부루퉁하게 냉소했다.

"그건 그렇고 겐조 노인은 쇼와 12년(1937년) 무렵 한 번 일본에 돌아온 적이 있어. 그때 3층짜리 공양탑을 지어 거기에 자신이 죽인 다케우치 다이지와 자기 대신 죽은 다카토 쇼조, 그리고 자기 자신을 닮은 머리, 그렇게 목조로 만든 머리 세 개를 바쳤지. 그래서 이 탑은 삼수탑이라고 불렸는데……. 아마 그때였겠지. 너한테도 구로카와 변호사가 보여줬겠지만 자기 마음속에 있던 소년 소녀, 다카토 슌사쿠와 미야모토 오토네의 사진을 몰래 찍었던 건……."

"그런데 그 탑이 어째서 내 운명과 중대한 관계가 있다는 거죠?"

"그건 아직 말할 수 없어. 그게 우리의…… 아니, 네 적에게 노출되면 돌이키기 힘든 상황이 될 거야. 그러니 우리는 한시라도 빨리 이 탑을 찾아야 해."

"그런데…… 당신은 어떻게 그런 자세한 사정을 아는 거죠?"

"나 말인가. 난 뭐든 다 알아. 오토네, 백 억이란 재산을 생각하면 어떤 일이라도 알아둘 필요가 있다고 생각지 않아?"

나는 다시금 차가운 전율이 등줄기를 뚫고 지나가는 것을 느꼈다.

"이 사진을 왜 당신이 가지고 있나요?"

"이거 말인가. 이건 다카토 슌사쿠가 겐조 노인에게 받아 아이 때부터 소중히 갖고 있던 거야. 슌사쿠의 왼팔에 오토네, 슌사쿠라는 문신이 있었지. 그것도 겐조 노인이 훗날의 표시로 새겨준 거다. 누군가가 슌사쿠 대신이 되면 안 된다 싶어서. 노인은 어지간히 다카토 슌사쿠와 미야모토 오토네가 귀여웠던 모양이지."

갑자기 무서운 의심의 불꽃이 머릿속에 확 퍼져서 나는 벌떡 일어섰다.

"아, 알았어. 그래서 당신은 사촌을 죽인 거군요. 그러고 나서 이 사진을 빼앗았고요. 그래요, 그래요. 악당! 악당! 당신은 역시 살인마로군요!"

"오토네! 내가 악당이든 아니든 너한테는 역시 내가 필요해. 자, 와라. 이제 별로 시간이 없어. 옆방에서 오늘 밤 알리바이 상담을 하지 않겠어?"

"싫어!"

"싫다……?"

"오늘 밤은 이제 그만해요……."

"아하하! 오토네, 말은 그렇게 하지만 네 몸은 나를 갈구하고 있어. 넌 나한테 반했다고. 넌 일부러 그걸 인정하지 않으려 하지만. 자, 와라. 우리는 몸과 몸으로 확실한 약속을 해두지 않으면 안 돼."

남자는 자물쇠가 걸린 서랍에 삼수탑의 사진을 쑤셔 넣더니 넋을 잃고 서 있는 내 옆으로 다가와 가볍게 내 몸을 안아 올렸다.

아, 난 다시금 임신의 공포와 불안에 시달리지 않으면 안 되는 것일까.

피로 젖은 손수건

 그로부터 40분 후. 아자부 롯폰기에 있는 우에스기 백부님의 저택으로 꺾어지는 길모퉁이에서 자동차를 세우고 내리니 갑자기 어둠 속에서 한 남자가 다가왔다.

 "미야모토 오토네 씨죠?"

 켕기는 데가 있다는 말은 이럴 때 쓰는 말일 것이다. 비밀을 가진 나는 본능적으로 상대가 경찰이라는 것을 알아차리고 놀라 가슴이 떨렸다. 그래도 가능한 한 아무렇지 않게 대꾸해야 한다.

 "네. 저, 제가 미야모토 오토네인데요. 그러는 당신은……?"

 "예, 저는 경찰입니다. 당신이 돌아오시기를 기다렸습니다. 어이, 자네, 자네."

형사가 운전사 쪽을 보았다.

"이 아가씨를 어디서 태웠나?"

"저, 유라쿠초(有樂町)입니다만……."

"유라쿠초? 틀림없겠지? 자네, 면허증을 보여주게."

"예. 저…… 어르신, 무슨 일로?"

"아, 됐으니까 면허증이나 보여줘."

"예……."

운전사가 면허증을 꺼내 보이자 형사는 회중전등으로 거기 붙은 사진과 운전사의 얼굴을 비교해보았다.

"이름이 니노(新野)로군. 니노, 유라쿠초에서 이 아가씨를 태웠다고 했는데 그건 몇 시쯤이었지?"

"몇 시쯤이었냐면……."

운전사는 손목시계를 보았다.

"지금 11시 10분이니까 11시 5분 전쯤이었던 것 같습니다만. 밤이라 속력을 냈거든요."

"그때 이 아가씨, 혼자였나."

"예, 혼자였습니다. 스키야바시(数寄屋橋) 부근에서 히비야 쪽을 향해 걷고 계셔서 말을 걸었더니 바로 타셨는데……. 어르신, 무슨 의심스런 점이라도……."

역시 악당 호리이 게이조의 부하다. 의아한 듯 눈썹을 찌푸리는 모습이 진짜 같다. 하지만 형사는 그 말에는 대답하지 않고 운전사의 이름과 차 번호를 수첩에 적었다.

"그럼 자넨 가도 좋아. 하지만 언제 다시 부를지 모른다는 사실은 알아둬."

"예, 알겠습니다. 그럼……."

자동차가 가버리자 형사는 내 쪽을 돌아보았다.

"실례했습니다. 다시 좀 성가신 문제가 터져서요. 그럼 모시고 가겠습니다."

"네. 저, 성가신 문제라니, 무슨……?"

"아, 그건 가보시면 알게 됩니다."

그 거리 모퉁이에서 우에스기 백부님 댁까지는 1백 미터. 형사와 어깨를 나란히 하고 걷고 있으려니 내 가슴이 수상하게 흐트러진다.

봉봉에서의 사건이 발각된 게 틀림없다. 하지만 이렇게나 빨리 나한테 경찰의 손이 뻗친 건 왜지? 혹시 그 방에 신원이 발각될 만한 증거품을 놓고 온 걸까. 그게 아니라면 이 사건에 관해 경찰에서는 각별히 나를 주목하고 있는 걸까…….

집에 도착해보니 문에도 현관에도 응접실에도 밝게 불이 켜져 있고 어딘가 분위기가 삼엄하다.

"형사님, 저희 집에 무슨……?"

"아뇨, 아뇨. 별로 걱정하실 일은 없습니다. 다들 기다리고 계시니 바로 응접실 쪽으로……."

현관에서 외투를 벗고 응접실에 들어간 나는 갑자기 얼굴에서 핏기가 가시는 것을 느꼈다.

거기에는 우에스기 백부님과 시나코 님, 도도로키 경부와 두 사람의 형사, 거기까지는 각오했지만 그 외에도 또 한 명, 밉살스런 더벅머리의 긴다이치 코스케가 짐짓 점잖아 보이는 얼굴을 하고서 기다리고 있지 않은가.

나는 아까 호리이 게이조, 즉 다카토 고로로부터 이렇게 주의를 받았다.

'긴다이치 코스케를 조심해. 그 남자의 풍채에 속으면 안 돼. 그놈은 그래 봬도 엄청난 남자니까. 혹시 우리가 진다면 분명 그 남자한테일 게 분명해…….'

"오토네, 넌 지금껏 대체 어디 갔었던 게냐!"

창백해져서 말없이 서 있던 나를 보고 인내심이 한계에 이른 듯 말씀하시는 우에스기 백부님의 말투에는 일찍이 보지 못한 근엄함이 있었다.

"백부님, 죄송해요. 저, 그만……."

다정한 백부님으로부터 여태까지 한 번도 그런 엄한 말을 들어본 적 없던 내가 무심코 눈물을 글썽이자 옆에서 시나코 님이 달래듯 말했다.

"세이야 씨, 그렇게 물어뜯듯이 말하지 않아도 되잖아요. 오토네, 이리 오너라."

"네……."

"아까 말이다, 이분들이 오셔서 너에 대해 물어보셨단다. 그래서 음악회도 끝났을 때다 싶어 가와이 네 집에 전화를 걸어봤어. 그랬더니 가와이는 벌써 돌아와 있고, 네가 8시 전에 기분이 나쁘다면서 공회당에서 나갔다고 대답하지 않겠니. 그래서 나도 네 백부님도 굉장히 걱정하고 있었단다. 이제껏 어디 있었니?"

"아주머니, 죄송해요. 그저 긴자를 돌아다녔……."

"하지만 아가씨."

옆에서 끼어든 것은 도도로키 경부.

"그저 돌아다녔다고는 하지만 당신이 히비야 공회당을 나온 건 8시 전이었다지 않소. 그리고 지금은 벌써 11시가 지났고. 세 시간 동안이나 돌아다녔단 말인가요?"

"아뇨, 저…… 그동안 영화관에도 갔고 찻집에도 한 번……. 한데 아주머니, 무슨 일이 또?"

"오토네!"

갑자기 옆에서 백부님이 큰 소리로 끼어들었다.

"너, 손수건은 어떻게 했느냐?"

"손수건이라니요……?"

"오토네, 이분들 얘기를 들으니 오늘 밤 또 어딘가에서 살인사건이 일어났다고 하는구나. 그런데 피해자 가슴에 꽂힌 단도 손잡이에 손수건이 묶여 있었다는데 그 손수건이 바로……."

갑자기 내 머리에 무서운 형상이 되살아난다. 지방 덩어리 같은 시마바라 아케미의 가슴팍에 푹 꽂힌 단도 손잡이를 싸고 있던 손수건……

"백부님, 그럼 그 손수건이 바로……."

"자, 경부님. 오토네에게 그 손수건을 보여주시겠습니까?"

경부도 긴다이치 코스케도 비장의 카드를 내기 전에 좀 더 자세히 내 알리바이를 확인해볼 작정이었던 게 틀림없다. 그래서 백부님이 서둘러 입을 열었을 때는 둘 다 곤란한 듯 얼굴을 찡그리고 있었으나 백부님이 독촉하자 어쩔 수 없이 경부는 손수건을 꺼내 보였다. 그 순간 나는 정수리에 꼬챙이라도 박힌 것 같은 충격을 받았다.

구석에 'Otone M.'이라고 수놓인 그 손수건은 분명 오늘 밤 내가 히비야 공회당에서 떨어뜨리고 온 물건이었는데, 보니 흠뻑 피에 젖어 있었다.

알리바이 만들기

 아, 내게 있어서 그 손수건이야말로 이중의 의미에서 더없이 무서운 충격이었다.

 자신의 손수건이 꺼림칙한 살인에 사용되었다는 것과 또 한 가지, 그것을 주워 이용한 사람이 누구일까 하는 것. 아아, 그럼 시마바라 아케미를 살해한 사람은 다테히코 삼촌이었단 말인가.

 "오토네, 오토네. 정신 차려라. 넌 이 손수건을 어딘가에서 떨어뜨린 거지? 그걸 누군가가 주워서 이용한 거야. 그래, 알고 있어. 그러니 아무것도 걱정할 게 없단다."

 다정한 시나코 님, 아무것도 모르는 아주머니의 말씀을 들는 사이 나는 새삼 자신의 죄의 깊이에 가슴을 도려내는 듯한 슬픔을 느끼고 양손으로 얼굴을 가렸다.

"아가씨, 우리도 결코 당신을 의심하는 건 아니오. 방금 어르신도 말씀하셨듯 아가씨는 어딘가에서 이 손수건을 떨어뜨린 거죠?"

도도로키 경부의 질문에 나는 흐느끼며 끄덕였다.

"그렇군요. 그럼 어디서 떨어뜨렸는지 기억하십니까? 아, 기억하고 계시는구먼. 어디서……."

"히비야 공회당을 나왔을 때 정면 계단 아래에서……."

시나코 님이 빌려주신 손수건으로 눈물을 훔치고 나는 반듯이 고개를 들었다. 우는 게 능사가 아니다. 긴다이치 코스케의 표정을 신경 써야 하는 것이다.

"그런데 아가씨, 떨어진 장소를 확실히 기억하면서 왜 주워서 돌아가지 않았소?"

아, 하지만 어떻게 그 말에 대답할 수 있을까. 그 말을 하면 다테히코 삼촌이 의심받게 될지도 모르는데. 내 얼굴에 떠오른 곤혹의 빛을 파악했는지 긴다이치 코스케가 나섰다.

"아가씨, 당신이 공회당을 나왔을 때 친구는 어떻게 했습니까? 현관까지 바래다주었다거나……."

"네. 가와이와 하시모토가 바래다주었습니다."

그 말을 듣자마자 형사 한 사람이 일어나 시나코 님에게 가와이의 전화번호를 물어보더니 밖으로 나갔다.

"그런데 아가씨, 당신은 방금 영화관에 들어갔다고 하셨는데 어떤 영화관이었는지 기억하십니까?"

"글쎄요……."

나는 고개를 갸웃거렸다. 내 가슴은 경종을 울리듯 요동치고 있었다. 이제부터 드디어 긴다이치 코스케와의 싸움인 것이다.

"저, 별로 영화를 보고 싶었던 건 아니었어요. 그저 영화관이라면 아무한테도 들키지 않고 혼자 있을 수 있겠다 생각했으니까……. 하지만 분명 신바시 쪽이었습니다."

"실례지만 팸플릿 같은 것은……?"

나는 현관에서 외투를 가져와 주머니에서 멋들어지게 꾸며진 팸플릿을 꺼내 건넸다. 긴다이치 코스케는 아무렇지 않게 그걸 뒤적거리면서 말했다.

"실례지만 여기 들어가신 건 몇 시쯤입니까?"

"글쎄요…… 공회당을 나왔을 때만 해도 집에 돌아갈 작정이었습니다만 좀 싫은 일이 있어서……."

"싫은 일이라니……?"

도도로키 경부가 끼어들자 긴다이치 코스케가 당황하여 옆에서 말을 잘랐다.

"아니, 아니, 아가씨. 계속해주시죠."

"전 기분이 좀 혼란스러워서 긴자라도 걸으면 가라앉지 않을까 싶었어요. 터덜터덜 걷던 중에 그 영화관으로 들어가고 싶어졌고요. 글쎄, 8시 30분이나 40분쯤 아니었을까요?"

"그렇군요. 그래서 몇 시쯤까지……?"

"그게…… 10분이나 20분 정도밖에 안 있었어요. 그도 그럴 것이 안에서 소동이 좀 벌어져서……."

"소동이라뇨?"

"저, 소매치기 같은 사람이 숨어들었던 것 같아요. 어떤 손님이 소매치기라고 소리쳐서 다들 일어나고……. 그래서 기분이 나빠져서 거길 나왔어요. 그래요, 참. 그때 시계를 보니 딱 9시였어요."

"그렇군요. 그러고 나서는……?"

"그때부터 긴자를 돌아다니면서 오와리초(尾張町)에서 유라쿠초까지 왔어요. 그때야말로 정말 돌아갈 작정이었는데요, 이번에는 저한테 묘한 일이 일어나서……."

"묘한 일이라뇨?"

"유라쿠초의 육교 아래서 히비야 쪽으로 멍하니 걷고 있었어요. 그런데 뒤에서 다가온 누군가가 제 핸드백을 잡아

채서……."

"어머. 오토네, 하지만 핸드백은 거기……."

"네, 아주머니. 그게…… 거기 있던 구두 닦는 아이가 돌려주었어요. 전 너무 놀라서 소리도 못 내고 다리만 덜덜 떨고 있었는데 옆에 있던 구두 닦는 아이가 갑자기 일어서서 그 남자를 쫓아가는가 싶더니 바로 가져다주었어요."

"그렇군요. 그리고 바로 집에……?"

"아뇨, 그런 나쁜 안색으로 집에 돌아올 수는 없어서……. 그래서 그 아이에게 사례하고……."

"얼마나 줬나요?"

"5백 엔요."

"아, 그렇군요. 그리고……?"

"그러고는 다시 오와리초 쪽으로 돌아갔어요. 자꾸 안 좋은 일이 계속되어 저도 완전히 동요하는 바람에…… 일단 오와리초까지 가서 한동안 멍하니 거기 서 있었어요. 그리고 유라쿠초 쪽으로 가는 도중에 꽤 고급스럽고 손님도 없는 듯한 찻집이 있어서 거기 들어가 소다수를 한 잔 마셨고요."

"가게 이름이 뭡니까?"

"글쎄요, 이름까지는……."

"오와리초에서 유라쿠초 쪽으로 오른쪽이었습니까, 왼쪽이었습니까?"

"오른쪽이었어요. 작은 가게였고, 열일고여덟 살 정도의 여자 한 명밖에 없었는데요. 그래요, 참. 분명 약국 옆이었던 듯싶어요······."

"거기를 나와서는······?"

"멍하니 스키야 다리 부근까지 왔다가 아까 그 운전사 분이 차에 타라고 해서······."

그에 대해 아까 나를 마중하러 나온 형사가 경부에게 설명하는 참에 전화를 걸러 간 형사가 돌아왔다. 도도로키 경부는 그 형사로부터 귓속말을 듣고 있다가 갑자기 눈썹을 한껏 치켜세우더니 내 쪽으로 몸을 돌렸다.

"아가씨, 이럴 때는 전부 솔직하게 말해주지 않으면 안 돼요."

"네······."

"방금 당신 친구인 가와이 씨한테 전화를 걸었는데, 당신은 히비야 공회당 정면 계단에서 누군가 아는 사람과 마주쳤다고 하더군요. 그 사람은 친밀하게 당신더러 '오토네' 하고 불렀는데 당신은 그 사람의 얼굴을 보더니 도망치듯 계단을 내려갔다고 했소. 그리고 그때 당신이 손수건을 떨어뜨렸는데 당신을 부른 남자가 주웠다. 가와이 씨는 그렇게 말하던데,

대체 누군가요. 그 남자란……?"

"저, 그게……."

내 얼굴에서 진땀이 비어져 나온다. 그것은 결코 연극이 아니었다. 정말로 나는 궁지에 몰려 있었다. 가능하다면 다테히코 삼촌의 이름을 꺼내고 싶지 않아…….

"오토네."

우에스기 백부님이 저편에서 다정한 소리로 부르셨다.

"이건 중대한 일이니 경부님의 질문에 솔직히 대답하거라. 대체 누구였느냐, 그 남자는……?"

"네, 백부님……. 그게 저, 다테히코 숙부님……."

경부와 긴다이치 코스케는 잽싸게 시선을 교환하더니 '역시 그랬군' 하는 투로 끄덕였다.

"어머, 오토네. 다테히코 씨라면 그렇게 도망치지 않아도……."

"아뇨, 아주머니. 삼촌 혼자였다면 괜찮은데……."

"누군가 동행이 있었어?"

"네. 그 아크로바트 댄서 분이……. 친구한테 창피하고 왠지 너무 싫은 기분이 들었어요. 그래서 손수건을 떨어뜨린 것도 알았지만 붙잡히면 곤란하다 싶어서……."

나는 결국 손수건에 눈을 가져다 댔다. 그때 긴다이치 코스케가 나한테서 받은 영화관 팸플릿을 자못 소중하게 접어 가방에 넣는 것을 보고 무심코 가슴이 떨렸다.

놀라운 소식이 도착하다

 아, 나는 이 얼마나 나쁜 여자, 무서운 여자란 말인가. 큰 은혜를 입은 백부님과 시나코 님, 또 세상 물정에 훤한 경부와 호리이 게이조 같은 악당조차 두려워하는 긴다이치 코스케 같은 사람을 앞에 두고 잘도 그런 거짓말을 했으니.

 물론 그 거짓말은 하나하나 호리이 게이조가 다듬은 것으로, 그 영화관 팸플릿 같은 것도 사전에 호리이 게이조가 준비해둔 것이었다. 나중에 내가 말한 거짓 알리바이가 완전히 입증되었을 때, 새삼 나는 호리이 게이조라는 남자의 무서움이 사무치지 않을 수 없었다.

 내가 들어갔다고 한 신바시의 영화관에서는 8시 50분경 정말로 소매치기 소동이 있었다. 또 유라쿠초의 육교 아래에서는 9시 30분경 날치기 소동이 벌어져 구두닦이 소년이 젊은 여성의 핸드백을 돌려준 사실도 있었다. 게다가 그 구두닦이 소년은 내 앞에서 자기가 도와준 사람은 이 아가씨가 틀림없다고 단언했다.

한층 더 놀랄 만한 사실은 오와리초에서 유라쿠초로 가는 도중에 있는 찻집 아자미의 종업원 가쓰코란 아가씨의 증언이다. 그녀는 10시 반쯤에 한 아가씨가 와서 소다수 한 잔을 시켜놓고 20분 가까이 멍하니 앉아 있었는데 그 아가씨는 분명 이 사람이 틀림없다고 내 앞에서 단언했던 것이다.

이것으로 보아도 호리이 게이조라는 남자가 얼마나 넓은 범위에 세력을 갖고 있는지 알 수 있다. 구두닦이 소년도, 아자미의 종업원 가쓰코란 아가씨도 물론 그 남자에게 매수되었던 게 틀림없다.

그 남자가 미리 나를 위해 알리바이를 만들어둔 거라고밖에 생각되지 않는다. 즉 누군가에게 명령해 영화관에서 소매치기 소동을 일으킨다든지, 유라쿠초의 육교 아래서 날치기 소동을 연출한다든지……. 아, 만약 그게 사실이라면 이 얼마나 무서운 남자, 얼마나 용의주도한 악당인가. 게다가 나는 그 악당에게 이미 몸도 영혼도 빼앗겨버렸다.

그건 그렇고 봉봉의 마담 시마바라 아케미와 살인사건은 다음 날 신문에 크게 보도되었다. 이미 그 무렵 백 억 엔의 유산 문제는 세간에서 다 아는 사실이었던 터라 이 사건이 불러일으킨 센세이션은 대단했다.

백 억 엔의 유산을 둘러싸고 피로 피를 씻는 살육이 되풀이되는 건 아닐까 하고 암시하는 신문조차 있었다.

그에 따라 내 마음을 아프게 했던 것은 다테히코 삼촌의 일이었으나 예상 밖으로 간단하게 삼촌에 대한 의심은 걷힌 모양이다. 다테히코 삼촌은 분명 내 손수건을 주웠으나 나중에 그것을 공회당 복도의 난간에 놓고 갔다고 했는데, 그에 대해서는 몇 사람인가 증인이 있었던 모양이고 또 그날 밤의 알리바이도 입증되었던 것 같다.

그리하여 당연히 경찰이 주시하는 적이 된 것은 시마바라 아케미가 살해당하기 직전 잠자리를 함께한 것 같은 남자―그게 시가 라이조라고는 경찰도 아직 모르는 것 같았지만―와 아케미가 살해당한 방 옆방을 빌린 채 그대로 자취를 감춘 기노시타라는 암거래 브로커, 그리고 그 브로커가 데려온 여자……. 이렇게 세 사람의 용의자에게 초점이 좁혀진 모양이다.

아, 백부님, 시나코 님. 드릴 말씀이 없어요. 뭐라 사죄해야 할지 모르겠어요. 오토네는 완전히 타락해버렸어요. 저는 남자를 알아버렸고, 이젠 그 남자로부터 떠날 수 없는 여자예요. 용서해주세요, 백부님, 시나코 님······.

나는 매일 밤 침대를 적시며 차츰 타락해가는 자신의 운명을 저주하지 않을 수 없었다.

그저 백부님의 명예를 위해서라도 어디까지나 이 비밀을 지키지 않으면 안 된다고 결심했다. 하지만 그 노력도 결국 물거품으로 돌아갈 날이 찾아왔던 것이다.

그것은 시마바라 아케미가 살해당하고 닷새째 되던 날 밤 7시 무렵의 일이었다. 가와이한테서 전화가 왔다고 하녀인 시게야가 전하기에 전화를 받아보니 전화 목소리는 가와이가 아니었다.

"아, 오토네 씨인가요? 맞죠? 미리 주의 드리는데, 제가 이제부터 하려는 얘기를 들으셔도 결코 소리 내거나 낭패한 기색을 드러내면 안 됩니다. 전 유리예요, 유리. 아시죠?"

빠른 소리로 말하는 여자의 목소리를 듣자 주차장에 있던 여자의 이름이 내 머리에 슬며시 떠올랐다. 저도 모르게 수화기를 든 손이 부들부들 떨렸다.

"네, 알아요······."

"아, 그래요. 그럼 아가씨는 지금 바로 그 집을 나와서 신바시 역의 서쪽 출구에서 기다려주세요. 주인님······ 야마구치 주인님이 데리러 가실 테니……. 괜찮으시죠? 아무도 수상쩍게 여기지 않도록 정신 차리고 침착하게. 아시겠죠."

"저, 가와이, 그건 알겠는데 왜 이렇게 갑작스럽게……."

"지금 당신에게는 위험이 닥치고 있어요. 한시라도 빨리 거길 나와서……. 더 이상 말씀드릴 여유가 없습니다. 빨리, 빨리, 한시라도 빨리. 그럼 이만."

내가 다시 뭔가 묻기도 전에 '찰칵' 고막이 아플 정도의 소리를 내며 전화가 끊겼다.

내 무릎은 덜덜 떨리고, 혀가 말라붙고, 경종이 울리듯 심장이 정신없이 뛴다. 나는 수화기를 움켜쥔 채 망연하게 눈을 뜨고 있었다. 그때 현관 벨이 울리는 소리가 나더니 금세 시게야가 서둘러 다가왔다.

"아가씨, 도도로키 경부님과 긴다이치 코스케 님이 오셨으니 응접실 쪽으로 오십사 하고……."

그렇게 말하는 시게야의 뒤에는 낯익은 두 명의 형사가 용의주도한 시선을 빛내고 있다.

아, 난 이제 끝이야.

제 3 장

폭로

폭로

 가능한 한 순진하게 행동할 작정이었지만 응접실 안을 들여다 보았을 때 나는 무릎께가 덜덜 떨리고 볼 근육이 이상하게 굳어지는 것을 어쩌지 못했다.

 응접실에는 우에스기 백부님과 시나코 님 두 분이 도도로키 경부와 긴다이치 코스케와 마주 앉아 계셨다. 방 안에는 험악한 공기가 짓눌리듯 흐르고 있었다.

 사실은 나도 이미 각오했던 바였다. 그 정도 일로는 꿈쩍도 안 할 만큼 나도 단련되어 있었다. 그럼에도 불구하고 언뜻 응접실을 보았을 때 내가 격렬한 절망감에 사로잡혔던 것은 그때의 긴다이치 코스케의 표정 때문이었다.

나와 시선이 마주쳤을 때 긴다이치 코스케의 얼굴에 떠오른 것은 승리의 번뜩임도 아니고 조롱의 빛도 아니었다. 그것은 더없이 애틋한 연민의 정이었다. 긴다이치 코스케는 마치 그 자리에 더 있을 수 없다는 표정을 하고 내 얼굴에서 시선을 돌렸다.

그 사실이 날카롭게 내 심장을 꿰뚫었던 것이다. 나는 적에게서 동정을 받는 것을 좋아하지 않는다. 내 자존심이 허락하지 않는다. 나는 오히려 그 남자가 조소하고 우롱하는 편이 훨씬 편했을지도 모른다.

그럼에도 긴다이치 코스케는 그때 나에 대해 측은지심을 느꼈던 것이다. 게다가 긴다이치 코스케의 표정에서 나는 오늘 이 사람들이 굉장히 까다로운 증거를 쥐고 찾아왔다는 사실을 확실히 깨달았다.

"저, 백부님, 아주머니. 무슨 일이세요?"

"아, 오토네. 이쪽으로 오려무나. 이분들이 말이다, 또 뭔가 물어보고 싶은 게 있으시다는구나."

그렇게 다정한 목소리로 말을 걸어주신 분은 시나코 님이다. 백부님은 벌레라도 씹은 듯한 표정으로 자꾸 담배연기만 토해내신다.

"네……"

내가 머뭇머뭇 시나코 님 옆에 앉자 더 이상은 못 참겠다는 듯 백부님이 재떨이에 꽁초를 짓이기셨다.

"경부님, 이제 어지간히 하시죠. 나이가 꽉 찬 젊은 아가씨를 몇 번이나 불러내고……. 이런 행동 자체가 이 나이 아가씨한테는 일종의 고문이라고 생각지 않으십니까?"

"당치도 않아요. 저희로서는 그저 아가씨가 정직하게 털어놓았으면 해서……."

도도로키 경부는 우거지상을 하고 있었지만 가라앉은 그 태도에서 자신감이 엿보여 나는 다시금 몸 안이 움츠러들었다.

"정직하게 털어놓는다고요……?"

우에스기 백부님은 분노로 목소리를 떨었다.

"그럼 오토네가 거짓말을 하고 있다, 뭔가 숨기고 있다, 그런 말씀이십니까?"

"아니, 음, 음……. 그걸 이제부터 아가씨한테 물어보고자 합니다. 그렇게 해서 결백을 증명해주시면……."

"결백을 증명해요? 그럼 오토네가 뭔가 켕기는 데가 있다는 말씀이신지?"

"어, 어머, 세이야 씨. 그렇게 꼬치꼬치 물어도…… 일단 이분들의 이야기를 듣지 않으면……. 오토네한테 그런 일이 있을 리가요. 그래, 오토네. 괜찮아."

"네……."

대답은 했지만 나는 백부님이나 시나코 님에 대한 송구스러움으로 가슴이 메는 기분이었다. 백부님은 한동안 내 얼굴을 보고 계셨으나 이윽고 그 시선을 다른 곳으로 돌리더니 그대로 입을 꾹 다물어버렸다.

"그럼 실례지만 아가씨에게 묻고 싶은데요……."

경부는 일단 예의를 갖추고 물었다.

"아가씨, 신주쿠에 있는 봉봉이라는 바를 아시는지요?"

내 심장은 쿵 하고 내려앉고 크게 파도쳤다. 하지만 이런 일로 꺾여서는 안 된다.

"네. 압니다."

"어떻게……?"

"신문에서 보고……. 시마바라 아케미란 분이 거기서 살해당했다고……."

그 찰나 도도로키 경부와 잽싸게 시선을 교환한 긴다이치 코스케의 얼굴에 다시금 슬며시 연민의 빛이 지나가는 것을 깨닫고 나는 가슴이 덜컥 내려앉았다.

"아뇨, 아가씨. 내가 묻는 건 그런 의미가 아니올시다. 혹시 봉봉이라는 가게에 간 적이 있느냐고……."

"바, 바보 같은! 그, 그런 바보 같은!"

우에스기 백부님은 다시금 만면에 노기를 띠고 분연히 몸을 일으켰다.

"당신은 오토네를 대체 뭐라 생각하시는지? 그런 무례한 질문은 오토네는 물론이고 나까지 모욕하는 겁니다."

"어, 어머나, 세이야 씨. 그렇게 열 내지 마요. 그럼 도리어 오토네가 겁먹으니까……. 자, 오토네. 경부님 질문에 대답하렴. 넌 물론 그런 곳에 간 적이 없겠지."

"네……."

"아가씨, 정말 봉봉에 간 적 없소?"

"네."

나는 다시 한 번 분명히 대답했다.

우에스기 백부님은 안심했는지 이번에는 온화한 말투로 되물었다.

"경부님, 한데 당신은 어째서 오토네가 그런 데 간 건 아니냐고 생각하십니까? 손수건 문제라면 요전에 해결되었을 텐데……."

"선생님, 그게 말인데, 좀 묘한 일이 있습니다."

경부는 내 얼굴에서 눈을 떼지 않았다.

"시마바라 아케미가 살해당한 방 옆방을 빌린 두 남녀가 그 사건 이후 쭉 행방불명이라는 건 선생님도 신문에서 보셨을 것 같은데……. 그래서 그 두 사람이 이번 사건과 무슨 관계가 있지 않을까 싶어 엄중하게 그 방을 조사했습니다. 지문을 찾는 데도 힘을 쏟았죠. 그런데 이상하게도 그 방에는 도무지 지문이 없는 겁니다. 이건 좀 부자연스럽다고 생각되지 않습니까? 그런 장소에는 연달아 여러 손님이 왔을 테니까요. 지문 같은 것도 어지럽게 잔뜩 남아 있어야만 합니다. 그런데 하나도 없어요. 그건 누군가가…… 분명 그 두 남녀가 닦고 갔다고밖에는 생각되지 않지요. 그렇다는 건 그 두 사람이 이번 사건과 뭔가 깊은 관계가 있다는 뜻이고요. 그래서 한층 열심히 지문 검출에 노력했는데 묘한 데서 마침내 지문이 발견되었던 겁니다."

내 가슴이 덜컥 내려앉았을 때 응접실 문을 황급히 두드리는 소리가 났다.

"저, 주인님. 구로카와 변호사님께서 보낸 호리이 게이조 씨라는 분이 뵙고 싶다고 하시는데요……."

무너진 알리바이

 호리이 게이조······.

 그 이름을 들었을 때 나는 굳어졌던 전신에서 단숨에 힘이 빠져나가는 것 같았다. 그때만큼 나는 이 남자를 믿음직스럽다고 생각했던 적이 없다.

 호리이 게이조는 나를 걱정해서 달려와 준 것이 틀림없다. 그리고 그 사실을 들려줌으로써 은밀하게 용기를 불어넣어 주려는 것이다.

 교묘한 알리바이 공작을 본 이래 나는 이 남자를 일종의 초인이라고 생각하게 되었다. 그 초인이 달려와 주었으니 뭔가 피할 방법이 있을지도 모른다. 그렇다, 여기서 무너지면 안 된다. 정신 차리고 기다렸다가 이 고비에서 벗어날 궁리를 하지 않으면 안 된다…….

"아, 그래."

백부님은 살짝 눈썹을 찌푸렸다.

"지금 당장은 만날 수가 없으니 거기서 기다리거나 아니면 돌아갔다가 다시 오시라고……."

"기다리겠다고 하십니다."

"아, 그래. 그럼 의자를 권해드리게."

백부님은 경부 쪽으로 고쳐 앉았다.

"실례했습니다. 한데 묘한 데서 지문이 발견되었다니요?"

"이런 겁니다. 그 방 벽에는 옆방, 즉 시마바라 아케미가 살해당한 방이죠, 그곳을 엿볼 수 있도록 구멍이 만들어져 있습니다. 왜 그런 구멍이 있는지, 그건 이 사건과 직접 관계가 없으니 말씀드리지 않겠습니다. 아무튼 그 엿보는 구멍을 가리기 위해 액자가 하나 걸려 있죠. 그 액자 유리 위에 떡하니 여성의 것으로 보이는 지문이 남아 있었던 겁니다."

아, 그랬나. 나는 가슴속으로 절망감을 느꼈다. 어둠 속에서 엿보는 구멍을 들여다보았을 때 호리이 게이조는 그 액자를 잡고 있었다. 거기에 내 손이 닿은 것을 나도 몰랐고 호리이 게이조도 간과했던 거다. 아, 이제 다 틀렸다.

"그게 오토네의 지문이었단 말씀입니까?"

눈도 깜박이지 않고 내 얼굴을 응시하는 백부님의 얼굴에 슬며시 공포의 빛이 달린다. 경부는 묵직하게 고개를 끄덕였다.

"오토네, 설마, 그런······."

시나코 님도 공포로 소리를 질렀다.

나는 전신이 얼음처럼 차가워지는 것을 느꼈다. 하지만 그렇다 해도 그게 내 지문이란 걸 어떻게 알았을까.

"아, 그거 말입니까. 요전에 아가씨가 건네준 영화관 팸플릿, 거기에 아가씨의 지문이 찍혀 있어서 아무 생각 없이 비교해보았더니 딱 일치했기에······."

나는 전신의 분노를 담아 긴다이치 코스케를 노려보았다. 아, 그랬던가. 그래서 그때 저 남자는 그처럼 소중하게 팸플릿을 품고 간 것이었던가.

"오토네!"

한동안 침묵한 끝에 갑자기 백부님이 근엄한 말투로 외치셨다.

"그게 정말이냐? 방금 경부님이 하신 말씀 말이다. 정말 그런 곳에 갔던 거냐?"

"자, 자, 세이야 씨. 그렇게 다그치면 안 돼요. 저, 경부님."

시나코 님이 경부님 쪽을 돌아보았다.

"요전의 손수건 말입니다. 그것도 오토네가 떨어뜨린 것을 누군가가 주워 이용했던 것이었죠. 마찬가지로 그 지문도 누군가가 오토네에게 죄를 뒤집어씌우려고 거기에 가져간 것은……?"

"하하하. 하지만 어르신, 이건 다른 물건과 달리 지문입니다. 당사자 몰래 다른 사람이 찍어 가져간다는 것은 좀, 아무래도……."

"그건 경부님이 하실 말씀 같지가 않네요. 그 액자라는 건 큰가요?"

"크기는 한데 엄청 크진 않습니다."

"그렇죠. 그리고 그 액자, 떼어낼 수 있죠? 게다가 유리는 액자로부터 떼어지고요. 오토네의 지문이 찍힌 유리를 찾는 것은 그리 어려운 일이 아니에요. 누구든 유리 정도는 언제고 찾을 수 있다고요. 그런 유리를 찾아 그 액자의 길이를 잰 다음 그걸 몰래 가져가서 저쪽 유리와 바꿔치기한다……. 불가능한 일은 아니잖아요?"

경부는 갑자기 당황한 듯 긴다이치 코스케와 얼굴을 마주보았다.

나는 시나코 님에 대한 감사의 마음이 가득했다. 그렇다고 그걸로 살았다고는 생각지 않았다. 우선 시나코 님 자신이 그렇게 믿고 있지 않다는 것은 나를 보는 안색이 여느 때와 다르다는 것에서도 알 수 있었다. 그것을 보는 것이 괴로웠고 드릴 말씀이 없었다······.

도도로키 경부는 한동안 긴다이치 코스케와 뭔가 은밀히 의논하고 있었으나 이윽고 이쪽으로 몸을 돌렸다.

"그렇군요. 어르신이 그렇게 말씀하신다면 할 수 없지요. 여기에 봉봉 사람을 데려오도록 하죠. 봉봉에서 계산대를 맡고 있는 유키란 아가씨가 남자 쪽과 이야기를 나누었다고 합니다. 그때 동행한 여자는 남자의 바로 뒤에 서 있었다고 하니 맞대면하면 생각나겠죠. 선생님, 전화를 빌릴 수 있겠습니까?"

그것이 경부의 비장의 카드였다. 약간 위협적인 말투로 그렇게 말하고 경부가 일어서려는 순간.

"아, 잠깐······."

불러 세우는 백부님의 얼굴에는 고뇌의 빛이 깊었다.

"대체 그 남자는 어떤 남잡니까? 신문에는 암거래 브로커 같은 인물이라던데 그런 남자를 왜 오토네가······."

"선생님, 저도 그걸 아가씨에게 물어보고 싶은 겁니다. 봉봉에서는 그 남자가 기노시타라는 암거래 브로커라는 것 외에는 무엇 하나 모르고 있습니다. 그런데 아가씨가 그날 밤 봉봉에 있었다면 예전에 내세웠던 알리바이는 전부 거짓이라는 게 됩니다. 그래서 만약을 위해 다시 한 번 알리바이를 재조사해보았는데 가장 유력한 증인이었던 구두닦이 소년과 아자미 찻집의 종업원 가쓰코가 그 후 행방을 감추었더군요. 저, 선생님."

도도로키 경부는 나를 곁눈질하면서 테이블 위로 몸을 내밀었다.

"그렇게 공들여 알리바이를 만든다는 것은 쉬운 일이 아닙니다. 거기에는 그만큼 중대한 이유가 있는 게 틀림없지요. 하지만 저희가 흥미를 가진 것은 그것보다 그런 멋들어진 알리바이를 만드는 능력…… 거기에 저희는 경탄했습니다. 자, 아가씨, 말씀해주실 수 있겠소? 대체 기노시타란 암거래 브로커는 어떤 인물인지요? 그리고 아가씨와 어떤 사인가요?"

아, 나는 마침내 마지막 길목까지 내몰렸다. 긴다이치 코스케와 도도로키 경부, 그리고 두 형사가 눈도 깜박이지 않고 내 얼굴을 응시하고 있다. 백부님과 시나코 님의 얼굴은 말할 수 없는 공포와 불안으로 동요하고 있었다.

나는 전신의 피가 얼음처럼 식어가는 것을 느끼고 무심코 비틀비틀 일어섰다. 그때였다. 갑자기 실내의 불이 꺼졌다.

잘못된 도망

 그러고 나서의 일은 확실히 기억하지 못한다. 그저 느닷없이 머리에 번뜩인 것은 그것이 호리이 게이조의 도망치라는 신호가 분명하다는 것이었다. 그것이 기력을 잃었던 내게 활기를 주었던 것이다.

 때마침 나는 문에서 가장 가까운 자리에 있었고, 또 어둠 속에서도 상황을 알 수 있었다. 나는 일어나 문 밖으로 나가 문을 닫고 밖에서 빗장을 걸었다. 이 빗장은 언젠가 응접실에 도둑이 들어온 적이 있어서 시나코 님이 설치한 것인데, 그게 이번에 큰 역할을 했다.

 형사들의 고함에 뒤섞여 "오토네…… 오토네……." 하고 슬픈 듯 외치는 시나코 님의 소리를 뒤로하고 어두컴컴한 현관을 나왔다.

"앗, 누구냐!"

어둠 속에서 마주친 남자가 잽싸게 나에게 구두를 쥐여준다.

"아까 전화대로……."

남자가 속삭이는 소리를 듣고 나는 구두를 든 채 복도를 벗어나 부엌문에서 밖으로 달려 나갔다. "바깥이다!"라며 형사가 뛰어나오는 기미가 있었기 때문이다. 구두를 신을 틈도 없이 덧문에서 밖으로 달려 나갔을 때 시게야의 소리가 들리는 것 같았다. 마침 다행히 그 부근의 뒷길은 미로처럼 되어 있다. 나는 구름을 걷는 기분으로 미로에서 미로를 지나 겨우 큰길에 다다랐다. 그때 뒤에서 다가오는 발소리가 나를 불러 세웠다.

"앗, 혹시 당신은 우에스기 선생님 댁 아가씨 아니십니까?"

내가 멈칫해서 돌아보자 헌팅캡을 깊이 눌러쓰고 검은 안경과 머플러로 얼굴을 가린 남자가 어둠 속에 서 있었다.

"아, 역시 우에스기 선생님 댁 아가씨로군요."

낯익은 말투에 나는 그 사람이 호리이 게이조의 심복이라고 생각하고 말았다.

"당신은 호리……."

그렇게 말하다가 별안간 정신이 들었다.

"야마구치 아키라 씨 밑에 있는……?"

"네, 그렇습니다. 댁 뒤에서 기다리고 있었죠. 자, 같이 가시죠."

큰길로 나오자 남자는 바로 지나가던 자동차를 불렀다. 자동차가 달리기 시작했을 때 나는 전신의 관절이 흩어지는 나른함을 느끼고 힘없이 쿠션에 몸을 묻었다.

아, 나는 무슨 짓을 저질렀단 말인가. 이걸로 전부 끝이다. 도망이야말로 가장 효과적인 고백이라는 이야기를 나는 어딘가에서 읽은 적이 있다. 오늘 밤 나의 도망은 분명 내일 신문에 나오겠지. 친구는 그 기사를 읽고 뭐라 생각할까. 아니, 아니, 친구가 무슨 생각을 하든 상관없다. 하지만 "오토네…… 오토네……." 하고 나를 부르시던 시나코 님의 슬픈 목소리……. 그게 내 귀에 달라붙어 떨어지지 않는다.

남의 눈이 없었다면 나는 내키는 대로 울었을 것이다. 하지만 지금은 울 때가 아니다. 동행한 남자는 그렇다 치고, 운전사가 수상히 여기게끔 하면 안 된다. 그렇잖아도 이런 계절에 나는 오버코트도 없이 뛰쳐나왔다.

동행한 남자는 자동차를 시부야에서 세운 다음 지하철로 나를 데려갔으나 도라노몬(虎の門)까지 오더니 거기서 내렸다.

"어머, 신바시가 아니었나요?"

"아, 미행을 피할 필요가 있어서요."

문부성의 모퉁이에서 다시 차를 부르더니 이번에는 도쿄 온천 앞까지 갔다. 거기서 긴자 뒷길로 교바시(京橋)까지 걷더니 다시 자동차를 탔다. 남자는 거의 아무 말도 하지 않았고 나도 말할 기력이 없었다. 그래도 역시 그 남자의 부하라서 굉장히 신중하구나 하고 생각지 않을 수 없었다.

이렇게 그 후에도 두세 번 자동차를 갈아탄 후 마지막으로 도착한 곳은 우시고메(牛込)의 에도가와(江戸川) 아파트. 그것도 정면 계단이 아니고 옆문이었다. 시각은 이미 9시 가까이 되어서 주변에는 사람 그림자도 없다. 남자가 그 아파트 건물 안으로 들어가려는 것을 보고 나는 조금 놀랐다.

"어머, 신바시에 가는 거 아닌가요?"

"아뇨, 일부러 그렇게 말해뒀는데 사실은 야마구치 씨가 여기서 기다리고 계십니다. 남이 들으면 안 돼서 일부러 그렇게 말해둔 거죠."

완전히 동요하고 아무것도 생각할 기력조차 없어 그저 남에게 내맡겼던 그때의 나는 마치 나무인형 같았다. 바로 첫 번째 건물 계단을 올라가는 남자 뒤를 나는 아무 의심 없이 따라갔다.

다행히 아무도 만나지 않고 3층에 이르자 남자는 어떤 문 앞에 서서 주머니에서 열쇠다발을 꺼냈다. 그때 남자가 문 옆에 한손을 짚는 모습을 나는 아무 생각 없이 보고 있었는데, 나중에 생각해보니 그것은 문패를 감추기 위해서였다.

"자, 들어가십시오. 구두는 가져가는 편이 좋아요. 남이 보면 안 되니까."

구두를 벗을 때 나는 처음 알아차렸는데, 그것은 내 구두가 아니라 갓 사온 신상품이었다. 아, 이 얼마나 용의주도한 남자인가. 현관에 있는 내 구두를 넘겨주면 자신에게 의심이 쏟아질 거라는 사실을 알고 미리 새 구두를 준비해 온 것이다. 나는 새삼 오싹해지는 기분이었다.

그 아파트는 방이 세 개였는데 한가운데 방이 거실인 것 같았다. 나는 그곳에 한 걸음 발을 디딘 순간 뭐라 말할 수 없이 싫은 기분이 되었다.

그곳은 분명 여자의 방이었다. 3면 거울 위에는 향료와 향수병이 늘어서 있고, 선반 위에는 프랑스 인형과 하카타 인형,* 한쪽 벽에는 현란한 색채의 정장이 걸려 있다. 나는 왠지 심하게 모욕당한 기분이었다.

---

* 유약을 바르지 않고 구운 다음 호분(胡粉)을 발라 채색한 하카타 특산품인 점토 인형.

"야마구치 씨는 여기서 저더러 기다리라고 하셨나요?"

"아뇨. 뭐, 그런 것도 아닙니다만. 아하하."

뒤에서 들어오는 남자의 목소리에서 느껴지는 묘한 울림에 놀라 돌아본 나는 그 순간 정수리에 쐐기라도 박힌 듯 격렬한 충격을 느끼고 비틀거렸다.

모자를 벗고 안경과 머플러를 손에 든 채 거기 서 있는 사람은 홍장미 극장의 지배인이자 쌍둥이 초코와 하나코를 애인으로 두고 있는 시가 라이조가 아닌가.

초콜릿 깡통

 공포 때문에 전신이 움츠러들어 나는 말하는 것은 물론이고 미동조차 할 수 없었다.

 이 남자가 호리이 게이조의 심부름꾼일 리가 없다. 나는 속았던 거다. 감쪽같이 이 남자의 함정에 빠졌던 거다.

 아, 신이시여. 이건 자극이 지나치십니다. 아까 같은 사건 후에 다시 이런 궁지에 몰아붙이시다니, 신이시여, 이건 너무 지독하십니다. 너무 잔혹하십니다.

 "아하하, 뭐 그렇게 놀랄 건 없소. 아가씨, 자, 거기 앉아요."

 "당신은…… 당신은 대체 나를 어쩌려는 거죠…….."

"뭐랄까. 아가씨와 한번 차분하게 얘기해보고 싶어서. 그래요, 참. 그보다 우선 인사를 해야겠군……. 아가씨, 고맙군요. 나를 감싸주셔서 말이죠."

"당신을 감싸요……?"

"아하하, 시치미 뗄 거 없소. 이렇게 됐으니 서로 까놓고 얘기해볼까. 자, 일단 앉아요. 서 있으면 대화가 안 돼. 여긴 도저히 정신을 차릴 수가 없는 집이라."

시가 라이조는 웃옷을 벗고 넥타이를 풀더니 느긋한 자세로 안락의자에 털썩 앉는다. 의자 팔걸이에 올린 오른손에서 커다란 금반지가 빛나고 있다.

"제발 부탁이니 보내주세요. 급한 용건이 있어서……."

"신바시에서 야마구치 아키라 씨가 기다리고 계시겠죠."

나는 무심코 한 걸음 비틀거리고 커다랗게 어깨로 숨을 쉬었다. 나는 이미 이 남자에게 비밀의 한 자락을 들켜버리고 말았던 것이다.

"어쨌거나 아가씨, 나쁜 얘긴 안 할 테니 거기 앉으시오. 피곤하실 텐데. 안색이 아주 나쁘군요. 게다가 문은 잠겼고 그 열쇠는 내 주머니에 있지. 더군다나 아가씨, 당신은 경관에게 쫓기고 있잖소."

나는 마침내 안락의자에 무너져 내렸다.

이 남자는 내 약점을 알고 있다. 소리 내어 구원을 청할 수 없는 지금의 내 사정을 아는 거다. 나는 혀를 깨물고 이 자리에서 죽어버리고 싶다…….

"뭐, 그렇게 벌벌 떨 거 없어요. 서로 돕고 도움 받고, 그게 인생이란 거지. 일단 이거라도 드시오."

그때 테이블 위에는 초콜릿 깡통 두 개가 뚜껑이 열린 채 놓여 있었고, 아름다운 색의 초콜릿 포장지가 두세 개 흩어져 있었다.

"어떻소. 이럴 때 달콤한 걸 먹으면 어느 정도 기분이 안정되기도 합니다만. 싫으신가요. 그럼 내가 먹지요. 독이 들어 있는 것도 아니니."

시가 라이조는 우적우적 초콜릿을 씹으면서 말했다.

"아가씨, 나도 정말 놀랐소. 아니, 처음엔 눈치 못 챘지. 봉봉 밖에서 봤을 때. 하지만 신문에 나온 수상한 남녀란 게 아무래도 봉봉 앞에서 만난 두 사람인 것 같다는 느낌이 들었소. 대체 어떤 사람들일까 생각하는 동안에, 여자 쪽은 그보다 좀 전에 우리 극장 입구에서 만났던 사람이란 걸 갑자기 깨닫게 된 거요. 그때 난 왠지 무서워졌소. 사실 오싹했지. 눈에 보이지 않는 그림자를 쫓는 것 같은 기분이었으니까."

시가 라이조는 다시 한 번 초콜릿 포장지를 벗겼다.

"그래서 난 열심히 그때 두 사람에 대해 생각해보았소. 그렇게 홍장미 극장에 나타났나 싶더니 바로 그 후 봉봉에 왔다. 그런 점에서 보면 분명 그 유산 문제와 관계있는 사람들임에 틀림없으니까. 그 사람들이라면 요전에 구로카와 씨 사무실에서 나도 죄다 봤는데 그 여자는 보질 못했지. 가사하라 가오루라기에는 몸집이 조금 작고 사타케 유카리로 보기에는 나이가 좀 있지. 초코나 하나코일 리는 없고, 시마바라 아케미는 그때까지 나와 함께 있었으니까. 그렇다면 남은 사람은 미야모토 오토네, 당신뿐이었지. 그 사실을 깨달았을 때 내가 얼마나 놀랐는지……. 난 말이오, 기억에 남아 있던 모습에서 숄과 황갈색 테 안경, 그리고 매춘부 같은 화장을 하나하나 지우고 나서 마침내 아가씨의 모습을 발견했소. 이건 뭐, 그때는 놀란 정도가 아니었어. 경악했단 말이 딱 맞지. 하지만 한편으로 기쁘기도 했소."

시가 라이조는 다시 한 번 초콜릿을 넣은 입을 우물거리면서 싱글싱글 징그러운 미소를 지었다.

"나 같은 인간한테 아가씨는 그림의 떡이라고 생각해왔소. 그런데 그 모습을 보니 의외로 그렇지도 않더군. 난 아주 희망이 생긴 거요. 기노시타라는 암거래 브로커, 그놈이 어떤 인간인진 모르지만 그래 봐야 시골신사, 그 남자에 비하면 난 괜찮은 남자가 아닌가 싶소만. 자, 아가씨, 당신은 어찌 생각하시오? 아니, 농담이 아니라 정말로……."

안락의자에서 끽 소리를 내며 남자가 일어서는 기척에 나는 놀라 고개를 들고 상대를 보았다. 그리고 그 순간 전신의 털이 일어서는 공포를 느꼈다.

이 남자가 얼마나 정력가다운 풍모를 하고 있는지는 언젠가도 써놓았다. 지금도 전신의 정력이 터져나올 듯 피부 아래서 부풀어 올라 있다. 이마도 뺨도 입술도, 끈적끈적한 정욕으로 번들거리고 눈동자 속에 흉포한 빛이 어려 있다.

"!"

나는 소리 없는 비명을 지르고 안락의자에서 일어섰으나 좁은 방 안에 어수선하게 가구들이 놓여 있어서 민첩하게 행동할 수가 없었다.

"자, 자, 아가씨. 그렇게 무서워할 거 없소. 난 예를 차리고 싶소이다. 나에 대해 경관에게 아무 말도 하지 않아준 데 대한 예 말이오. 게다가 기노시타란 인물에 대해서도 듣고 싶고. 하지만 뭐, 무엇보다 먼저 예를 갖추게 해주시오. 강인한 남자가 아름다운 여인에게 갖추는 예 말이오."

나는 마침내 우락부락한 시가의 팔에 안겨버렸다. 나는 발버둥 쳤다. 저항했다. 하지만 소리 지를 수 없는 슬픔……. 후

텁지근한 남자의 체취가 나를 감싸고 번들번들 정욕에 젖은 남자의 얼굴이 내 눈앞에 다가온다.

"싫어! 싫어! 저리 가!"

"자, 자, 그렇게 말하지 말고 입술을…… 입술을……."

아, 그때부터 대관절 무슨 일이 일어난 걸까.

"싫어! 저리 가요……."

정신없이 힘주어 떨어지려 한 순간 남자는 '으음' 하고 신음하며 나를 안고 있던 팔에서 힘을 뺐다. 그랬는가 싶더니 뼈가 없는 것처럼 맥없이 마루 위로 미끄러져 내렸다.

독살 이중주

 시가 라이조가 쓰러진 순간, 나는 무슨 일이 일어났는지 몰라 한동안 망연히 서 있었으나 바로 퍼뜩 정신을 차리고 단숨에 그 몸을 뛰어넘었다.

 그리고 흐트러진 머리와 옷을 가다듬으면서 현관 쪽으로 달려가다가 앞서 시가가 했던 말을 금세 생각해냈다. 문은 잠겨 있고 그 열쇠는 시가의 바지 주머니 안에 있다.

 복도 중간에 멈춰 선 나는 뱃속에서 시커먼 절망의 먹물이 치밀어 오르는 것을 느꼈다. 시가 옆으로 돌아가는 것은 무섭다. 하지만 열쇠를 손에 넣지 않으면 이 아파트에서 나가는 것은 불가능하다.

나는 이끌리듯 방으로 돌아왔다. 시가는 바닥에 엎드려 융단을 잡아 찢을 듯이 손톱을 세우고 있다. 격렬한 경련으로 뱀이 꿈틀거리는 것처럼 살찐 몸을 떨고 있다.

나는 망연해서 멈춰 섰다. 나는 분명 이 남자를 밀치기는 했지만 약한 여자의 힘이 이 정도까지 거대한 남자에게 타격을 주리라고는 생각지 못했다.

그때 시가의 입술에서 "물…… 물……." 하고 희미한 신음이 새어 나오더니 다음 순간 입에서 피를 확 토했다.

그 찰나 나는 확실히 생각해냈다. 우에스기 백부님의 회갑연 밤, 무대 위에서 피를 토하고 죽은 아크로바트 댄서 가사하라 미사오의 무서운 단말마를. 전신을 엄습한 무시무시한 경련, 두 개로 잘린 도마뱀의 꼬리 같은 광란의 몸 뒤틀기. 그리고 토해낸 피…….

나는 반사적으로 테이블 위에 있는 초콜릿 깡통에 눈을 돌렸다. 아름다운 색의 초콜릿 포장지가 그때 내게는 악마의 꽃다발처럼 느껴졌다. 시가 라이조의 권유로 나도 그 초콜릿을 먹었을지도 모르는 일이었다.

"물…… 물……."

도마뱀 꼬리 같은 광란의 경련을 계속하면서 다시금 시가 라이조가 웅얼거렸다. 나는 반사적으로 방에서 나가 복도를 달려 부엌을 찾았다. 부엌이 현관 바로 앞에 있다는 것을 알고 거기로 달려가 불을 켠 순간.

"헉!"

주방의 흰 타일 위, 거기에도 한 사람이 엎드려 있었다. 화려한 파자마에 한층 화려한 가운을 덧입은 여자가 타일에 손톱을 세우고 쓰러져 있다. 게다가 타일 위로는 점점이 피가 흐르고 있다. 뒤틀린 몸의 형태나 흐트러진 파자마와 가운의 모습으로 보아 단말마의 고통이 얼마나 컸는지를 알 수 있었다.

나는 다시금 거실 테이블 위에 있는 초콜릿 깡통을 떠올렸다.

여자는 그 초콜릿을 먹는 사이 고통을 느꼈던 것임에 틀림없다. 그리고 목이 타들어가 화장실까지 기어왔겠지. 하지만 그것이 이 여자에게 남아 있던 마지막 힘이었던 게 분명하다.

나는 멈칫거리면서 여자의 얼굴을 들여다보고는 징 하고 몸이 저리는 일종의 엄숙함에 사로잡혔다.

초코인지 하나코인지 거기까지는 나도 구별이 가지 않았다. 하지만 틀림없이 그 여자는 그 쌍둥이 중 한 명이 분명했다. 그렇다면 이곳은 네기시 자매의 아파트였던가.

나는 슬며시 여자의 뺨을 만져보고 이미 늦었다는 것을 알았다. 그렇다면…… 쌍둥이 중 또 한 사람은 어떻게 된 걸까. 어쩌면 그 여자도 다른 방에서 식어 있는 것은 아닐까…….

아, 신이시여. 너무합니다. 너무해요. 아무리 그래도 이건 너무 지나치십니다. 이런 일이 계속되면 저는 도저히 살 수가 없습니다.

나는 한동안 망연하게 흰 타일 위에 흐트러진 화려한 가운을 응시하다가 문득 시가 라이조를 떠올렸다. 그렇다, 그 남자에게 물을 가져다주지 않으면 안 된다.

수도꼭지를 비틀고 컵을 가져다 댔다. 부들부들 손이 떨려서 좀처럼 생각대로 물을 받을 수 없었다. 그래도 겨우 컵에 물을 8할 정도 채우고 거실로 돌아가 보니 시가 라이조는 이미 조용해져 있었다.

"시가 씨, 시가 씨, 물을……."

남자 옆에 무릎을 꿇고 나는 슬며시 머리를 안아 일으켰다.

"헉!"

그 순간 나는 다시금 망가진 피리 같은 소리를 지르며 손에 든 컵을 떨어뜨렸다.

시가 라이조는 자신이 토해낸 피 속에 코를 처박고 있었다. 얼굴이 선혈로 물든 참혹함. 주뼛거리며 팔을 건드려보았다. 이미 맥도 끊어져 있다.

나는 이제 미칠 것만 같았다. 남자의 시체 옆에 무릎을 꿇은 채 나는 양손으로 머리를 쥐어뜯었다. 저녁부터 있었던 일들이 도막도막 끊어진 필름처럼 내 머릿속에 떠올랐다가 사라졌다.

그러는 사이 나는 겨우 정신을 차렸다. 어쨌거나 나는 여기서 도망치지 않으면 안 된다. 봉봉 사건 하나만으로도 내 명예…… 아니, 아니, 내 명예 같은 건 아무래도 좋지만 우에스기 백부님의 명예가 엉망이 되어버렸는데 다시 이런 일이 세간에 알려지면…….

나는 멈칫거리면서 남자의 주머니를 뒤졌다. 죽은 남자, 그것도 이처럼 처참한 최후를 맞이한 남자의 주머니를 뒤지는 데는 쉽지 않은 용기가 필요했지만 그때 나는 그러지 않으면 안 되었다.

열쇠는 있었다. 땀으로 흥건히 젖은 손바닥에 그것을 쥐고 현관 안쪽까지 왔을 때, 계단을 올라오는 발소리와 더불어 남자와 여자의 웃음소리가 다가왔다.

호랑이 굴을 벗어나

 아, 누가 온다……. 절망적인 상념에 나는 전신에서 힘이 공기처럼 빠져나가는 것을 느꼈다. 그 자리에 무릎을 꿇을 것만 같았다.
 하지만 여기서 용기를 잃으면 안 된다고 정신을 가다듬은 나는 서둘러 스위치를 비틀어 현관 불을 껐다. 그리고 구두를 가지고 주방까지 기어가 황급히 주방 불을 끄고 어둠 속에서 숨죽인 채 서 있었다.
 어둠 속에 시체와 함께 있는 것은 무서웠다. 당장이라도 시체의 차가운 손이 슥 뻗어와 내 발목을 잡는 건 아닐까……. 나는 가능한 한 시체에서 멀리 떨어져 주방 구석에 몸을 움츠리고 여차하면 빠져나가기 위해 구두를 신었다.

그때 계단을 올라온 발소리가 문 앞까지 와서 멎었다.

"이상하네. 방금 불이 꺼지지 않았어?"

"메리가 껐겠지."

"하지만 우리 발소리가 들렸을 텐데. 하나코가 그렇게 심술 궂을라고."

"혹시 보스가 온 거 아냐?"

"보스가 오면 상황이 안 좋아?"

"괜찮아. 우린 그저 단순한 친구에 지나지 않잖아."

"우후후, 시로는 의외로 배짱이 좋네."

"하지만 나, 들키는 건 싫다고."

"괜찮아. 그 사람 최근 어쩐 일인지 항상 안절부절못하고 조금도 침착하지 못한걸."

은밀히 나누는 두 사람의 대화를 들으니 돌아온 사람은 쌍둥이 중 한 명과 후루사카 시로인 모양이다. 시마바라 아케미가 죽은 후 시로는 이 쌍둥이 누드 댄서에게 접근한 것일까. 이윽고 문이 열리고 현관에 불이 들어왔다.

"어머!"

여자가 작게 외치는 소리가 들렸다.

"왜 그래, 헬렌?"

"보스의 신발이……."

여자의 목소리가 작게 속삭인다. 남자는 잠시 침묵한다.

"아, 역시 와 있었던 건가."

"어쩔 거야, 시로?"

"할 수 없잖아. 이대로 돌아가진 않겠어. 찬물이라도 얻어 마시고 돌아가야지."

"그래, 미안해. 하지만 시로, 조심해. 그 사람 화나게 하면 안 돼. 화나면 굉장히 무서우니까."

"아, 알았어. 메리의 문병을 왔다고 하면 되지."

"응, 그렇게 해."

속닥거리며 그런 대화를 주고받더니 초코는 갑자기 쾌활한 소리를 냈다.

"하나코, 다녀왔어. 몸은 어때?"

물론 대답이 있을 턱이 없었으나 초코는 별로 신경 쓰지 않았다.

"보스가 와 있네. 시로가 문병하러 같이 왔어요."

그래도 대답이 없자 역시 이상하다 싶었는지 초코는 현관에 멈춰 선다.

"이상하네. 무슨 일이지?"

"하고 있는 거 아냐?"

"설마……. 시로, 어쨌거나 들어가자."

시로도 구두를 벗고 올라왔다.

"헬렌, 나 목이 말라. 여기 부엌이지. 물 좀 가득 따라줘."

그 순간 나는 심장이 단숨에 얼어붙고 말았다. 시로는 주방에 들어와 전등 스위치를 더듬고 있다. 이쪽에서는 모습이 보이지만 저쪽에서는 나를 알아차리지 못하고 있다. 하지만 전등 스위치를 발견하면……. 나는 전신에서 차가운 땀이 흘러나오는 것을 느꼈으나 다음 순간, 초코의 한마디가 나를 구했다.

"그만해. 우물쭈물하면 외려 보스가 이상하게 생각해."

초코가 시로의 팔을 잡고 나갔다.

"보스, 어서 나오세요. 시로가 메리를 문병하러 와줬어요. 시로 아시죠?"

"메리, 몸은 어때? 감기라며?"

두 사람의 발소리가 거실 쪽으로 사라지기를 기다려 나는 주방에서 뛰쳐나왔다. 다행히 문은 잠겨 있지 않았다. 문에서 밖으로 미끄러져 나갔을 때 거실 쪽에서 초코와 시로의 비명이 들리고 뭔가 쿵 하고 쓰러지는 소리가 났다.

부들부들 떨리는 무릎을 감싸고 구르듯 2층까지 내려오니 계단 아래 나이트가운을 걸친 중년 남자가 서 있었다. 나는 놀랐지만 뒤로 돌아갈 수도 없다. 남자는 수상한 듯 내 얼굴을 보았다.

"무슨 일 있습니까?"

"저, 무슨 말이신지……?"

"아, 위에 있는 방에서 아까부터 덜컹거리는 소리가 들려서요."

"글쎄요. 전 몰라요."

가능한 한 얼굴을 피한 채 남자 옆을 빠져나간 나는 단숨에 계단을 내려갔다. 의혹에 가득 찬 남자의 시선을 아플 정도로 등에 느끼면서.

절망의 상념이 다시금 강하게 내 가슴을 찌른다. 모처럼 시로나 초코의 눈을 벗어났건만 결국 저 남자에게 들키고 말았다. 저 남자는 분명 경찰관에게 나와 저기서 만났다는 이야기를 하겠지.

아, 나는 이대로 어딘가에…… 땅끝까지라도 가버리고 싶다.

흐트러지고 혼란스러운 마음을 가라앉히고 정처 없이 어두운 밤길을 배회하는 사이 나는 어느새 이다바시(飯田橋)에 이르렀다.

정신을 차리고 손목시계를 보니 벌써 9시 반이 지나 있었다. 내가 우에스기 백부님의 집을 뛰쳐나온 것은 8시 반 이전의 일이었다.

7시 무렵 호리이 게이조 수하에 있는 유리가 건 전화에 의하면 신바시 역 서쪽 입구로 야마구치 주인님이 마중을 나온다고 했다. 야마구치 주인님이란 호리이 게이조다.

하지만 그 호리이 게이조는 우에스기 백부님 댁에 왔다. 아마 예상을 뛰어넘는 위험이 닥친 것을 알고 나를 구하러 왔겠지. 그리고 아까 전화에서 속삭인 바에 의하면 신바시 역에는 분명 한패인 사람이 기다리고 있을 게 틀림없다. 하지만 그 사람은 그로부터 두 시간이나 지난 지금까지 거기서 기다리고 있을까.

혹시 그 남자를 만나지 못한다면…….

나는 터덜터덜 이다바시 역에 들어가 개찰구 앞에 서서 '신바시'라고 말하고는 당황하여 시나가와로 정정했다. 아까 시가 라이조의 용의주도함을 보고 나도 그 정도의 지혜는 배웠다.

만나도 못 만나도 나는 신바시에 가보는 수밖에 도리가 없다…….

신바시에서 전차를 내려 서쪽 출구로 나가자 바로 한 대의 자동차가 옆으로 다가왔다.

"아가씨, 차에 타시겠습니까?"

운전사의 얼굴을 보니 야마구치 아키라였다. 그 순간 징 하고 몸 안에 스미는 기쁨과 회한에 나는 절로 눈물이 나올 것 같았다.

이렇게 내 마음은 차츰 이 악당에게 끌려 들어가고 있었다.

도피행

"오토네."

자동차가 달리기 시작하자 야마구치 아키라이자 호리이 게이조인 다카토 고로가 운전석에서 말을 걸었다.

"이야기는 나중에 천천히 듣기로 하고 거기 외투하고 숄, 선글라스가 있지. 그걸 걸쳐. 외투가 없으면 이상하게 생각할 거야."

"네."

나는 잽싸게 외투에 팔을 꿰고 가급적 얼굴을 가리듯 해서 숄을 머리에 두르고 선글라스를 쓴다. 외투의 따뜻함과 숄이나 선글라스로 조금이라도 변신했다는 사실이 내 마음을 얼마쯤 가라앉혔다.

"이제부터 어딜 가죠?"

"요전에 갔던 데 가자."

"괜찮아요? 거기……?"

"당분간은 괜찮아. 언젠가는 집을 바꾸지 않으면 안 되겠지만. 오토네, 이제 너는 나한테서 떨어져 살 수 없게 된 거야. 아하하."

운명의 베틀은 잔혹하다. 생각도 못했던 사건에 휘말린 나는 운명의 베틀이 짜는 대로 이상한 패턴을 짜간다. 이전까지 맑고 바르고 아름답게 살아온 나였건만 지금은 이 정체불명의 남자의 가슴에 매달리지 않으면 하루도 못 사는 수배자 신세다.

아, 수배자……. 무심코 몸서리치는 나를 남자는 백미러로 보았다.

"오토네, 무슨 일이 있었어?"

"……."

"세 시간 가까이 그 모습으로 어딜 헤맨 거야?"

"큰일 났어요."

"뭐가?"

"시가 라이조가 살해당했어요. 그리고 네기시 하나코도……."

그 순간 쿵 하고 자동차가 크게 옆으로 흔들렸다. 하지만 남자는 이내 핸들을 바로잡고 "오토네!" 하고 딱딱한 목소리로 불렀다.

"시가 라이조와 함께 있었나?"

"당신이 보낸 심부름꾼이라고 생각했어요. 그 사람, 얼굴을 숨기고 있어서……."

"그래서 어딜 간 거야?"

"네기시 자매의 아파트에……."

"아, 에도가와 아파트군. 그때 초코나 하나코는 있었어?"

"아뇨. 저, 그게……."

"오토네! 설마 나쁜 일이 있진 않았겠지. 네 몸에……."

"그런 일이 있었다면 난 못 살아요."

"하지만 나한테는 의외로 간단히 허락하지 않았나."

"당신!"

분노와 굴욕감이 뱃속에서 불타오르듯 치민다.

"내려주세요. 날 여기서……."

"미안, 미안."

내가 쿠션에서 몸을 일으키려는데 남자가 달래듯 다정한 목소리로 말했다.

"미안해. 조금 질투가 났어. 난 널 믿어. 결국 시가 라이조는 죽었군."

"네."

"그리고 네기시 하나코도……?"

"네."

"좋아. 얘긴 나중에 듣자. 오토네, 아까 한 말 용서해줘."

나는 양손으로 얼굴을 가렸다. 눈물이 손가락 사이를 타고 흐른다.

아무리 모욕당해도 이제 이 남자한테서 떨어져서는 살 수 없는 나다. 경찰의 추적에서 도망치기 위해서만은 아니다. 나는 이 남자에게 몸도 마음도 강하게 사로잡혀 있다.

그 후 남자는 입도 뻥긋하지 않았다. 자동차는 그저 어둠을 뚫고 달려갔다. 한참 지나 남자는 다시금 다정한 목소리로 말했다.

"오토네, 이제 그만 울어. 그리고 눈물을 닦고 얼굴 화장을 고쳐. 거기 핸드백이 있지. 그 안에 화장도구가 있을 테니까. 넌 그런 얼굴을 유리코에게 보이는 건 싫겠지."

"네."

나는 순순히 끄덕이고 거기 있던 핸드백을 집어 들었다. 얼굴 화장을 고치고 있을 때 자동차는 전에 왔던 주차장 안으로 들어갔다. 주차장 안은 비어 있었으나 자동차 소리를 듣고 요전에 봤던 여자가 나왔다.

"아, 아가씨. 무사하셨나요?"

여자는 내 얼굴을 보더니 안심한 듯 웃는다.

"오토네, 유리코에게 인사해. 널 무척 걱정했으니까."

"네. 아까 전화를 주셨죠……."

나는 할 수 없이 이 정체불명의 여자에게 고개를 숙였다.

"아뇨, 별거 아니에요……."

"유리코, 말해두겠는데, 이 아이를 아가씨라 부르면 안 돼. 이제부터 부인이라고 불러. 신원은 아무한테도 발설하면 안 돼."

"그건 당연히……."

"오토네, 자, 가자."

남자에게 손을 잡힌 채 간 곳은 전에도 왔던 방음 장치가 설치된 지하실이었다. 남자는 조심스럽게 이중문을 잠그더니 갑자기 나를 끌어안고 격렬하게 입술을 빨아 당겼다.

"이제야 겨우 마음이 가라앉았어. 굉장히 마음 졸였다고. 대체 어디 갔나 싶어서."

남자는 내 몸을 떼어놓고 구석에 있는 선반 앞에 가서 전처럼 술을 준비했다.

"자, 단숨에 들이켜. 기분이 가라앉으면 바로 침대로 가자. 그러는 편이 느긋하게 얘기를 들을 수 있어."

나는 이제 남자의 말대로 할 수밖에 없었다. 단숨에 글라스를 들이켜자 잠시 목이 메었지만 대신에 발끝까지 뜨거워지는 것을 느꼈다.

"아, 그걸로 얼마쯤 안색이 돌아왔군. 자, 이리 와. 안아주지."

외투와 숄을 벗기고 남자가 나를 안아 올리려고 했다.

"싫어요."

나는 그 손을 뿌리쳤다.

"싫어? 왜?"

"그 얼굴로는……"

"아하하! 야마구치 아키라는 싫은가. 그야 그렇겠지. 네가 반한 사람은 다카토 고로, 혹은 호리이 게이조니까. 좋아. 저쪽에 가면 변장을 지울게. 그럼 되겠지?"

"네."

"아하하."

남자는 다시금 튕기듯 웃고는 가볍게 내 몸을 안아 올렸다.

치정의 구렁텅이

"오토네, 이제 됐지. 슬슬 오늘 밤 얘길 해줘."

꽉 닫은 방 안에 한바탕 가득 찬 정열의 향기, 강하고 격렬한 쾌락 뒤의 나른함에서 겨우 정신을 차렸을 때 남자는 내 귀에 속삭였다. 남자의 가슴은 아직 내 몸을 품고 있다. 나는 남자의 넓은 가슴에 달아오른 뺨을 기대고 있다.

나는 남자의 가슴에 안긴 채 오늘 밤 일어났던 일을 이야기하기 시작한다. 남자가 죄다 빠짐없이 털어놓으라고 해서 시가 라이조로부터 도망친 얘기까지 털어놓았다.

"아, 그런가. 그럼 역시 그놈, 널 범하려고 했군."

"만약 그 초콜릿에 독이 들어 있지 않았다면 전 어떻게 됐을지……. 아무래도 살아 있지 못했겠죠."

"오토네. 하지만 넌 날 허락했지만 죽으려 하지는 않았잖아."

"또 그런 소릴……."

"아니. 오토네, 난 널 희롱하거나 놀리는 게 아냐. 시가 같은 남자에게 상처 입었다면 살아 있을 네가 아니라는 것 정도는 나도 알아. 하지만 난 네가 알았으면 해. 네가 나한테 반했다는 사실을. 그 국제호텔 복도에서 처음 만났을 때 우린 서로 첫눈에 반해버렸어. 넌 그렇게 생각지 않아?"

남자의 모습은 드물게 차분하다. 그러고 보니 그때 나 자신도 영문을 몰랐던 이상한 충격, 두근거림…… 그게 이 남자가 말하는 감정이었던가.

"오토네, 정신 차리지 않으면 안 돼. 남자에게 네 아름다움은 마약 같은 거야. 누구라도 네 앞에 서면 가슴을 쥐어뜯는 영혼의 욱신거림을 느낄 거다. 다른 남자가 네 몸에 손가락 하나라도 대는 걸 생각하면 난 내장이 뒤틀리는 분노를 느껴. 오토네, 오토네, 난 절대 널 떠나지 않아. 아무한테도 절대 널 넘겨주지 않을 거야."

남자는 갑자기 실성한 것처럼 두세 번 내 몸을 끌어안고 키스의 비를 퍼부었으나 이윽고 "아하하." 하고 목구멍으로 낮게 웃었다.

"그럼 아까 얘길 계속해줘. 다시 이야기의 맥을 끊는 짓은 하지 않을 테니."

남자가 독촉해 나는 다시금 무서운 이야기를 계속한다. 내 얘기가 끝났을 때 남자는 곧바로 입을 떼지 않고 한동안 침묵했다.

"그럼 오토네, 이렇게 되는군. 메리 네기시는 오늘 감기 기운이 있어 극장을 쉬고 정양하고 있었다. 그리고 팬한테 받은 선물인 초콜릿을 먹고 고통스러워서 주방에 물을 마시러 갔다가 거기서 숨이 끊어졌다. 하지만 그 사실을 시가 라이조는 몰랐다. 메리도 헬렌과 함께 홍장미 극장에 갔다고 생각하고 그 아파트에 널 데려갔다. 그리고 거기 있던 초콜릿을 먹으면서 네게 구애하는 사이 독이 퍼져 죽었다……. 그런 이야기군."

"네……."

"그래서 네가 도망치려는 참에 헬렌이 후루사카 시로와 함께 돌아왔다는 거로군."

"네."

"어때? 시로와 헬렌은 벌써 정을 통한 것 같았나?"

"그런 거, 전 잘 모르지만 그런 것처럼 느껴졌어요."

"오토네, 넌 그 시로란 남자를 경계하지 않으면 안 돼. 그놈은 아직 애송이지만 여자에 한해선 대단하다고 해."

"날 그렇게 믿지 못하나요?"

"오토네, 내 말은 그런 뜻이 아냐. 후루사카 시로 같은 호색한이 네 미모에 눈을 돌리지 않을 리 없다는 얘기다. 지금까지 넌 양갓집 아가씨였으니 그놈도 손을 내밀지 못했겠지만 이렇게 도망쳐버리면 그놈한테도 같은 부류인 거야. 분명 널 찾아 접촉하려는 시도를 하겠지. 넌 그런 놈의 농간에 넘어가선 안 돼."

그럴 내가 아니라고 말해주고 싶었으나 그 말을 입 밖에 내는 것도 불쾌해서 한동안 말없이 남자의 옷깃 언저리만 만지작거렸다.

"당신."

이번에는 내 쪽에서 말을 꺼냈다.

"당신은 왜 오늘 밤 거기 왔나요? 정말 구로카와 씨 일로 용건이 있었나요?"

"아, 그야 있었어. 사실 오늘 밤 전부 해야 할 일은 아니었지만."

"날 구하러 와준 거군요. 그런데 어떻게 나한테 위험이 닥쳤다는 걸 알았나요?"

"오토네, 그건 말 못해. 기밀에 속하는 일이라서."

"분명 경시청에 스파이가 들어가 있군요."

그에 대해 남자는 아무 대답도 하지 않고 그저 다정하게 내 머리카락을 만지작거리고 있다.

"어떻게 됐어요? 우에스기 백부님은?"

"아, 굉장했어. 창문으로 형사가 뛰어내렸지. 나도 모르는 척하다가 한참 지나 문의 빗장을 벗겨주었어. 그런데 누가 스위치를 내렸나, 그게 문제가 됐어. 하지만 난 그 집에 처음 왔으니 메인 스위치가 어디 있는지 알 리가 없지. 게다가 계속 현관에 있었고. 하마터면 시게야가 의심을 살 뻔했는데 때마침 바깥문 밖에 누군가 수상한 남자가 서성거렸다는 인근 주민의 증언이 있었어. 시게야도 그 남자를 보았지만 형사라고 생각했다는군. 그래서 네가 아는 사람이 바깥문에 대기하고 있다가 사태가 위험해지는 걸 보고 스위치를 내린 거라는 결론이 났어. 메인 스위치는 밖에서 들어오자마자 있으니까. 오토네, 그때 난 깜짝 놀랐어. 나로선 그 남자가 누군지 짐작이 안 갔으니까. 게다가 네가 신바시에 좀처럼 오지 않아서……. 처음엔 유리코한테 기다리게 했었거든. 그렇게 초조한 적은 처음이었어."

"그럼 스위치를 내린 사람은 누구죠?"

"시게야."

"어머."

"뭐가 어머야."

"시게야가 스스로요?"

"아니, 그건 내가 부탁했어. 아가씨가 위험하니까 내가 신호하면 스위치를 내려달라고, 입으론 말 안 하고 사전에 종이에 써서 그걸 시게야한테 건넸어."

"시게야가 그런 부탁을 용케 들어줬네요."

"그야 들어주도록 사례를 했지."

"사례라니 뭘요?"

"키스해줬어. 끌어안고. 아하하."

내 몸이 꿈틀 떨리고 무심코 남자를 떼어내려는데 상대는 꽉 나를 끌어안았다.

"왜 그래, 오토네. 질투하는 거야? 아하하, 키스라도 절대 입술은 아냐. 볼에다 잠깐. 널 위기에서 구하기 위해서였는걸. 그 정도는 괜찮잖아."

"당신, 구로카와 씨란 분은 당신을 신뢰하고 있나요?"

"그럼. 신뢰받고 있지."

그 말만이 이 남자에 대한 내 희망이었다. 그도 그럴 것이 우에스기 백부님에게 들은 바에 의하면 구로카와 변호사는 결코 악덕 변호사가 아니라 훌륭하고 신사적인 법률가라고 한다. 그런 분에게 신뢰받는다는 것은 이 남자에게 어딘가 좋은 점이 있기 때문은 아닐까.

"구로카와 씨는 당신이 하는 일을 아시나요? 암거래……."

"그야 어렴풋이 알겠지. 하지만 바보와 가위는 쓰기 나름이라고 하니까. 독약도 쓰기에 따라 약이 되지."

"당신은 독약인가요?"

"넌 그렇게 생각하잖아. 넌 마약이고 난 독약이다. 자, 좀 더 이쪽으로 와. 이렇게……. 자, 좋지 않아?"

아아, 이렇게 나는 다시금 이 정체불명의 남자와 치정의 구렁텅이로 가라앉아 가는 것이었다.

유리코의 고백

이렇게 나의 기괴한 지하생활이 시작되었다.

호리이 게이조는 나에게 신문을 읽는 것을 금지하고 있어서 그 후 사건이 어떻게 진전되었는지 자세한 것은 알 수 없었다. 그래도 매일 밤이면 찾아오는 암거래상 야마구치 아키라의 입에서 대충 이야기를 들을 수 있었다.

네기시 하나코와 시가 라이조의 시체는 홍장미 극장에서 돌아온 네기시 초코 한 사람에 의해 발견되었던 것으로 전해졌고, 후루사카 시로는 얼굴을 드러내지 않았던 모양이다.

분명 시로는 이런 사건에 얽히면 곤란하다고 초코를 꼬드겨서 자신은 모습을 감춘 거겠지. 그렇다는 것은 그에게 뭔가 뒤가 구린 게 있든지 아니면 장래 뭔가 획책하는 꿍꿍이가 있는 게 틀림없다는 것이 호리이 게이조의 추측이었다.

그건 그렇고 두 사람의 사인은 둘 다 청산가리 중독으로, 그 청산가리는 우리가 생각한 대로 팬에게서 받은 선물인 초콜릿 속에 들어 있었다고 한다. 여기서 수사진을 놀라게 한 것은 두 사람의 사망 시각이 세 시간이나 어긋나 있다는 것이었다.

네기시 하나코가 사망한 것은 저녁 무렵 5시경이었을 거라 추정되는 반면에 시가 라이조의 시체가 발견되었을 때는 사후 30분도 지나지 않았다. 이 사실이 수사진을 무척이나 곤혹스럽게 했는데, 그때 등장한 것이 2층 계단에서 나를 만난 남자였다.

그 남자의 증언에 따른 인상착의에서 다시금 미야모토 오토네가 등장한 것이다. 그래서 시게야와 우에스기 백부님 댁 인근 사람에게 시가 라이조의 시체를 보여줬더니 어젯밤 우에스기 가 뒷문에서 어슬렁거리던 남자가 분명하다고 했다.

마침내 우에스기 가의 스위치를 내리고 미야모토 오토네를 도망시킨 사람은 시가 라이조라는 게 되었고, 어쩌면 봉봉에 미야모토 오토네와 같이 간 기노시타라는 암거래상도 시가가 아닐까 하고 봉봉의 여자들에게 시가의 시체를 보여주었더니 더없이 의외의 사실(수사진에게)이 드러났던 것이다.

즉 그 시체는 기노시타라는 암거래상은 아니지만 시마바라 아케미가 살해당하기 직전에 잠자리를 같이한 남자라는 걸 알게 되어 수사진의 놀라움도 컸다. 그럼 시가와 오토네는 어떤 관계일까. 미야모토 오토네에게는 대체 몇 사람의 남자가 있는 것일까……

"그러니까 오토네, 조심하지 않으면 안 돼."

이 이야기를 할 때 호리이 게이조는 다정하게 내 머리카락을 어루만졌다.

"친구나 시나코 님이 여러 가지로 널 변호해주는 모양이지만 세상에선 널 어쩔 수 없는 음탕한 여자나 요부처럼 생각하고 있는 것 같아."

그 역시 내가 각오한 바였으나 시나코 님이나 백부님을 생각하면 눈물이 넘칠 것 같았다.

그리하여 나는 한층 이 남자를 떠날 수 없게 되었다. 남자는 강하고 다정하고 늠름하게 치정의 쾌락을 하나하나 가르쳐준다. 나는 여러 차례 남자의 팔에 안긴 채 환희에 젖은 나머지 정신을 잃었다. 두 사람 다 아무리 퍼도 마르지 않는 애정의 샘물 속에 있는 것 같았다. 나는 항상 남자의 팔에 안긴 채 이대로 죽어버리고 싶다는 생각에 '죽여줘요, 죽여줘……' 하고 몸을 뒤틀며 절규한다.

남자는 매일같이 찾아왔으나 그래도 가끔은 일 때문에 오늘은 못 온다고 전화하는 일이 있었다.

그런 날 밤 나의 괴로움은 말로도 글로도 다할 수 없는 것이었다. 남자를 그리워하며 나는 침대 속에서 엎치락뒤치락 몸을 뒤척인다. 혹시 누군가 다른 여자가 남자의 품속에 있는 것은 아닐까 생각하면 질투 때문에 미칠 것 같았다.

그러던 어느 날, 나는 유리코로부터 더없이 기묘하고 싫은 이야기를 들었다.

나를 돌봐주는 일은 죄다 유리코가 맡아 하고 있었다. 그녀는 더할 수 없이 다정하게 나를 돌보고 격려하고 위로해준다. 그녀는 또 암거래상 야마구치 아키라에게 노예처럼 헌신적인 애정을 가지고 봉사하고 있었다.

그게 이상해서 어느 날 유리코에게 물어보니 그녀는 한숨을 푹 쉬면서 이런 말을 했다.

"제가 야마구치 주인님에게 아무리 충실히 봉사해도 모자랍니다. 전 그분에게 구원받았으니까요."

"구원받았다니 무슨 뜻이죠……?"

그때 유리코는 힐끔 내 얼굴을 보았다.

"전 어떤 남자에게 속았어요. 속아서 착취당하고 있었죠. 그야말로 골수까지 뽑아낼 정도로 착취당하고 있었습니다.

그리고 그 이상 착취해봐야 찌꺼기도 나오지 않을 거라는 걸 알았을 때 남자는 저를 버렸죠. 저는 절망한 나머지 죽으려 했습니다. 사실 당시 사정으로는 죽는 것 외에 다른 길이 없었죠. 그런데 야마구치 주인님이 오셔서…… 그때까지 한 번도 만난 적 없었는데 여러 가지로 다정하게 저를 격려하고 위로하고 사는 보람을 안겨주셨던 겁니다. 게다가 지금 남편을 소개해주셨고요. 이 주차장은 주인님이 경영하고 계시지만 감사하게도 저희도 자주 쓰게 해주십니다."

깜박했는데 유리코의 남편은 운전사인 동시에 이 주차장의 매니저 일을 하고 있다.

그 남자에게도 그토록 다정한 일면이 있었나 싶어 나는 굉장히 기뻤지만 그 뒤에 유리코가 해준 한마디가 나의 기쁜 꿈을 나뭇잎 짓밟듯이 부숴버렸다.

"당신을 속인 사람이란 대체 어떤 사람인가요?"

그때 유리코는 다시 힐끔 내 얼굴을 보았다.

"그건 부인, 당신과도 관계있는 사람입니다."

"저하고요……?"

"네, 신문에서 읽었어요. 부인은 다카토 슌사쿠라는 분과 결혼하기로 되어 있었죠. 저를 속인 사람은 살해당한 슌사쿠 님의 사촌으로 다카토 고로란 남자였습니다."

여도적 오토네

 아아, 이게 어떻게 된 일이람.

 그럼 다카토 고로는 자기가 쥐어짤 대로 짜서 골수까지 빼먹고 버린 여자를 이번에는 야마구치 아키라가 되어 구했다는 걸까. 그리고 이 여자는 그걸 모르는 걸까. 자신이 이토록 고맙게 생각하는 야마구치 아키라야말로 자신을 노리개로 삼았던 남자라는 사실을.

 알았다, 알았어. 야마구치 아키라가 절대 유리코를 비롯해 주차장 사람들에게 맨얼굴을 보이지 않는 이유는 그 때문이다. 하지만 아무리 그래도……. 나는 한층 다카토 고로란 남자를 알 수 없게 되었다.

"야마구치 씨는 당신에게 친절하게 대해주셨나요?"

"네, 아주 다정하시고……."

내 가슴은 질투 때문에 긁히는 것 같았다.

"어쩌면 야마구치 씨가 당신을 사랑하는 거 아닐까요? 당신에게 뭔가…… 키스 같은 걸 요구한다든지……."

"어머!"

놀란 듯 내 얼굴을 올려다보는 유리코의 눈을 보면 거짓말은 아닌 것 같았다.

"부인, 장난이라도 그런 말씀 하시면 안 돼요. 그분은 그런 분이 아닙니다. 장사야 여러 가질…… 하시지만 굉장히 훌륭한 분이세요. 그런 말씀 하시면 그분께는 물론이고 저희 집 양반에게도 할 말이 없어요."

"어머, 죄송해요. 하지만 당신이 너무나 아름다우셔서 그만……."

"질투하셨군요. 호호호, 아니, 저야 정말 아무것도 아니지만 그렇게 질투하시는 건 좋은 일이에요. 그런데요, 부인. 그분이 얼마나 당신을 사랑하시는지 모르시겠어요? 그분은 저 따위한테야 말할 것도 없지만 어떤 여자에게든 눈길도 주지 않으세요."

그날 밤, 남자가 왔을 때 내가 그 이야기를 꺼내니 남자는 그야말로 뼈가 으스러질 만큼 강하게 나를 끌어안았다.

"아까 위에서 유리코한테 그 얘길 들었어. 네가 질투했다고."

그럴 때의 남자는 마치 어린아이 같았다.

"하지만 그건 어찌 된 일인가요?"

"어찌 된 일이냐니, 뭐, 죗값을 치른 거라고 생각해줘. 유리코도 너한테 얘기했겠지만 내가 얼마나 너한테 반했는지……. 난 절대 바람 따위 피우지 않아. 그 대신 절대 널 놔주지 않을 거야."

"나도……."

이렇게 우리는 끌어안은 채 환락의 한계까지 떨어져 갔던 것이다.

그 무렵 내가 이상하게 생각했던 것은 이곳이 야마구치 아키라의 암거래 근거지인데도 내가 여기 와서는 한 번도 그런 흥정이 없었다는 것이었다.

"그래, 그건 말해주지. 난 여기 말고도 두 곳의 비밀 근거지를 더 갖고 있어. 그곳에서는 또 각자 다른 얼굴과 다른 이름을 갖고 있지. 지금 그걸 말해줄 테니 너도 잘 기억해둬. 종이에 쓰면 안 돼. 머릿속에 새겨두는 거다. 이곳에 혹시 무슨 일이 생기면 그쪽으로 피난하지 않으면 안 되니까."

내가 물어보자 남자는 그렇게 말했다. 그리고 다른 두 곳의 비밀 근거지와 전화번호, 거기서 쓰는 이름을 내게 알려주고서 몇 번이나 복창시켰다. 그 일은 훗날 내가 위험에 빠졌을 때 도움이 되었다.

그건 그렇고 내가 그 지하실에 들어와 대충 한 달 정도 지났을 무렵의 일이다. 어느 날 밤 남자는 묘한 말을 했다.

"오토네, 잠깐 이걸 입어봐."

그렇게 말하고 보스턴백에서 꺼낸 것은 새까만 타이츠였다. 그 타이츠에는 양말이며 장갑이 붙어 있고 목에서부터 아래까지 전부 감싸도록 되어 있다.

"어머! 이런 걸 입고 어쩌라고요."

"괜찮으니까 내 말대로 해줘. 내가 좀 생각한 게 있어서 그래. 자."

남자는 나를 끌어안고 키스한다. 남자가 그렇게 하면 나는 어떤 일도 싫다고 할 수가 없다.

"그럼 옆방에 들어가서 입고 올게요. 엿보거나 하면 안 돼요."

"아하하, 엿봐도 상관없잖아."

"싫어요, 그런 거."

"그럼 안 볼게. 안 볼 거야."

나는 그 타이츠를 가지고 침실로 뛰어 들어가 문을 꽉 닫았다. 그 타이츠를 입으려면 지금 입은 것을 전부 벗고 실오라기 하나 걸치지 않은 알몸이 되지 않으면 안 된다. 나는 잽싸게 그 타이츠를 입었다. 남자가 내 몸에 맞춰서 만든 듯 그것은 살을 파고들 것처럼 내 몸에 딱 맞았다. 다 입고 나서 거울 앞에 서보니 부푼 유방부터 둥그스름한 둔부, 전신의 곡선이 남김없이 드러나 나는 얼굴을 붉히지 않을 수 없었다. 하지만 이것이 남자의 취향이라면 따르지 않을 수 없다. 내 몸은 남자의 애무를 갈구하고 있으니까.

"오토네, 뭐 하는 거야. 아직……?"

"나, 쑥스러워서……."

"됐으니 이쪽으로 와. 그리고 이걸 걸쳐봐."

내가 슬며시 나가자 핥듯이 내 전신을 훑어보는 남자의 눈동자에 번들거리는 정욕의 불꽃이 타오른다.

"아, 오토네. 훌륭해. 넌 아름다운 몸을 갖고 있어. 팔등신이란 너를 두고 말하는 거군. 자, 이 로브를 걸치고 이 마스크를 써봐."

남자는 내 얼굴에 검은 공단으로 만든 마스크를 씌우고 옛날 장교 망토 같은 모양을 한, 겉감은 검고 안감은 흰색과 검은색 세로 줄무늬로 되어 있는 옷자락이 긴 로브를 뒤에서 입혀주었다. 그리고 다시 한 번 내 모습을 자세히 뜯어보더니 이윽고 내 앞에 무릎을 꿇었다.

"아, 여도적 오토네 님, 소인은 당신의 하인이옵니다."

아아, 이 남자는 대체 무슨 일을 꾸미고 있는 걸까.

어둠의 향연

 그곳은 자욱한 담배연기가 들어찬 어슴푸레한 지하의 환락경이었다.

 꽉 막힌 후텁지근한 공기 속에 들어차 있는 것은 여러 가지 강한 술 냄새, 숨이 막힐 듯한 여자의 연지와 분 향기, 술기운을 담아 번들번들 빛나는 남자들의 육감적인 체취…….

 어느 쪽을 봐도 마스크로 얼굴을 가린 남자와 여자가 서로 끌어안고 있다. 처음에는 아무래도 소곤소곤 속삭이는 간드러진 소리와 아양 떠는 목소리만 들렸다. 하지만 술기운이 돎에 따라 남자도 여자도 수치심이나 사양은 팽개치고 눈에도 담기 힘든 작태, 추태가 넓은 홀 구석구석까지 벌어지고 있다.

회비는 한 사람당 1만 엔, 단 반드시 여성 동반이라는 조건이 붙은 호화롭고 음탕한 암거래상들의 비밀연회. 이것이 그날 밤의 상황이었다.

"싫어요. 어째서 날 이런 곳에 데려왔죠?"

마스크로 얼굴을 가렸다고는 하지만, 수치심 때문에 나는 얼굴을 들 수조차 없다. 가능한 한 로브로 가리기는 했지만 검은 타이츠 한 장만 걸친 나는 전신의 곡선이 드러나 그렇잖아도 색을 밝히는 남자들의 눈을 끌어당기고 있었다.

"아하하."

턱시도 차림의 야마구치 아키라는 술기운으로 마스크 안쪽의 눈을 빛냈다.

"왜냐하면 반드시 여성 동반이라는 조건이 붙어 있기 때문이지. 그럼 내가 이런 곳에 다른 여잘 데려와도 좋다는 거야?"

"몰라요."

나는 살짝 몸을 비비 꼬며 토라진 시늉을 했다. 나는 어느샌가 이런 테크닉을 몸에 익히고 있었다.

"그건 그렇고, 왜 다른 차림을 하게 하지 않았나요? 아무리 그래도 이건 창피해서……. 다들 뚫어져라 보고 있는걸요."

"좋잖아. 네 아름다운 몸을 모두에게 보여주는 거야. 넌 오늘 밤의 여왕님이다. 자, 봐. 남자들이 죄다 넋을 잃고 너를 보고 있잖아."

"싫어, 그런 얘길 하면……."

"그리고 여자들은 죄다 널 질투하고 있어. 자, 괜찮으니까 좀 더 이쪽으로 와."

나는 너무 불안해서 남자 옆으로 다가서지 않을 수 없었다. 어느샌가 나도 남자의 무릎 위에 있었다.

그 홀에는 정중앙에 원형의 무대가 설치되어 있었다. 그 무대만 환한 조명으로 밝혀져 있을 뿐 그 외에는 전부 어슴푸레한 간접 조명 속에 잠겨 있다. 무대를 둘러싼 어슴푸레한 간접 조명 속에 쉰 개 남짓한 테이블이 있는데 어느 테이블이건 마스크를 쓴 남자와 여자가 한 쌍씩 자리 잡고 있었다. 술기운이 돎에 따라 어느 테이블이든 남자와 여자가 정면을 마주하고 있지는 않았다. 여자는 다들 남자의 무릎 위에 있었다. 그리고 전신을 어루만지는 남자들의 손끝의 감촉을 느끼면서 달콤한 교성을 올린다. 남자들은 그렇게 제각기 자기 무릎에 있는 여자를 애무하면서 때때로 나를 향해 노골적인 시선을 던졌다.

무대에는 지금 스트립 댄스가 펼쳐지고 있다. 하지만 그쪽을 보는 사람은 거의 아무도 없다. 무대보다 객석 쪽이 훨씬 음탕했다.

"당신."

수치심으로 달아오른 얼굴을 남자의 가슴에 묻은 내 목소리도 어느새 아양을 부리고 있었다.

"왜 날 이런 곳에 데려왔어요? 뭔가 목적이 있는 건가요?"

"응, 전혀 목적이 없는 건 아냐."

"어떤 일? 그 목적이란?"

"금방 알게 돼. 자, 저쪽을 봐. 저것도 목적의 하나야. 종려나무 화분이 있지. 그 옆 테이블에서 부둥켜안은 두 사람, 그게 누군지 알겠어?"

나는 슬며시 고개를 들어 남자가 알려준 방향으로 머뭇머뭇 눈을 돌린다.

그곳에는 턱시도를 입은 남자와 피부를 노골적으로 드러낸 검은 이브닝드레스 차림의 여자가 꽉 끌어안고 있었다. 둘 다 마스크를 쓰고 있어서 얼굴은 알 수 없었지만 드러난 여자의 흰 팔이 남자의 목을 감고 입술과 입술이 맞닿아 있다.

"누구? 저 두 사람……?"

"네 삼촌이시다. 사타케 다테히코……. 이젠 여자가 누군지 알겠지."

"돌아가요. 빨리 여기서 나가요. 나 이런 모습을 저 삼촌에게 보이는 거 싫어!"

"아하하, 괜찮아. 알게 뭐야. 네가 이런 곳에 왔는지 부처님도 모를걸."

"하지만 아까부터 뚫어져라 날 보고 있어요."

"그런 것 같군. 그래서 여자 쪽이 굉장히 불쾌한 기색이야."

"저 여자, 가사하라 가오루인가요?"

"물론 그렇지."

다테히코 삼촌이 여기 오는 것은 조금도 이상할 게 없다. 마찬가지로 암거래상이니까. 그리고 분명 여성 동반이란 조건이 붙어 있으니 가사하라 가오루를 데려오는 것도 이상할 게 없다. 하지만 저 두 사람이 온다는 것을 알면서 이 남자는 어째서 나를 이런 곳에 나오게 한 것일까. 그렇잖아도 세상이 무서운 내게…….

나는 슬며시 눈을 들어 남자를 본다. 하지만 남자는 태연하게 나를 끌어안은 채 무대의 스트립 댄스를 보고 있다. 나는 다시 한 번 종려나무 쪽으로 눈을 돌렸다. 다테히코 삼촌과 가사하라 가오루는 여전히 입술을 겹친 채였다.

나는 전신이 타오를 정도의 수치심에 사로잡혔다. 하지만 지금의 나로서는 이제 다테히코 삼촌이나 가사하라 가오루를 비웃을 자격이 없다. 나 자신도 이렇게 남자의 무릎에 안겨 있지 않은가.

겨우 긴 키스를 끝낸 다테히코 삼촌은 여자에게서 얼굴을 떼더니 다시금 이쪽으로 시선을 준다. 나는 당황하여 남자의 가슴에 얼굴을 파묻었다.

"다테히코 삼촌이 이쪽을 보지 않나요?"

"아, 보고 있어, 보고 있어. 가오루가 질투하는군."

"나란 걸 알아차린 게 아닐까요?"

"무슨, 그럴 리 없지."

"부탁이니까 여길 나가요……."

"괜찮으니까 좀 더 참아. 봐, 봐, 슬슬 시작하는군. 잠깐 고개를 들고 무대를 봐."

그 순간 장내에서 폭풍 같은 박수소리가 들려왔다. 아무 생각 없이 고개를 들어 무대를 본 나는 무심코 숨을 삼켰다. 무대에 서 있는 사람은 거인 기토 쇼이치와 가련한 사타케 유카리가 아닌가.

경찰의 단속

거인 기토 쇼이치는 하반신만 딱 붙는 검은 타이츠를 입고 있다. 드러난 상반신은 새까만 문신으로 덮여 있다. 밝은 조명에 비친 근육질의 피부가 묘하게 육감적이다. 늠름한 팔에는 거대한 채찍이 휘감겨 있다.

"지난번에 오리온 극장에서 본 끔찍한 곡예가 시작되는 건가요?"

"아하하. 그런 걸로 오늘 밤 손님들이 만족하겠어? 회비가 1만 엔이라고. 이제 재미난 구경거리가 시작될 거야. 자, 사람들의 눈을 봐."

나는 슬며시 고개를 들어 어둑한 홀 안을 둘러본다. 아까까지만 해도 거의 무대에 눈길을 주지 않았던 사람들이었는데 이번만은 남자도 여자도 침을 삼키고 무대의 두 사람을 응시하고 있다.

그 눈동자에는 음란한 기대가 백열광처럼 빛나고 있었다. 대체 이 사람들은 무엇을 기대하는 것일까.

나는 아무 생각 없이 무대 쪽으로 눈을 돌렸다. 무대에서는 바야흐로 가련한 소녀인 사타케 유카리가 문신한 거인의 채찍에 몰려 영양처럼 몸을 비비 꼬면서 도망 다니고 있다. 채찍을 든 거인과 가련한 소녀라는 더할 나위 없이 잔혹한 조합의 사디즘이 이 사람들로 하여금 침을 삼키게 한 걸까.

하지만 그건 아니었다. 아니, 그것만은 아니었다.

가련한 소녀는 마침내 거인의 손에 붙잡혔다. 유카리는 거인의 손에서 벗어나려고 발버둥 친다. 하지만 어차피 독수리에게 붙잡힌 작은 참새와 마찬가지다. 가련한 유카리가 몸에 걸치고 있던 것을 하나하나 잔혹한 거인의 손이 잡아 찢는다.

갑자기 어떤 무서운 생각이 내 뇌리에 번뜩였다. 이제 곧 재미난 구경거리가 시작될 거라던 남자의 말.

"싫어요, 싫어요, 싫어요. 나 이런 거 보고 싶지 않아요. 빨리 여기서 데리고 나가줘요. 어째서 이런 곳에 데려온 거죠?"

나는 필사적으로 남자의 팔에 달라붙는다.

"아, 미안, 미안. 나도 이런 걸 보는 거 좋아하지 않아. 솔직히 싫어해. 하지만 네가 너무나 유카리를 동정하기에 저 여자의 정체를 보여주려고 했어. 자, 보고 싶지 않으면 눈을 감고 내 가슴에 얼굴을 묻어."

나는 땀에 젖은 얼굴을 필사적으로 남자의 가슴에 묻는다.

이 남자는 악당이지만 묘하게 다정한 데가 있어서 항상 이렇게 안겨 있으면 모든 걸 잊고 기분이 편안해지지만 오늘만은 그렇지 않았다. 관람석에서 끓어오르는 파도소리 같은 한심한 한숨이 거무칙칙한 내 마음을 떨게 만들었다.

단 하나, 내 마음을 위로해준 것은 그때까지 무대 쪽에서 채찍소리가 휙휙 들려왔다는 것이다. 그럼 아직 재미있는 구경거리는 시작되지 않은 걸까.

"오토네."

남자는 다정하게 내 귀에 입을 댔다.

"이번엔 아가씨 쪽이 채찍을 휘두르며 아저씨를 쫓아가고 있어. 네 경쟁자 중에서도 가장 무서운 인간이다, 저 애송이 아가씨."

나는 다시금 전신이 땀으로 흠뻑 젖었다. 그때 누군가가 남자 옆에 다가와서 뭔가 두세 마디 속삭였다. 그러자 남자의 몸이 꿈틀 떨리는 게 느껴졌다.

"아, 그래. 잠깐만 무릎에서 내려와."

"싫어요, 싫어요. 날 떠나면 싫어!"

"유리코한테 전화가 왔어. 뭔가 잘못되었는지도 몰라."

"잘못되었다니요……?"

"그러니까 잠깐 다녀올게. 금방 돌아올 테니 여기서 기다려."

"가급적 빨리 돌아와요. 나 혼자는 불안해요."

"음, 금방 돌아올게."

암거래상 보스인 야마구치 아키라가 보이에게 이끌려 나가자 남자들이 일제히 뚫어져라 내 쪽을 본다. 그들로서는 모처럼의 재미있는 볼거리를 똑바로 보지 못하는 나란 여자가 이상할 게 분명하다. 다테히코 삼촌도 이상한 듯 물끄러미 이쪽을 보고 있다. 그 옆에서 가오루가 화가 난 듯 귀를 잡아당기자 삼촌은 쓴웃음을 지으며 무대 쪽으로 시선을 돌렸다.

갑자기 파도소리 같은 한숨이 어둑한 관람석에서 다시금 피어올랐다. 아아, 마침내 한심한 구경거리가 시작되는 건가.

나는 전신이 돌처럼 굳어져서 무대로부터 시선을 피했다. 그때 느닷없이 무대 위의 조명이 두세 번 점멸하는가 싶더니 관람석에서 남자와 여자가 일제히 왁 소리 지르며 일어섰다.

"경찰이다!"

어둑한 간접 조명의 홀 안은 갑자기 아수라장이 되었다.

'경찰'이라는 한마디가 내 마음을 두드린다. 아무 생각 없이 무대를 보니 전라의 유카리가 의상을 들고서 마찬가지로 전라에다 전신이 검은 문신으로 뒤덮인 거인, 기토 쇼이치와 함께 미친 듯이 홀로 달려 내려왔다.

"조용히! 조용히! 괜찮아요, 괜찮아. 도망칠 길은 잘 마련되어 있어요. 자, 그 입구에서 순서대로 나가주십시오."

오늘 밤 개최 측의 운영진인 듯한 남자가 무대에 뛰어올라 목이 쉬도록 외치고 있다. 그러고 보니 아까까지 커다란 벽화가 걸려 있던 벽에 사각의 구멍이 있고 그 맞은편으로 컴컴한 지하도가 이어져 있다. 남자도 여자도 한꺼번에 그 지하도로 뛰어든다.

하지만 나는 어쩌면 좋을까. 야마구치 아키라는 아직 돌아오지 않았다. 아무리 여기를 벗어난다 해도 이런 모습으로 거리를 걸을 수는 없다. 게다가 나는 돈을 한 푼도 갖고 있지 않다.

"뭘 우물쭈물하는 거요. 빨리 그 지하도로 들어가세요. 그렇지 않으면 문을 잠그고 불을 꺼버리겠소."

아, 이제 도리가 없다. 나는 결심하고 컴컴한 지하도로 달려 들어갔다.

지하도는 도로를 사이에 두고 마주 보는 빌딩 지하로 꽤 길게 통해 있는 모양이다. 어둠 속을 밀치락달치락하면서 벗어나자 혹여 이런 일이 있을 것에 대비했던 모양인지 오늘 밤 손님의 외투나 맡겨둔 물건은 전부 이쪽으로 옮겨져 있었다.

"자, 마스크를 벗고 순서대로 이 빌딩을 나가주십시오."

물론 마스크를 쓴 채 거리를 걸을 수는 없다. 나는 될 수 있는 대로 남에게 떨어져 어두운 출구에서 마스크를 벗었다. 그 순간 "앗!" 하는 외침이 들리나 했더니 손목을 꽉 움켜쥐는 사람이 있었다. 삼촌인 사타케 다테히코였다.

제 4 장

화형

화형

일주일 남짓, 나는 다테히코 삼촌의 아파트에 감금되어 있었다. 아니, 감금되었던 게 아니라 타이츠에 로브 한 장 차림으로는 도망칠 수도 없었다.

그날 밤, 소란에 휩쓸려 가사하라 가오루를 놓친 삼촌은 나를 이 아파트에 데려와서 문을 잠그고는 말없이 격렬한 따귀를 내 뺨에 올려붙였다. 분노로 몇 번이나 몇 번이나 양손으로 내 뺨을 때렸다.

나로서는 물론 삼촌의 기분을 잘 알 수 있었다. 삼촌이 화를 내는 것도 무리가 아니다. 분명 삼촌은 자신은 타락했어도 조카인 나는 맑고 바르고 아름다운 인생을 살기를 바랐을 것이다. 내 가슴은 삼촌에 대한 미안함으로 가득했다. 그래서 아무리 맞고 또 맞아도 울지 않았다. 그러는 나를 두고 고집을 부린다며 삼촌은 화가 나서 또 때렸다.

그러는 사이, 내 입술이 찢어져 피가 흐르는 걸 보고 삼촌 쪽이 울기 시작했다. 소리 내며 목 놓아 울었다.

"오토네, 오토네, 넌 어쩌다 그런 여자가 됐지? 그 꼬락서닌 대체 뭐냐? 왜 그런 한심한 곳에 왔지? 너와 함께 있던 암거래상 보스 같은 남자는 대체 누구냐!"

하지만 그 질문에 대해 무슨 대답을 할 수 있을까. 나는 이제 몸도 마음도 그 남자에게 바쳤다. 그 남자에게 불리한 사실은 절대 말할 수 없다. 내가 침묵한 채 대답하지 않는 걸 보고 삼촌은 다시 화가 치민 듯 거칠게 목소리가 떨렸지만 이제 때리려고는 하지 않았다.

"오토네, 넌 우에스기 백부님이나 시나코 님에게 미안하지 않아? 네가 집을 나오고 나서 백부님이나 시나코 님, 특히 시나코 님이 얼마나 탄식하셨는지 너도 알겠지! 넌 그분들에게 미안하지 않아?"

"삼촌, 그 말씀만은 하지 말아주세요. 그분들 얘기를 듣는 게 가장 괴로워요."

"그분들 얘기를 듣는 게 괴로워……? 그럼 너한테도 아직 조금은 옛날 오토네의 성품이 남아 있구나. 오토네, 미안하다. 이유도 묻지 않고 느닷없이 때린 건 내가 잘못했다. 하지만 말해다오. 네 남자는 대체 누구냐? 너, 남자가 있지?"

"네."

"대체 그 남자는 어떤 놈이냐?"

"삼촌, 그건 말 못해요."

"말 못해? 왜 말을 못하지?"

"그 사람에게 폐를 끼칠 수 없으니까요."

"오토네! 그 남자에게 반한 거냐?"

"네."

그 순간 다시금 격한 따귀가 날아와서 나는 순간적으로 균형을 잃고 쓰러졌다.

"넌, 넌…… 봉봉 같은 바의 2층에 데려간 남자, 그리고 오늘 밤처럼 한심한 구경거리가 있는 데로 널 데려간 남자…… 그런 남자한테 넌 반했단 말이냐!"

"하지만 오늘 밤은……."

"오늘 밤은, 오늘 밤은 뭐 어쨌다는 거지?"

"전 그런 볼거리가 있는지는 몰랐어요. 그 사람도 그런 걸 보는 건 좋아하지 않는다고 했어요."

"그럼 왜 온 거냐. 그런 비싼 회비를 내고……."

"그건…… 전 유카리라는 아가씨를 굉장히 동정하고 있었어요. 그 사람이 모든 유산을 상속하는 게 옳다고 저는 전부터 생각하고 있었죠. 그 사람, 유카리에 대해 여러 가지 얘길 했지만 전 그런 걸 믿고 싶지 않았어요. 아뇨, 믿기지 않았어요. 그래서 그 사람이 유카리란 아가씨의 정체를 보여주기 위해 오늘 밤 절 그런 곳에……."

"오토네."

삼촌의 음성은 겁먹은 듯 잠겨 있었다.

"그럼 그놈은, 그 남자는 유산에 관심을 갖고 있구나."

나는 그 말에 대답할 수 없었다. 대답하지 못하는 것은 무언의 동의였다.

"오토네, 오토네, 넌 그놈에게 속고 있는 거다. 그놈은 분명 네 재산을 노리고 있는 거야. 영리한 네가 그걸 모른단 말이냐?"

그에 대해 나는 아무 대답도 할 수 없었다. 나 자신도 같은 의심을 하고 있다. 아니, 아니, 그 남자 스스로 입 밖에 내어 그 말을 하지 않았던가.

"오토네, 그놈은 어쩌면 네게 가급적 많은 유산이 가도록 하기 위해 닥치는 대로 사타케 일족을 죽이고 있는 건 아니냐? 오토네, 말해보거라. 그런 건 아니냐?"

"저는…… 모르겠어요."

"몰라? 모른다는 걸 보니, 그런 게 아니라곤 딱 잘라 말 못 하는 거구나."

아, 하지만 그 남자 쪽에서도 삼촌에 대해 같은 의심을 갖고 있는 건 아닐까.

"삼촌, 이제 아무 말도 하지 말아주세요……."

"오토네, 넌 그 남자가 무서운 건 아니냐? 그러면 그렇다고 해. 어떤 남잔지 모르지만 내가 반드시 떼어놓아 주마. 그런 남자와 같이 있으면 아무리 네 품에 유산이 굴러 들어와도……."

"삼촌, 이제 그런 말씀하지 말아주세요. 저는 이미 각오했어요."

"각오라니?"

"삼촌, 오토네는 이제 이 세상에 없는 사람이라고 생각하시고 포기해주세요. 옛날의 순진한 오토네는 죽어버렸어요. 지금 여기 있는 건 몸도 마음도 더럽혀진 오토네예요. 삼촌에게 아무리 미움받아도 할 수 없어요. 이제 더 이상 아무것도 묻지 말아주세요……."

그때 처음으로 나는 울었다. 자신의 딱한 처지에 울고, 울고, 눈물이 마를 정도로 울었다.

그날 밤은 삼촌도 포기하고 더 이상 나를 책망하지는 않았다. 하지만 그다음 날부터 수단을 바꾸고 태도를 바꾸어 남자의 이름을 알아내려 했다. 하지만 아무리 물어도 내가 입을 열지 않자 따귀가 날아오는 일도 있었다. 그것은 내게도 삼촌 자신에게도 얼마나 괴로운 징계였는지. 분명 삼촌은 화형을 당하는 기분이었을 게 틀림없다.

가오루의 질투

 이렇게 일주일이 흘렀다. 역시 삼촌은 나를 경찰에 넘기지도, 또 우에스기 백부님 쪽에 연락하지도 않았다. 분명 현재의 무절제한 나를 남에게 보이는 걸 견딜 수 없었겠지.

 다테히코 삼촌의 아파트는 이케부쿠로에 있었다. 꽤 고급스런 아파트라 벽도 두껍고 작은 소리나 이야기 소리로는 옆방에 들리는 일도 없는 모양이다. 그래서인지 일주일이나 여기 있었는데 아무도 알아차린 사람이 없는 것 같았다. 곤란하게도 이 아파트에는 전화가 방에 없었다. 전화만 있으면 호리이 게이조에게 위급하다는 사실을 알릴 수 있건만 삼촌은 전화 없는 방에 나를 가둬둔 채 한 발짝도 밖에 내보내지 않았다.

하지만 그 남자는 어찌 된 걸까. 그날 밤 다테히코 삼촌이 거기 왔다는 사실을 아니까 내 행방을 알 수 없다면 다테히코 삼촌에게 끌려갔을지도 모른다고 생각 못할 리가 없다. 그런데 지금껏 아무 소식도 없는 것을 보면 혹시 그날 밤 경찰에게 체포된 것은 아닐까.

그 생각을 하면 나는 뱃속이 납처럼 무거워진다. 일단 체포되면 여러 가지로 뒤가 구린 남자이니 당분간 나올 가망은 없다. 만약 그렇다면 나는 어쩌면 좋을까.

'이제 넌 나 없이는 하루도 살아갈 수 없어.'

남자가 속삭이던 말이 새삼 생각난다. 실생활 면에서도……또 육체가 절실하게 요구하는 것에서도…….

한 달 남짓 거의 매일 밤 남자와 살을 맞댄 나는 다테히코 삼촌의 아파트에서 마음이 가라앉음에 따라 남자가 그리워울었다. 남자는 악당이지만 묘하게 다정하고 늠름한 구석이 있어서 심신을 안정시키고 기댈 수 있었던 것이다.

그런 내 얼굴에서 불안을 느꼈는지 어느 날 밤, 다테히코 삼촌은 나가기 전에 갑자기 내게 와서 타이츠 위로 몸을 칭칭 묶었다.

"삼촌, 뭐 하시는 거예요?"

"뭘 하는지는 알겠지. 넌 남자가 그리워서 몸부림치고 있어. 여길 벗어나는 일만 생각하고 있지. 위험하니까 이렇게 해두는 거다. 내가 돌아올 때까지, 거북하겠지만 그대로 얌전히 있거라."

삼촌은 내 몸을 마루 위에 밀치더니 잽싸게 아파트에서 나갔다. 이런 꼴을 당하니 나는 한층 남자가 그리워질 따름이었다.

"당신, 당신은 왜 여기 와주지 않나요? 어째서 나를 구해주러 오지 않는 거죠? 당신은 초인이잖아요, 슈퍼맨이잖아요. 내가 여기 있는 걸 모를 리 없을 텐데요. 그게 아니라면 당신 신상에 무슨 나쁜 일이라도 생긴 건가요."

나는 몸부림치면서 남자의 이름을 불렀다. 남자의 이름을 부르면 눈물이 나왔다. 그렇게 몸부림치며 남자의 이름을 계속해서 불렀다. 흐느껴 울다가 나는 잠이 들고 말았다.

그리고 얼마나 지났을까. 왠지 모를 인기척을 느끼고 문득 눈을 떠보니 바로 머리맡에 누군가가 서 있다. 여자다. 발끝부터 차례로 위로 올려다보다가 나는 움찔 몸을 떨었다. 그것은 가사하라 가오루였다. 게다가 물끄러미 위에서 내려다보는 가오루의 눈매는 결코 호의적이지 않았다.

"우후후, 피곤한 집안이네."

빙긋 입술을 비틀어 웃는 가오루의 얼굴에는 적의가 불타고 있다. 나로서는 가오루가 한 말의 의미를 알 수 없었다.

"아무래도 이상하다 싶었어. 전화를 걸어도 이래저래 말을 흐리고 날 오지 못하게 하고. 수상하다 싶어 와보니 아니나 다를까 이런 즐거움을 숨기고 있었네? 조금도 빈틈이 없다니까."

가오루는 새빨갛게 손톱을 칠한 손가락으로 담배에 불을 붙이더니 그것을 입에 문 채 내 옆에 쭈그리고 앉았다.

"너도 참 대단하다. 대체 남자가 몇 명이니? 아니, 남자 몇 명을 만들든 네 맘이지만 삼촌과 놀아나다니 너도 얼굴만 예쁘지 짐승 같은 여자구나."

삼촌과 놀아나? 그 말을 듣는 순간, 역겨운 혐오의 감정이 내 전신을 감쌌다.

"무슨…… 무슨 소릴 하시나요? 그런 추잡스런 말을……."

"뭐가 추잡스럽니? 그 입으로 추잡하다는 말을 할 주제야? 난 널 잘 기억해. 요전날 밤이었지? 재미난 구경거리 보러 왔었잖아. 아하하, 벌레도 못 죽일 얼굴을 하고 그런 구경을 하러 오다니. 게다가 이런 노골적인 차림을 하고 말이야."

가오루는 타이츠 위로 내 몸 이쪽저쪽을 찌르다가 갑자기 무서운 질투심이 솟구쳤는지 갑자기 유방을 꽉 움켜쥐었다.

"앗!"

나는 비명을 내지르며 몸부림쳤다.

"후후, 이렇게 아름다운 곡선을 다테히코에게 과시하며 까붙었지. 이 젖퉁이를, 이 허리를, 이 엉덩이를, 다테히코 앞에서 과시하며 까불었겠다. 아아, 이제 어떻게 해줄까."

일단 둑이 터진 가오루의 질투는 끝없이 타올라 내 몸 여기저기를 힘껏 꼬집는다. 나는 고통스런 나머지 마루 위를 굴렀다.

"당신, 그런 끔찍한……. 삼촌과 관계하다니, 그런 짐승 같은 짓은……."

"뭐가 짐승 같은 짓인데? 자, 잘 들어. 사타케 일족은 다들 짐승 같은 놈들뿐이야. 유카리를 보렴. 그런 가련한 얼굴을 하고 의붓아버지라곤 하지만 자기 아버지와 그런 끔찍한 짓을 하잖니. 쌍둥이 초코와 하나코는 어때? 한 남자의 노리개가 되었지. 네 삼촌인 다테히코도 나와 관계가 있으면서 내 여동생인 미사오를 건드렸어. 그런 짐승 같은 남자인데, 조카건 뭐건 이런 예쁜 얼굴이랑 몸을 보고도 가만 놔두겠니? 난 그날 밤 다테히코 놈이 네 몸에 넋을 잃은 걸 알아. 다테히코와 시시덕거렸으면 그랬다고 해."

"그런, 그런 추잡스런 얘기……"

"말 못해? 시치미 뗄 작정이구나. 좋아, 그럼 말을 하도록 만들어주지."

가오루는 흉악한 눈을 하고 주변을 둘러보았다. 그러고는 거기 있는 스토브를 보더니 빙긋 웃었다. 스토브 속에는 내가 감기에 걸리지 않도록 나갈 때 삼촌이 지펴놓은 석탄이 무시무시한 소리를 내며 타오르고 있다. 가오루는 그 속에서 새빨갛게 타오르는 부지깽이를 뽑아냈다. '푸' 하는 소리와 함께 칼을 담금질하는 것 같은 냄새가 난다.

"자, 어때? 이래도 말 안 할래? 말 안 하면 이걸 뺨에 가져다 댈 거야. 이 아름다운 얼굴에 어떤 자국이 생길까?"

공포 때문에 나는 전신이 마비되고 말았다. 가오루의 눈을 보니 이게 농담이나 단순한 협박이 아니라는 걸 잘 알겠다. 가오루는 진심이다. 질투에 미쳐 사려도 분별도 잊어버린 것이다.

"자, 말 안 할래? 아가씨, 고상한 척하는 위선자님, '난 확실히 삼촌과 관계했습니다'라고 잠자코 여기서 자백해. 계속 고집부리면……."

부지깽이에서 피어오르는 열기가 바로 뺨 앞까지 다가와 타닥거리며 타오른다. 나는 눈을 감았다. 감은 눈초리에서 눈물이 흐른다. 눈물은 내 관자놀이에서 귀를 타고 흘러내렸다.

"뭐야, 우는 거니? 그 따위 눈물로 넘어갈 내가 아냐. 오히려 더……."

내 의식이 멀어지려던 순간.

"이 바보!"

일갈하는 삼촌의 목소리와 함께 가오루가 쓰러지는 소리가 났다. 나는 겨우 작열 지옥에서 벗어났던 것이다.

뒷문의 이리

 소파에 몸을 묻은 채 나는 양손으로 얼굴을 가리고 있다. 얼굴을 가린 손가락 사이로 눈물이 흘러서 멈추지 않는다.

 옆방에서 달짝지근하고 콧소리가 섞인 가오루의 목소리가 뭔가를 호소하듯 지루하게 들려온다. 다테히코 삼촌의 얼굴을 보더니 가오루의 기분은 곧 가라앉았다. 게다가 삼촌이 나무라고 팔에 안은 채 키스하자 아까의 기세는 어디론가 사라지고 가오루는 어린 아이처럼 온순해졌다.

 삼촌은 내 결박을 풀어주고 소파에 앉히더니 가오루의 무례함을 사과했다. 그러자 가오루는 다시 질투하고 내 앞에서 안아주지 않으면 안 된다며 토라졌다. 그리고 스스로 옷을 벗더니 속옷 한 장만 걸친 채 삼촌에게 달려들었다. 삼촌은 쓴웃음을 지으면서 가오루를 안고 옆방에 들어갔다. 그리고 지금 두 사람은 침대 안에 있는 것이다.

아, 죄다 추잡해. 하지만 추잡하다고 해서 이 사람들을 경멸할 자격이 이제 내게는 없다. 나 자신이 정체불명의 남자를 동경하고 사랑의 불꽃에 애태우고 있는 것을.

옆방에서 끊이지 않고 가오루의 요란한 교성이 새어 나온다. 나는 그 소리를 듣지 않으려고 고개를 돌렸는데, 그 순간 본 것은 방금 가오루가 벗어놓은 정장과 오버코트였다. 그것을 보고 나는 무심코 소파에서 일어났다. 현관으로 달려가 보니 다행히 문은 잠겨 있지 않았다. 나는 다시금 원래 있던 거실로 돌아가 타이츠 위에 가오루의 정장을 입었다. 가오루는 나보다 몸집이 커서 정장은 조금 헐렁했지만 지금은 그런 걸 따질 때가 아니다. 스타킹은 없었지만 타이츠가 검은 스타킹처럼 보인다.

옆방에서는 여전히 가오루의 교성이 끊이지 않고 들려온다. 나는 떨리는 팔에 오버코트를 꿰고 서둘러 현관으로 달렸다. 계단을 내려와 아무 생각 없이 상의 주머니에 손을 넣어 보니 우글쭈글해진 지폐가 손에 닿았다. 꺼내보니 백 엔짜리 지폐 다섯 장이었다.

칠칠치 못한 가오루가 물건을 사고 남은 돈을 그대로 주머니에 쑤셔 넣은 게 분명하다. 아, 고마워라. 살았다. 이걸로 나는 택시를 탈 수 있다.

다행히 아파트 경비실에는 아무도 없어서 나는 남에게 들키는 일 없이 밖으로 뛰어나올 수 있었다. 어쨌거나 어딘가에서 호리이 게이조에게 전화를 걸어보자.

그날 밤 유리코에게서 전화가 걸려온 걸 보니 아카사카(赤坂)의 은신처에 뭔가 좋지 않은 일이 일어났는지도 모른다. 다행히 그 남자는 만약의 경우를 대비해 다른 두 곳의 은신처와 전화번호와 거기서 쓰고 있는 이름을 내게 알려주었다. 나는 지금도 그것을 기억하고 있다. 어딘가에 공중전화는 없나 싶어 주변을 둘러보며 걷고 있노라니 갑자기 뒤에서 "누님, 누님, 잠깐……." 하고 부르는 소리가 들린다. 나는 내 일이 아니라고 생각하고 그대로 지나가려 했다.

"누님, 누님, 오토네 누님, 잠깐 기다려요……."

그때 확실히 이름이 불려서 나는 무심코 그 자리에 못 박히고 말았다. 그런 내 옆에 다가온 것은 세상에, 후루사카 시로가 아닌가.

"누님, 이런 데 계시면 안 돼요. 자, 저와 손잡고 가시죠."

후루사카 시로는 가타부타 말도 듣지 않고 내 팔에 팔짱을 끼더니 마치 연인처럼 걷기 시작한다.

내게 그 팔을 뿌리치고 도망갈 수 없는 약점이 있다는 것을 이 교활한 미소년은 잘 아는 것이다. 전신에 불쾌하기 짝이 없는 오한이 달린다. 하나 해결하면 또 하나인가. 나는 마치 넋 놓은 사람처럼 후루사카 시로에게 손이 잡힌 채 터덜터덜 걸어갔다.

"누님은 역시 그 아파트에 숨어 계셨군요. 하지만 이상하네요. 전에 이따금 경찰에서 그 아파트를 조사했던 것 같은데……. 누님은 언제부터 저 아파트에 계셨나요?"

여자처럼 간드러진 목소리다. 나는 언젠가 호리이 게이조가 속삭인 말을 생각해낸다.

'오토네, 넌 그 시로란 남자를 경계하지 않으면 안 돼. 그놈은 아직 애송이지만 여자에 한해선 대단하다고 해.'

그리고 남자는 또 말했었다.

'지금까지 넌 양갓집 아가씨였으니 그놈도 손을 내밀지 못했겠지만 이렇게 도망쳐버리면 그놈한테도 같은 부류인 거야. 분명 널 찾아 접촉하려는 시도를 하겠지.'

남자의 예상은 적중했다. 하지만 남자의 예고가 있었던 덕에 나는 맹렬하게 투지가 용솟음치는 것을 느꼈다. 이 오토네는 옛날의 오토네가 아니다. 이런 아이한테 지지는 않아. 나는 일부러 한숨을 쉬었다.

"시로는 왜 이런 곳을 어슬렁거리지?"

시로라고 불린 게 무척이나 이 소년을 기쁘게 한 모양이다. "우후후." 하고 기쁜 듯 웃는다.

"저요, 그 아파트를 감시하면 언젠가 누님을 만날 수 있겠다 싶었어요. 분명 그 삼촌 분과 뭔가 연락을 하고 계신 게 틀림없다고 생각하고 있었거든요. 그래서 몇 날 며칠을 아무리 짐작이 빗나가도 실망하지 않고 계속 지켜봤어요. 그랬더니 오늘 밤 마침내……. 저, 이렇게 기쁠 수가 없어요."

아이처럼 순진하게 기뻐하는 소년이 그 남자가 말하듯 여자 사냥꾼일까.

"시로는 날 만나서 어쩌려고 했는데?"

"저요? 저는요, 누님을 동경하고 있었어요. 왜냐하면 누님은 정말 멋지거든요."

다시금 불쾌하기 짝이 없는 오한이 전신을 달렸다.

"그래? 고마워. 시로, 날 이제부터 어디로 데려갈 작정이야?"

"우선 에도가와 아파트에 안 갈래요?"

"에도가와 아파트?"

나는 가슴이 덜컹했다.

"예, 그래요. 저 지금 헬렌과 같이 살거든요. 메리도 후원자도 죽어버렸잖아요. 그래서 저더러 같이 살아달라고 했어요. 벌써 11시니까 헬렌도 아카사카에서 돌아왔을 시간이에요. 어쨌거나 거기 가보죠. 저, 괜찮죠?"

싫다고 말하면 어떻게 될까. 시로의 팔은 빗장처럼 꽉 내 팔을 얽어매고 있다.

이렇게 앞문의 호랑이에서 벗어난 나는 뒷문의 이리에게 이끌린 채 다시금 피바다로 걸어갔던 것이다. 하지만 나중에 생각하니 이 일이 우리를 삼수탑으로 한 걸음 다가가게 해주었다.

아파트에서 나온 남자

역시 호리이 게이조가 경계했던 만큼 후루사카 시로도 용의주도한 사람이었다.

이케부쿠로에 늘어선 자동차를 그대로 에도가와 아파트로 타고 가는 일은 하지 않았다. 이다바시에 이르러 자동차에서 내리더니 후생연금병원 앞의 어두운 골목으로 나를 이끈다.

"누님, 저 정말 누님께 감사하고 있어요."

"나한테 감사한다는 게 무슨 말이지?"

"누님, 그날 밤 아파트에 계셨죠? 그렇다면 제가 헬렌과 함께 돌아온 걸 아셨을 테고요."

그에 대해 내가 대답하지 못하는 것도 개의치 않는다.

"그런데도 저에 대해 아무한테도 말하지 않으신 것, 저 그걸 너무 감사하고 있어요. 하긴 누님으로서도 경찰한테 그런 걸 말하러 갈 수는 없었겠지만요. 우후후."

따끔하게 바늘로 찌르는 한마디를 들었을 때 나는 처음으로 호리이 게이조의 경고가 맞다고 생각했다. 여자처럼 나긋나긋한 교태를 풍기지만 이 아이는 보통이 아니다.

예민한 시로는 바로 내 불쾌함을 알아차린 모양이다.

"미안해요, 누님. 짓궂은 얘길 해서……. 저, 그럴 작정은 아니었는데……."

"아냐. 그런 건 아무래도 좋아. 하지만 시로."

"뭔데요?"

"헬렌은 정말 아카사카에서 돌아왔겠지? 너와 둘만이라면 아무리 그래도 난 싫어."

"그야 돌아왔죠. 봐요, 벌써 11시 반인걸요."

"하지만 헬렌이 날 보면 뭐라 할까."

"무슨 말을 하겠어요. 굉장히 기뻐할걸요. 친척 사이잖아요."

"그렇게 말하면 그렇지만……. 하지만 나 왠지 걱정이야."

"괜찮아요, 괜찮다니깐. 헬렌은 저한테 절대 뭐라 못해요."

"어머, 왜……? 시로는 그렇게 헬렌한테 힘이 있니?"

"물론이죠, 우후후. 누님, 진실을 말해드릴까요?"

"진실이라니 뭐?"

"헬렌이 저한테 절대 뭐라 못하는 이유……. 그 아가씨, 지독한 마약 중독이에요. 그리고 저 말곤 달리 그 아가씨한테 필로폰을 제공할 인물이 없어요. 이제 아시겠죠? 우후후!"

이 기분 나쁜 웃음소리를 듣는 순간, 나는 전신에 오한을 느끼지 않을 수 없었다. 나는 시로의 손을 뿌리치고서 도망치고 싶은 충동을 누를 길이 없었다. 시로 쪽에서도 사전에 그 정도의 일은 예상했는지 내 왼팔을 붙잡은 시로의 오른팔에는 나사로 죄는 것 같은 힘이 실려 있었다.

"헬렌은요, 필로폰 없인 하루도 못 살아요. 그 여자 후원자였던 시가 라이조가 그렇게 만들었어요. 아니, 헬렌만이 아니에요. 죽은 메리도 그랬어요. 즉 시가 라이조는 헬렌과 메리를 움켜쥐고 자유자재로 조종하기 위해 그렇게 만들었죠. 메리도 그랬지만 헬렌도 필로폰을 구하기 위해서라면 어떤 짓이라도 했어요. 그러니까 필로폰 제공자가 곧 헬렌의 주인이에요. 헬렌은 지금 제 노예나 마찬가지예요. 아시겠어요?"

다시 세 번의 격렬한 오한과 전율이 내 몸을 달렸다. 아, 이 소년은 단순한 여자 사냥꾼이 아니다. 호리이 게이조가 생각했던 것보다 훨씬 무서운 악당이다. 게다가 지금 나는 이 남자한테서 도망칠 수 없다.

나는 마음을 가라앉혔다. 이 악당의 손에서 도망치지 못한다면 최소한 같이 있는 동안 조금이라도 이 남자의 본심을 끌어내지 않으면 안 된다.

"시로는 왜 그렇게 헬렌한테 흥미가 있는 건데?"

"누님, 그건 아시잖아요. 마마…… 아시죠. 봉봉의 마담이었던 시마바라 아케미요. 전 그 사람의 애인…… 펫이었어요. 하지만 마마는 살해당했잖아요. 그래서 헬렌과 메리에게 접근했어요. 왜냐하면 백 억 엔의 유산은 누구한테나 큰 매력이니까요. 저, 사타케 일족 사람들이라면 누구하고나 친하게 지내고 싶어요. 게다가 여자 분이라면 더요. 자, 이제 에도가와 아파트에 왔네요."

어느새 시가 라이조에게 속아서 이끌려온 에도가와 아파트 옆문 근처까지 왔을 때 내 무릎은 괴상하게 떨렸다. 지금 내 팔을 잡은 남자는 시가 라이조에 뒤지지 않는 악당인 것이다.

시로는 물론 내가 떨고 있다는 사실을 알아차렸을 것이다. 하지만 그런 걸 신경 쓸 남자가 아니다. 아니, 아니, 내가 겁먹고 떨면 한층 사디즘적인 쾌감을 느끼겠지. 시로는 자못 즐거운 듯 맘보 리듬을 흥얼거리고 있었다. 그렇게 두 사람이 옆문에서 10미터 정도 앞까지 왔을 때였다. 문 안에서 잽싸게 나온 남자가 이쪽으로 오려다가 우리의 모습을 알아차리고는 당황하여 몸을 돌리고 반대쪽으로 갔다.

"어어?"

시로는 발을 멈추고 수상한 듯 그 남자의 뒷모습을 바라보았다.

"아는 사람?"

"으응, 알 거나 말거나 얼굴은 전혀 안 보였는걸요. 누님은 얼굴 봤어요?"

"아니, 나도……."

"이상한 놈."

시로는 뭔가 신경 쓰이는 듯 그 남자가 맞은편 골목 모퉁이를 돌 때까지 뒷모습을 지켜보고 있었다.

"뭐, 됐어요. 자, 누님. 가죠."

어느 틈에 시가 라이조가 데려왔던 집 앞까지 오니 문은 잠겨 있지 않았다.

"봐요. 자, 헬렌이 돌아왔다는 증거예요."

시로는 안으로 들어가 신발을 벗었다.

"헬렌, 헬렌, 손님이에요. 손님을 데려왔어요."

그 말에도 방 안에서는 대답이 없었다.

"어, 어쩐 일이지? 벌써 자고 있을 리는 없는데. 누님, 어쨌거나 안으로 들어가요."

지금 눈앞에 있는 주방에 언젠가 메리 네기시가 쓰러져 있었다. 그리고 시가 라이조가 피를 토하고 단말마의 고통에 몸부림치던 방에 나는 다시금 끌려 들어갔다.

얼룩진 핏방울

"어, 헬렌은 어떻게 된 거야? 헬렌, 헬렌, 어디 있어요?"

후루사카 시로는 두리번두리번 주위를 둘러보면서 헬렌을 불렀지만 대답은 어디서도 들리지 않았다.

"어? 어디 갔지?"

안쪽 방을 들여다보았지만 거기에도 헬렌의 모습은 보이지 않았다.

"누님, 잠깐 기다리세요. 찾아보고 올게요."

나를 거실에 둔 채 주방 쪽을 보러 간다.

"뭐야. 목욕탕에 갔나 봐. 문을 열어두고 가다니 정말 조심성이라고는 없는 여자잖아."

시로가 던지는 말을 들으면서 나는 창의 유리문을 열었다. 3층에서는 뛰어내릴 수가 없다. 내가 어두운 거리를 내려다보고 있는데 시로가 총총히 돌아왔다.

"누님, 왜 창을 여셨어요? 이 추위에."

"아, 왠지 숨이 답답해서······."

"아, 그래요. 그럼 그대로 놔두세요. 하지만 누님, 거기서 뛰어내릴 생각 같은 건 하면 안 돼요. 우후후."

시로는 싱글거리며 찬장에서 양주병을 두세 개 꺼내더니 칵테일 셰이커에 술을 섞기 시작했다. 나는 아무 생각 없이 거실 안을 둘러본다.

거실의 모습은 요전에 내가 왔을 때와 거의 변함이 없다. 단지 중형 트렁크 하나가 방구석에 놓여 있다는 점만 다르다. 그 트렁크 측면에 S. F.라고 이니셜이 새겨져 있는 걸 보니 후루사카 시로의 것이 분명하다. 시로는 이 트렁크와 필로폰을 가지고 헬렌의 집에 굴러들어 온 것이다.

시로는 두 개의 칵테일글라스에 칵테일을 따랐다.

"누님, 드세요. 저 봉봉에서 술 섞는 법을 배웠어요. 아주 잘해요."

"아니, 나 안 마셔."

"아이, 괜찮잖아요. 아주 약한 술인데."

"아니. 정말 나……."

"그렇게 말하지 말고……."

시로가 잔을 입가에 가져다 대려 한다.

"어머, 정말 괜찮다니까."

아무 생각 없이 뿌리칠 작정이었던 내 손에 예상 못한 힘이 실려 있었는지 시로의 손에서 글라스가 날아가 슬쩍 얼굴에 술이 튀었다.

"제기랄!"

그 순간 시로의 얼굴에 보랏빛 번개가 번뜩이나 했더니 지금까지의 아양 떠는 얼굴은 어디론가 사라지고 잔인한 불꽃이 슬며시 눈꺼풀에 불타오른다.

"야, 쌍년아!"

말투도 단번에 바뀐 시로는 화장대 서랍에서 번쩍번쩍 빛나는 서양 면도날을 꺼냈다.

"얌전히 처마셔. 난 말이지, 가급적 부드럽게 얘기하려고 했다고. 그 술을 마시면 어떤 여자라도 남자한테 안기고 싶어져서 참을 수 없게 돼. 그렇게 해서 되도록 귀여워해주려고 했는데 이런 식이라면 도리 없지. 자, 누님아, 이쪽으로 와. 으름장을 놔서 미안하지만 나와 같이 자줘야겠어……."

왼손으로 면도날이 얼마나 잘 드는지 확인하면서 싱글싱글 웃고 있는 후루사카 시로의 뒤틀린 입술, 잔인한 눈동자의 번뜩임. 그것은 이미 악마 그 자체였다. 아직 젊고 여자 같은 미모이기에 그 섬뜩함이 더더욱 몸에 스민다.

"시로, 참아……."

"이제 와서 빌어도 소용없어. 우후후, 헬렌이 돌아오면 어쩌냐고? 헬렌은 그런 거 전혀 개의치 않아. 메리와 둘이서 시가 라이조의 양팔에 안겨 잤던 여잔걸. 동료가 생기면 아주 기뻐할 거야. 자, 누님아. 착하지. 이리로 와. 너, 처녀도 아니잖아."

시로는 면도날을 한 손에 들고 한 발짝 이쪽으로 다가온다. 나는 창 옆으로 물러서서 거기 있는 의자 위에 올라가 창틀에 한쪽 다리를 걸친다. 그때 시로는 처음으로 내 타이츠를 알아차렸다.

"어이, 누님. 묘한 걸 입고 있잖아. 타이츠인데?"

시로는 옆에 다가와서 느닷없이 내 다리를 붙든다.

"앗, 시로!"

하지만 시로는 거침없이 내 스커트를 들춰 올렸다.

"우후후. 이거 되게 웃기는데. 왜 이런 걸 입고 있지? 아하하, 여차하면 정장을 벗고 전신을 검정으로 감싼 여도적으로 변신한다는 건가. 이거, 여간내기가 아닌데?"

시로의 희고 보들보들한 손가락이 마치 징그러운 곤충처럼 내 다리를 헤집는다. 게다가 그 손가락은 차츰 위로 기어 올라온다.

나는 창에서 밖을 본다. 여기서 뛰어내리면 혹여 생명은 건지더라도 부상은 절대 모면할 수 없을 것이다. 상처는 그렇다 쳐도 그 때문에 경찰에 끌려가는 게 두렵다.

절망적인 눈으로 방 안을 둘러보던 내 목구멍에서 "헉!" 하고 깨진 피리 같은 소리가 튀어나왔다.

"누님, 왜 소릴 내지?"

시로는 표독스럽게 웃으면서 내 얼굴을 올려다보았다. 하지만 방의 어느 한 점에 못 박힌 내 시선을 알아차리더니 시로 역시 놀라 그쪽을 돌아본다. 그리고 보았던 것이다. 옷장 문 아래로 점점이 붉은 액체가 떨어져 있는 것을…….

시로도 한순간 빳빳하게 멈춰 섰지만 이윽고 거침없이 옷장 앞까지 다가갔다. 그리고 손잡이를 잡고 슬며시 문을 여는 찰나, 안에서 털썩 굴러떨어진 것은 가슴에 푹 단검이 꽂힌 헬렌 네기시의 시체였다.

운명의 전화

 옷장에서 굴러떨어진 충격으로 시체의 상처가 벌어졌는지 왈칵 뿜어져 나온 선혈이 바닥 위에 무서운 핏줄기가 되어 퍼져간다.

 "제길!"

 엉거주춤한 자세로 시체를 들여다본 시로가 갑자기 내 쪽을 돌아보았다. 번들번들 기름이 낀 듯한 흉포한 눈매다.

 "교살당했어. 양손으로……. 자, 봐, 헬렌의 목을. 하지만 이것만으론 숨이 끊어지지 않으니까 정중하게도 숨통을 끊어놓은 거야. 제길! 제길!"

 머리카락을 쥐어뜯고 코를 벌름거리며 힘없이 혀를 내밀고서 짐승처럼 방 안을 왔다 갔다 하는 시로의 모습에는 어딘가 기형적인 데가 느껴져서, 그쪽이 죽은 헬렌보다 한층 무서웠다.

갑자기 시로는 시체 머리맡에 멈춰 섰다.

"그놈, 그놈이다. 아까 문 앞에서 만난 놈. 그놈이 헬렌을 죽이고 간 거야!"

나도 그렇다고 끄덕이고 무심코 시로와 눈빛을 교환했다. 만약 그렇다면 지금까지 절대 누구의 눈에도 모습을 보이지 않았던 살육자가 아무리 윤곽뿐이라지만 처음으로 모습을 드러낸 것이다. 나는 몸 안이 위축되는 공포를 느꼈다.

시로는 무슨 생각을 했는지 집요하게 내 시선을 붙든 채 물끄러미 바라보며 손가락의 손톱을 깨물고 있다가 갑자기 빙긋 웃더니 시체를 넘어 내게 다가왔다.

"어머, 뭘 하려는……."

"괜찮아, 괜찮아, 누님. 아무리 내가 나쁜 놈이라도 시체가 앞에 있으면 안 되지. 한동안 집을 봐줘야 하니까 도망치지 않도록 해두려는 거야."

이 나긋나긋한 소년의 어디에 그런 힘이 숨어 있었는가 싶을 만큼 강인한 힘으로 나를 꼼짝 못하게 끌어안더니 시로는 잽싸게 외투를 벗기고 이어서 정장을 벗겨내려 한다.

"저기, 그것만은 참아줘."

"괜찮아. 전부 벗고 타이츠 한 장이면 되는 거야."

두 사람이 다투는 사이에 옷이 찢어져 나는 타이츠 한 장의 한심한 꼬락서니가 되고 말았다.

"우후후, 그 모습으론 어디에도 못 가지. 누님, 한동안 집을 지키도록 해. 일단 시체를 지켜줘."

시로는 손으로 정장을 뭉쳐 옷장 속에 쑤셔 넣는다. 그리고 옆방 침실에서 벗어 던진 헬렌의 옷을 가져와 이 또한 옷장 속에 쑤셔 넣고 문을 닫더니 열쇠를 잠근다.

"우후후, 누님. 이걸로 이 집에서 한 발짝도 밖으로 못 나가게 된 거야. 난 잠깐 나갈 테니까 집이나 지켜."

"어디, 어디로 가는 건데?"

"음, 동료를 불러와야겠어. 나도 너무 갑작스러워서 어쩌면 좋을지 생각이 안 나. 동료를 불러와서 일단 선후책을 의논할 거야. 누님, 얌전히 집을 지켜. 소동을 피우면 서로 간에 골치 아파."

그렇게만 말하고 시로는 나를 내버려둔 채 총총히 아파트에서 나갔다. 물론 현관문을 잠그고 간 것은 말할 나위 없다.

스팀도 안 들어오는 싸늘한 방 안에 시체와 함께 타이츠 한 장으로 남겨진 나는 몸도 마음도 얼어붙는 느낌이었다. 나는 우선 옆방에서 이불을 가져와 몸을 감쌌다. 그리고 허탈한 몸을 안락의자에 푹 가라앉힌다.

눈앞에 헬렌 네기시의 끔찍한 시체가 가로누워 있다. 보지 않으려고 하면 할수록 내 눈은 그쪽으로 끌려간다.

헬렌은 눈을 뜬 채 죽어 있었다. 빛을 잃은 유리알 같은 두 개의 눈이 아래서 노려보듯 나를 보고 있다. 입술이 조금 열려서 검은 빛을 띤 혀가 들여다보인다. 화사한 목에 남아 있는 엄지손가락 자국 두 개의 무시무시함. 나는 새삼 이 사건을 저지른 범인의 냉혹함, 잔악무도함을 생각하고 서늘하게 몸을 떨었다.

이때 옆방에서 요란하게 벨이 울리기 시작했다. 너무 갑작스러워서 나는 비명을 지르며 일어섰다. 그게 전화벨이라는 걸 알았을 때 내 마음은 기쁨으로 떨렸다.

전화는 방과 주방 사이의 좁은 틈 사이에 설치되어 있었다. 나는 그리로 달려가 수화기를 집으려다가 바로 정신을 차리고 손을 거두어들였다.

전화벨은 계속해서 울린다. 언제까지나 언제까지나 울린다. 죽은 사람이 있는 좁은 아파트 안에 계속해서 울리는 벨소리가 얼마나 내게 위협적이었는지.

마침내 포기했는지 벨소리가 멎었다. 나는 타는 마음을 누르면서 1초, 2초 기다린 후 수화기를 들었다.

"여보세요. 외선을 부탁합니다."

"아, 뭐예요. 네기시 씨, 집에 계셨어요? 방금 전화가 걸려왔어요."

"미안해요. 잠깐 바빠서……."

외선으로 연결되자 나는 떨리는 손가락으로 다이얼을 돌렸다. 호리이 게이조의 은신처 세 곳 중 하나는 와세다(早稲田)의 쓰루마키초(鶴巻町)였다. 나는 그곳의 전화번호와 거기서 쓰는 남자의 이름을 머릿속에 되새겼다.

금세 전화 너머로 여자 목소리가 들렸다.

"여보세요, 쓰루마키 식당인가요? 거기 히라바야시 게이키치(平林啓吉) 씨 계세요?"

어떤 대답이 나올까? 내 가슴은 경종을 울리듯 요동치고 있다. 심장이 목 끝까지 부풀어 오른다. 숨소리가 거칠게 고막을 자극한다. 내 운명은 이 전화 한 통에 걸려 있는 것이다.

"댁 성함이?"

"오토네……, 오토네라고 전해주세요."

"앗!"

여자는 낮게 외치더니 조금 빠른 말투로 말했다.

"잠시 기다려주세요. 바로 연결해드릴 테니."

있다! 호리이 게이조가……. 내 눈에서 왈칵 눈물이 솟구쳤다.

"오토네! 오토네!"

미친 것 같은 남자의 목소리가 들려왔다. 그 소리를 듣는 순간 나는 너무 반갑고 사랑스러워서 흐느낌이 터질 것 같아 바로는 말도 나오지 않았다.

"오토네! 오토네! 지금 어디 있는 거야? 얼마나 걱정했는지 몰라. 난…… 난……."

남자도 흥분을 가라앉히기 힘든 기색이었다. 그 사실이 도리어 나를 침착하게 만들었다.

"진정해요. 그리고 내 말을 잘 들어요. 난 지금 에도가와 아파트의 헬렌 네기시의 방에 감금되어 있어요. 현관문은 잠겼고, 난 타이츠 차림이라 밖으로 나갈 수가 없어요. 게다가 방 안에는 헬렌의……."

"헬렌의?"

"헬렌의 시체와 나, 단둘이서……."

"헬렌의 시체? 됐어, 괜찮아, 자세한 건 나중에 듣겠어. 그래서……."

"후루사카 시로가 나를 여기 가둬놓고 동료를 부르러 갔어요. 그 전에 날 데리러 와요……."

"좋아, 알았어. 넌 타이츠 차림이라는 거지."

"네."

"그리고 현관문이 잠겨 있고."

"그게 곤란하다 싶은데요……."

"뭐 그런 건 식은 죽 먹기야. 오토네, 지금 바로 갈 테니까 마음 단단히 먹고 기다려. 자, 키스를 보낼게."

'쪽' 하고 입술을 울리는 소리가 들리고 전화가 끊겼을 때 내 눈에서 눈물이 흘렀다.

세 사람의 동료

 호리이 게이조에게 연락을 했다는 것, 아니, 아니, 그 남자의 목소리를 들었다는 사실만으로 내 몸은 활력을 되찾았다.

 나는 여기서 멍하니 그 남자가 오기를 기다리면 되는 걸까. 아니, 아니, 멍하니 생각하고 있노라니 거무죽죽한 불안감이 내 마음을 어지럽힌다. 후루사카 시로와 그 동료가 호리이 게이조보다 먼저 온다면…….

 그런 불안감을 떨쳐버리기 위해서라도 나는 뭔가 하지 않으면 안 된다. 나는 문득 방구석에 있는 후루사카 시로의 중형 트렁크에 시선이 미쳤다. 그렇다, 저 안을 조사해보자. 그러면 후루사카 시로라는 남자의 정체를 조금이나마 알 수 있을지도 모른다.

트렁크를 열려다가 나는 무심코 숨을 삼켰다. 어찌 된 영문인지 자물쇠가 부서져 있어서 낡은 뚜껑은 금세 열렸다.

트렁크 안은 거의 비어 있었다. 가져온 속옷류는 아마 헬렌의 옷장에 넣었겠지. 조악한 마분지상자 속에 빈 필로폰 앰플이 가득 쌓여 있다. 그 외에는 낡은 목도리와 장갑, 그리고 꽤 고급스런 카메라가 한 대.

나는 다시 한 번 집중해서 트렁크 속을 조사했다. 그러다 뚜껑 뒤쪽 주머니에 갈색 종이봉투가 들어 있는 것을 알아차렸다. 봉투 입구는 난폭하게 뜯겨 있었는데 내용물은 사진인 것 같았다.

나는 조금 죄책감을 느꼈지만 바로 그 생각을 거뒀다. 안에서 사진을 꺼냈을 때 나는 정수리에 새빨갛게 달군 쇠꼬챙이라도 꽂힌 듯한 충격을 느끼지 않을 수 없었다.

아아, 세상에, 그것은 삼수탑의 사진이 아닌가.

언젠가 호리이 게이조가 보여준 그 사진과는 달랐다. 하지만 거기 찍힌 탑은 틀림없이 같은 탑이었다.

후루사카 시로가 삼수탑의 사진을 갖고 있다! 아, 그 남자는 단순한 여자 사냥꾼, 남자 꽃뱀이 아니었던 거다. 사타케 일족은 아니지만 뭔가 이번 사건과 큰 관련이 있는 인물인 게 분명하다.

나는 당장이라도 심장이 밖으로 튀어나가지는 않을까 싶을 만큼 격렬하게 동요했다. 나는 부들부들 떨리는 손가락으로 또 한 장의 사진을 집어 들었다. 그 순간 다시금 무서운 충격에 몸을 떨었다.

거기에는 세 개의 머리가 찍혀 있다. 무슨 단 같은 것 위에 안치된 세 개의 머리……. 언젠가 호리이 게이조한테 들은 말을 생각해내고 나는 바로 그것이 나무에 조각한 머리라는 사실을 알아차렸다.

정중앙의 머리가 세 사람 중 가장 연장자인 모양이다. 서른대여섯 정도일까. 머리에 에도 시대식으로 상투를 틀고 있다. 그 양쪽의 머리는 둘 다 스물대여섯쯤인데, 단발에 메이지 초반의 학생풍으로 머리칼을 부스스하게 늘어뜨리고 있다.

나는 사진을 뒤집어보고 다시금 놀라 숨을 삼켰다. 거기에는 삼수탑의 주요 이름이 쓰여 있다. 오른쪽부터 사타케 겐조, 다케우치 다이지, 다카토 쇼조라고…….

아, 그럼 한가운데가 겐조 노인에게 살해당한 남자이고, 왼쪽이 다이지를 죽인 죄를 뒤집어쓰고 참수당한 다카토 쇼조, 즉 다카토 고로의 선조인가. 그러고 보니 어딘가 그 남자와 닮은 데가 있다.

나는 한동안 숨이 막히는 상념으로 이 불길한 사진을 응시하고 있었지만 문득 정신이 들어 삼수탑의 사진을 뒤집었다.

그러자 그 순간 날카로운 환희의 상념이 내 손끝에서 정수리까지 흩날렸다. 아, 거기에는 삼수탑의 소재가 씌어 있는 게 아닌가. 그 탑의 진짜 이름은 렌카(蓮華) 공양탑인 모양이고, 소재지는 반슈(播州)였다.

오랜만에 호리이 게이조와 연락이 닿은 바로 그때 탑의 소재지를 알게 되었다는 사실이 뭐랄까 내게 밝은 희망을 가져다주었다. 이 일로 인해 내 운명이 조금이나마 나아지지 않을까.

다만 그때 나도 알아차렸는데, 이 두 장의 사진 중에 삼수탑 전경 사진 쪽은 어지간히 시대가 지난 듯 화면도 꽤 변색되어 있는 데 반해 세 개의 머리를 찍은 사진 쪽은 아직 그 정도로 오래되지는 않았고 사용된 카메라도 각각 다른 것 같았다.

그때 나는 그 사실에 그리 많은 관심을 쏟지 않았는데…….

그런 것보다 두 장의 사진을 앞에 두고 너무 깊은 감동을 받아서 나는 후루사카 시로도 호리이 게이조도 잠시 잊고 있었다. 그때 느닷없이 현관 벨이 짧게 울려서 나는 사진을 놔두고 현관으로 달려갔다. 시로라면 벨을 누를 리가 없다.

"당신?"

"오토네?"

"네, 빨리 들어와요."

"아, 거의 다 됐어. 놈은 아직 안 왔어?"

"네. 하지만 언제 돌아올지 몰라요. 빨리요."

"좋아."

한동안 달그락달그락 자물쇠를 울리는 소리가 들렸다. 이윽고 철컥 소리가 나더니 문이 열리고 남자가 뛰어 들어왔다. 그 순간 나는 눈을 크게 떴다.

그것은 호리이 게이조도 야마구치 아키라도 아닌, 또 다른 남자였다. 게다가 그 남자는 머리부터 턱에 걸쳐 칭칭 붕대를 감고 왼팔 역시 붕대로 매달고 있다. 그리고 오른손에는 슈트케이스를 들었다.

"오토네, 오토네! 나야, 나라고. 자, 키스해줘."

"아, 당신인가요? 당신이군요. 그런데 그 붕대는……?"

"그 얘긴 나중에 천천히 하자. 오토네!"

우리는 오랜만에 포옹하고 격렬하게 입술을 겹쳤다. 그 뒤에 남자는 내 눈가의 눈물을 입술로 빨아들였다.

"자, 오토네. 울 때가 아냐. 그 슈트케이스 안에 옷이 들었으니 서둘러 준비해. 그리고 헬렌의 시체는……."

"저쪽 거실이에요."

두 사람은 손을 잡고 거실로 달렸다. 남자가 헬렌의 시체를 확인하는 동안 나는 슈트케이스를 가지고 침실로 가서 재빨리 정장을 입기 시작했다.

"그 상처는 어떻게 된 거예요?"

"그날 밤, 연회날 밤 말이야. 경찰을 피하려고 빌딩 2층에서 뛰어내린 건 좋았는데 부딪친 곳이 안 좋아서 기절해버렸어. 다행히 유리코가 눈치 있게 남편을 그 근방으로 보내서 다른 곳으로 피난했지만 사흘 밤낮 동안 의식불명이었다고. 게다가 겨우 제정신이 들어보니 네 행방을 알 수 없었지. 난 얼마나 안달복달했는지 몰라."

나는 깊은 감동으로 가슴이 메는 것 같았다. 이 사람은 한쪽 팔이 부러졌다. 한 팔을 못 쓰는 남자가 양손으로 헬렌의 목을 조를 수는 없겠지. 그러므로 헬렌의 살인에 관한 한 이 남자는 결백하다. 그리고 이 일련의 살인사건이 같은 범인의 손으로 행해졌다면 이 남자는 범인이 아니다.

삼수탑으로

 옷을 다 입고 타이츠 한 장을 쑤셔 넣은 슈트케이스를 든 내가 침실에서 거실로 나왔을 때 남자는 아직 헬렌 옆에 무릎을 꿇은 채였다.
 "무슨 일이에요?"
 내가 방을 나왔을 때 남자가 뭔가 서둘러 주머니에 넣는 것을 보고 나는 무심코 그렇게 물었다.
 "아니, 아무것도……. 준비가 끝났으면 어서 나가자."
 "아, 잠깐 기다려요."
 나는 시로의 트렁크에서 아까 본 사진을 꺼내 슈트케이스에 넣었다.

"뭐야, 그건……?"

"나중에 얘기할게요. 자, 가죠. 그 사람이 돌아오면 성가시니까요."

아파트를 나와 문을 잠그고 달그락달그락 자물쇠를 만지작거리자 이윽고 철컥하고 잠기는 소리가 났다.

"아하하, 이렇게 해두면 놀라겠지. 문은 잠겨 있는데 너는 없어. 이른바 불가사의하다는 거지."

이럴 때조차 침착한 남자가 믿음직스러워 나는 오른팔에 매달리듯 해서 계단을 내려갔다.

다행히 아무도 만나지 않고 문을 나와 커브 길로 크게 돌았다. 에도 강변으로 나오려고 했을 때 맞은편에 자동차가 와서 멈췄다. 남자는 그것을 보더니 내 손을 잡고 갓길 쪽으로 가게 했다.

자동차 문이 닫히는 소리가 나고 두세 사람의 발소리가 총총히 이쪽으로 다가온다.

"그럼 유카리가 전화를 걸었을 때 아무도 안 받았단 거군."

그것은 시로의 목소리였다. 유카리라는 이름을 듣는 순간, 나는 불쾌하기 짝이 없는 혐오감이 들었다.

"응. 어쩌면 시로와 그 여자가 돌아오기 전이었는지도 몰라."

"아냐, 그런 거 아니야. 그 시간이라면 내가 나간 뒤였을 테니."

"그럼 그 사람, 무서워서 전화를 안 받았는지도 모르겠네."
"하지만 시로."
다른 거구의 남자의 목소리가 들렸다.
"그 여자를 끌어들여 어쩌자는 거냐. 그 여자와 헬렌, 양팔에 꽃을 품고 잘 작정이었냐?"
"우후후."
"우후후가 아니야. 네 수완엔 놀랐다. 유카리까지도 포섭하고."
"어머, 싫어요. 아빠, 그런 말씀 하시면……."
"아하하, 좋잖냐. 어울리는 부부다. 도깨비 마누라에 귀신 남편이라니. 한데 유카리."
"네, 아빠."
"너, 시로와 뜨거운 사이가 되는 건 좋은데 이 아빠한테 소홀히 하면 안 된다. 난 너희들을 방해할 생각은 없지만, 가끔씩 나한테도 국물 좀 남겨주렴. 시로, 너한테도 부탁한다."
"아, 좋고말고요. 아빠, 셋이서 친하게 지내자고요. 그렇지, 유카리."

그들로서는 작은 소리로 얘기할 작정이었겠지만 이슥해진 고요한 밤의 일이라 그들의 대화가 손에 잡힐 것처럼 들렸다.

아, 시로가 부르러 간 동료란 기토 쇼이치와 그 양녀이자 정부인 사타케 유카리였던 거다. '눈 가는 곳에 눈동자도 따라간다는 말처럼, 끼리끼리 모인다더니 이 얼마나 딱 어울리는 동료인가. 호리이 게이조의 팔에 매달린 내 손바닥은 땀으로 흠뻑 젖어 있었다.

"어때, 오토네. 이걸로 유카리란 여자의 정체가 확실하게 보이지 않았어?"

"네……."

세 사람을 지나쳐 에도 강변으로 나오자 큰길 바로 앞에 자동차가 주차되어 있었다. 운전대에 앉아 남자가 핸들을 돌렸을 때 내 눈에서 새삼 뜨거운 눈물이 흘렀다.

이렇게 쓰루마키초의 쓰루마키 식당에 도착한 후 2층의 두 칸짜리 방에서 다시금 우리의 정사가 펼쳐졌다. 우리는 암거래상들의 연회에서 뿔뿔이 헤어진 다음의 일을 이야기했다. 그는 우선 내 몸에 별일이 없는 것에 기뻐하고 자신의 이야기를 해주었다. 그것은 앞에 잠깐 서술한 대로였다. 그날 밤 그는 큰 부상을 당해 활동에 제약을 받았던 것이다.

이렇게 무사한 걸 자축한 후, 나는 오랜만에 남자의 팔에 안겨 잠들었다. 물론 미칠 듯이 격렬한 포옹을 한 건 말할 것도 없다.

그날 밤 이후 나는 이 식당의 2층에 숨어 살게 됐는데 그러는 동안 나는 다시금 묘한 사실을 알아차렸다.

이 식당의 마담은 도미코라는 사람이었다. 그녀 역시 다카토 고로에게 농락당하고 버려진 여자였다. 그리고 자포자기한 참에 나타난 사람이 암거래상 보스인 히라바야시 게이키치였다. 히라바야시 게이키치는 도미코를 구하고 쓰루마키 식당을 관리하게 했다. 그럼에도 도미코는 히라바야시가 다카토 고로라는 사실을 알아차리지 못하고 그에게 봉사하기를 흡사 신에게 봉사하는 것처럼 했다.

모든 것이 아카사카 주차장의 유리코와 같았다. 그렇다면 또 한 곳의 은신처에도 유리코와 도미코와 같은 일을 겪은 여자가 있는 게 아닐까.

아, 이 남자는 대체 선일까, 악일까.

그건 그렇고 우리는 거기서 해를 넘겼다. 호리이 게이조의 머리 및 왼팔의 부상은 꽤 심한 것이었지만 그래도 1월 말 즈음에는 완전히 회복해 머리의 붕대도 전부 풀었다.

그때 나는 처음으로 숨겨뒀던 삼수탑의 사진을 꺼내 보였다. 너무 일찍 보이면 몸이 성치 않은 이 남자를 초조하게 만들겠다 싶어 그때까지 숨겨왔던 것이다.

그 사진의 뒷면에 적힌 주소를 읽었을 때 이 남자가 얼마나 기뻐했는지, 그것은 그날 밤의 미친 게 아닌가 싶을 만큼 격렬하고 집요한 포옹으로도 알 수 있었다.

"오토네, 오토네, 고마워. 이걸로 우리는 살아난 걸지도 몰라."

그로부터 사흘째 아침, 즉 2월 1일 아침 우리는 도쿄를 떠나 삼수탑으로 향했다.

어린 시절의 추억

나는 마침내 삼수탑이 멀찍이 내다보이는 황혼고개에 다다랐다.

그때의 감개무량함은 이 이야기의 서두에 적어놓았다. 으스스한 쥐색 수풀과 숲을 배경으로 우뚝 솟은 불길한 탑을 바라보았을 때 내 마음은 폭풍을 맞은 작은 배처럼 크게 요동쳤다. 아아, 나는 언젠가 이 탑에 온 적이 있다. 어머니, 그리고 이름 모를 노인에게 이끌려…….

격렬한 키스와 포옹으로 겨우 격정의 폭풍우를 잠재웠을 때 우리는 남의 눈을 피해 마른 풀 위에 앉아 한동안 넋을 놓은 듯 삼수탑을 응시하고 있었다.

"오토네."

한참 지나 남자는 다정하게 내 귀에 속삭였다.

"생각났어? 넌 언젠가 이 탑에 온 적 있지?"

"네."

"언제?"

"다섯 살인가 여섯 살 무렵."

"누구와?"

"어머니와 어디 사는 누군지 모를 할아버지와······."

"그 사람이 겐조 노인이었군."

"그럴지도 몰라요. 그런데 어머닌 그 사람을 굉장히 무서워하시는 것 같았어요."

"그야 그렇겠지. 사람을 죽이고 도망 중인 범인이었으니까. 그래서 이 탑에 대해 뭔가 생각난 게 있어?"

"네, 단 한 가지 묘한 걸······."

"묘한 거라니 뭐?"

"음, 그건······. 그때의 일은 지금 이렇게 눈을 감아도 아른아른 눈꺼풀 아래 떠올라요. 그건 탑 안 어딘가의 방이었어요. 어머니와 노인이 마주 앉아 있고 어머니 옆에 내가 앉아 있었어요. 그리고 우리 눈앞에는 금실로 수를 놓은 비단 두루마리가 놓여 있었죠. 그 두루마리는 완전히 백지였는데 노인이 거기에 내 손도장을 찍었어요."

"오토네는 거기 손도장을 찍었군."

호리이 게이조의 목소리는 왠지 감동으로 떨리고 있다.

"네. 굉장히 기분이 나빴지만 어머니가 찍으라고 하셔서……. 인주였는지 먹물이었는지는 잊었지만 어머니가 내 손바닥에 칠해주었어요. 난 양손의 도장하고 하나하나 열 손가락의 지문을 조심스럽게 찍었던 걸 기억해요."

"지금까지 누군가에게 그 얘기를 한 적 있어?"

"아뇨, 아무한테도……. 절대 그 사실을 아무한테도 말하지 말라고 어머니에게 주의를 받았으니까요……. 게다가 자라면서 그때 일이 꿈이나 환상인 것만 같았고 왠지 현실로 있었던 일이라고는 생각되지 않아서……."

"오토네는 그때 어머니와 함께 일부러 도쿄에서 여기로 온 거군."

"아마 그랬을 거예요. 잘 기억은 안 나지만……."

"그때 아버지는 어떻게 하셨지? 어머니와 네가 겐조 노인을 따라가는 걸 흔쾌히 허락해주셨어?"

"그래요, 참. 그때 아버지께서는 집을 비우고 계셨어요. 마침 중일전쟁이 일어나서 군대에 소집당하셨죠."

"중일전쟁이 일어난 건 쇼와 12년(1937년)이었으니 네가 여섯 살 때 일이로군. 넌 쇼와 7년(1932년) 11월 8일생이지."

"네, 맞아요."

"그럼 그 이상의 기억은 무리겠군."

"그래요. 그저 손도장을 찍었다는 사실뿐……. 그것만 선명한 기억이 되어 남아 있고 앞뒷일은 뭔가 짙은 안개 속에 가려진 것처럼……."

"어머니는 네가 열세 살 때 돌아가셨지. 그에 관해 뭔가 유언 같은 건?"

"아뇨. 전혀……. 어머니는 그때 돌아가실 거라고는 예상 못하시지 않았을까요?"

"아, 그래. 그리고 반년 후에 아버지가 돌아가셨는데, 그때도 아무 말씀 없으셨어?"

"아버지는 아무것도 모르셨던 것 같아요. 만약 아셨다면 우에스기 백부님께 말씀하셨을 테니까요."

"네 어머니는 아버지에게도 비밀로 하고 계셨군."

"그렇지 않았을까 싶어요. 겐조라는 분과 어머니 사이에 뭔가 약속이 있었다 쳐도 너무 두서없는 이야기이고, 게다가 겐조라는 분의 과거가 그렇잖아요. 사타케 가문에서는 그분 이름이 금기시되었던 것 같으니까."

"오토네!"

느닷없이 내 쪽을 돌아보는 남자의 눈동자에 기이한 아지랑이가 떠올라 있었다.

"그 일에 대해 어떻게 생각해? 겐조 노인이 네 손도장과 지문을 찍은 것……."

"지금에서야 겨우 그 일의 의미를 알 것 같은 기분이 들어요. 지문이라는 건 일평생 변치 않잖아요. 그리고 같은 지문을 가진 사람은 둘도 없고요. 그러니 나중에 내가 누군지 헷갈리지 않도록……. 저, 그런 게 아닐까요?"

"물론 그랬겠지. 즉 겐조 노인의 심중에 있던 미야모토 오토네를 사칭하는 가짜, 대역이 나타나면 안 된다는 경계심이 었겠지. 그런데 오토네."

"네."

"너에 대해 그만큼 주의 깊던 겐조 노인이 또 한 사람 마음에 둔 인물, 다카토 슌사쿠에 대해 주의를 게을리했을까. 아니, 다카토 슌사쿠도 너와 마찬가지로 그 탑에 가서 양손의 도장과 열 손가락의 지문을 두루마리에 찍었어. 그리고 그 지문을 찍은 두루마리는 지금도 그 삼수탑 어딘가에 있지. 우리는 어떻게 해서든 그 두루마리를 손에 넣지 않으면 안 돼!"

남자의 말투에 차츰 힘이 실리나 싶더니 그는 흥분한 감정을 억누르기 힘든 듯 별안간 마른 풀 위에 일어섰다.

"당신, 당신은 그 두루마리를 어쩔 작정이에요?"

하지만 남자는 아무 대답 없이 그저 무턱대고 나를 끌어안더니 입술을 겹쳤을 따름이었다. 그는 마치 뭔가에 미친 것처럼 강하게 나를 가슴에 끌어당겨 타는 듯한 키스를 내 입술에 퍼부었다.

그리고 두 사람은 팔짱을 끼고 왔던 길을 돌아갔다. 목적지에 들어가기 위해서는 먼저 신중하게 정찰해야 한다는 게 남자의 의견이었다.

렌카 공양탑

다행히 삼수탑이 있는 황혼촌에서 반 리(약 197미터) 정도 떨어진 곳에 백로탕이라는 온천탕……이라기보다 촌스러운 탕치탕*이 있었다.

그곳은 마침 반슈 평야 외곽에 해당했고 산요 선에서는 물론, 히메지에서 쓰야마로 통하는 지선에서도 멀리 떨어져 있어서 어떤 역에서 자동차로 달려도 한 시간 이상 걸리는 벽촌의 한 부락이었다.

우리는 히메쓰 선의 한 역에서 버스를 탔다. 가도 가도 산

---

* 목욕으로 병을 낫게 하는 온천탕.

너머 산, 이런 산속에 사람 사는 곳이 있을까 싶어 도회지에서 자란 나는 불안해 견딜 수 없을 정도였다.

백로탕에서 여장을 풀었을 때 남자는 오사카 사람이라고 밝히고 후루하시 게이이치(古橋啓一) 및 그 부인 다쓰코(達子)라고 숙박부에 적었다. 그리고 후루하시 게이이치는 서양화가 지망생, 처인 다쓰코는 여류작가 지망생이라고 미리 말했다.

변장의 달인인 남자는 자못 화가 지망생다운 풍채를 하고 있었고, 게다가 그는 굉장히 능숙하게 오사카 사투리를 구사했다. 나는 나대로, 비록 긴 대화는 못하지만 한때 학교에서—이것은 다분히 다카라즈카(宝塚)* 생도들의 영향이겠지—오사카 사투리가 유행했던 적이 있어서 간단한 말 정도는 할 줄 알았다.

이렇게 우리는 특별히 숙소 사람들한테 의심받는 일도 없이 오사카 출신의 서양화가 부부 행세를 하였는데, 남자가 서양화가라는 직업을 고른 것은 잘했다 싶다. 화가라면 삼수탑 부근을 어슬렁거려도, 그 탑을 스케치하려고 해도 이상할 게

---

* 고바야시 이치조(小林一三)가 1924년에 오사카에서 이어지는 한큐 전철의 종착점인 다카라즈카에 여성배우들만 출연하는 대형 극단을 창단했다. 다카라즈카 음악학교를 졸업하면 다카라즈카 배우가 되는데, 특히 톱스타와 다름없는 인기를 누리는 남자 주인공 역할을 맡기 위한 경쟁은 매우 치열하다고 한다. 덧붙여 주인공 오토네의 모교의 모토였던 '맑게, 바르게, 아름답게'는 본래 다카라즈카 음악학교의 모토이기도 하다.

없으니까.

　삼수탑을 처음 보고 온 날 밤의 일이다. 호리이 게이조는 저녁식사 시중을 들러 온 종업원을 붙잡고 슬쩍 속을 떠보았다.

　"아가씨, 이름이 뭐꼬?"

　"시즈라고 해요."

　"아, 시즈 양이가. 참 좋은 이름이데이. 그런데 시즈 양, 여기는 억수로 조용하고 손님도 별로 없네. 지금 농한기라 그런 긴가 싶지만도 참 의외라."

　"얼마 전까지 꽤 오셨어요. 그런데 슬슬 구정이 다가오잖아요. 그래서 다들 일단 돌아가셨지만, 구정이 지나면 다시⋯⋯."

　"우르르 밀어닥치나?"

　"우르르까진⋯⋯. 어쨌거나 디플레이션에다 불경기잖아요. 옛날 같진 않죠. 오사카는 어떤가요, 경기가⋯⋯?"

　"안 좋다, 완전. 저짝이고 이짝이고 간에 도산이나 파산 얘기뿐이데이. 섬유도 금도 전부 하향세 아이가. 본시 쫌 아니었지만도."

　나는 조용히 젓가락을 옮기면서 의아함을 눌러 죽이려고 노력하지 않으면 안 되었다. 입에서 밥알을 튀기며 이야기하는 호리이 게이조는 아무리 봐도 끈덕지고 경박한 오사카 사람이었다.

"그래도 손님은 좋으시겠어요. 예쁜 부인과 함께 온천탕에 오셔서 그림도 그리시고."

"아, 아부지가 재산을 쪼매 남기주셨데이. 사치꺼정은 몬해도 최대한 돈 안 드는 데로 할라꼬 여길 찾은 기라. 그런데 시즈 양, 울 마누라 엄청시리 대단데이."

"부인이 대단하시다니요……?"

"울 마누라, 소설 쓴데이."

"어머!"

내가 무심코 얼굴이 빨개지는데 남자는 놀리듯 싱글벙글했다.

"소설 쓴다 케도 아직은 지망생이다. 그래도 억수로 유망타. 어디 조용한 데 가서 시방 쓰는 원고를 마무리하고 싶다 케서 이리로 온 거 아이가. 내는 마, 수행원 같은 기고."

아, 이 남자는 아는 거다. 내가 이 기록을 계속 써내려왔다는 사실을……. 내가 이 기록을 쓰기 시작한 것은 에도가와 아파트에서 호랑이 굴을 탈출해 쓰루마키초의 쓰루마키 식당 2층에 숨어 지내게 되었을 때부터다. 머리와 팔의 부상이 회복되면서 차츰 남자가 외출하는 날이 많아짐에 따라 그동안의 외로움을 달래기 위해 나는 이렇다 할 이유 없이 이 무서운 사건을 계속 기록했고, 실은 그것을 이 숙소까지 가져왔다. 가능하면 이곳에서 지금까지 단편적으로 써온 것을 정리하고 싶었는데……. 남자는 그 사실을 아는 거다. 설마 읽지는 않았겠지만, 만약 읽는다면 이 남자는 어떤 얼굴을 할까. 나는 기록 속에서 이 남자를 악당으로 불러왔으니까…….

하지만 종업원은 그런 사실은 모르니 "어머!" 하고 눈을 크게 떴다.

"부인, 어떤 소설을 쓰세요?"

"그기 말이다, 시즈 양. 내도 모른다. 마누라가 절대 안 보여준다 아이가. 그래도 대충 짐작은 하고 있다. 암만 해도 내 험담을 쓰는 기 틀림없데이."

"어머나, 오호호."

"오호호 웃을 일이 아이다. 내는 온몸과 온 마음을 다 바쳐 가꼬 울 마누라를 위해 봉사하는데도 마누라는 내를 악당, 악당, 악당이라 칸다. 참말로 아인데."

"어머, 그럴 리가……. 그렇죠, 부인."

"아이고, 그 야그는 인제 고만하자. 소설 야그를 하면 울 마누라가 부끄럽다 칸다. 그란데 시즈 양, 이런 촌구석에도 우리맨키로 호기심 많은 도회지 손님이 간간이 오제?"

"안 그래요. 좀처럼 오지 않아요."

"최근엔 어땠노? 그라고 두루미탕이라고 있다 아이가. 거기는 도회지에서 온 손님 없나?"

남자가 떠보는 상대는 후루사카 시로와 그 동료들이다. 삼수탑의 사진을 분실한 걸 알았다면 후루사카 시로는 분명 이쪽에 손을 뻗칠 게 틀림없다며 남자는 경계하고 있다.

"글쎄요……. 최근 읍내 쪽에서 손님이 왔단 얘긴 못 들었어요. 왜요?"

"으음, 내일부터 이 부근에서 내가 그림을 쫌 그릴라 카는데 삼각대를 세우면 도회지 사람들이 볼 끼고, 그라믄 쑥스러워서. 암만 해도 미숙하니까네."

"어머, 그럴 리가……. 손님, 어디 맘에 드는 장소라도 있으세요?"

"아, 아까 마누라랑 산책하다 보니 이상한 탑 같은 게 있던데 그걸 뭐라 카노?"

"아, 그 렌카 공양탑……."

"렌카 공양탑이라 카나, 그걸……. 언덕배기를 배경으로 그 탑을 함 그려볼까 싶은데 누가 뭐라 칼까 봐."

"그야 아무도 뭐라고는 안 하겠지만……."

"그 탑, 누구 사는 사람이라도 있나?"

"호넨(法然) 스님이라고 쉰대여섯 정도 된 분이 혼자 사세요. 전에는 젊은 제자 한 사람도 있었지만 1년쯤 전에 어딘가

가버려서⋯⋯."

"그 탑에 무신 유래라도 있나. 묘한 데 탑이 있어가꼬 놀랐데이."

"읍내에서 오신 분들은 누구나 그렇게 말씀하세요. 옛날 거기에 형장이 있었다고 해요. 그래요, 요 맞은편에 가와사키(川崎)라는 작은 읍이 있잖아요. 지금은 철도 선로에서 떨어져서 완전히 쇠퇴했지만 옛날에는 거기가 성을 중심으로 발달한 곳으로 굉장히 번성했었다고 해요. 메이지 시대 들어서도 요 위의 도리노스야마(鳥の巣山)에서 은이 나온다고 해서 광산업자들이 잇달아 들어오는 통에 한때는 굉장히 번성했대요. 그런데 은광의 이야기도 꿈으로 돌아가고 철도는 저쪽으로 비껴가서 가와사키도 그렇게 쇠퇴해버리고 만 거예요. 그곳이 성 아래 있었을 무렵, 지금 렌카 공양탑 부근이 형장이었어요. 그래서 쇼와로 접어들어 기특한 사람이 자금을 내서 거기 공양탑을 만들고 절에도 대가로 상당히 넓은 논밭을 제공했죠. 전후 농지개혁으로 그 논밭도 거지반 몰수당해서 호넨 스님도 편한 이쪽으로 오신 거예요. 공양탑도 그대로 뒀고 게다가 1년쯤 전에 젊은 제자가 도망친 후 호넨 스님도 완전히 세상을 등져서⋯⋯. 그러니 그림 그리시는 건 좋지만 호넨 스님을 건드리지 않도록 조심하세요. 까다로운 분이시니까요."

묻지도 않은 말을 하는 시즈의 이야기 덕에, 이럭저럭 삼수탑의 근황은 파악한 듯싶었다.

호넨 스님

 이상 '렌카 공양탑'의 장까지가 이 사건이 벌어진 후 짬짬이 계속 써온 기록을 백로탕의 숙소에서 정리해둔 것이다.

 그때 나는 예감의 결과를 기다리고 있었다. 삼수탑에서 무슨 일이 일어나지나 않을까 하는……. 그래서 나 자신에게 혹시 나쁜 일이 일어날 경우, 이 불쌍한 미야모토 오토네란 여자가 어떻게 타락의 길을 걸었는지에 대해 누군가 알아주기를 바라는 마음에서 가급적 적나라하게 나 자신의 심경을 계속 써내려왔다. 즉, 나는 유서 대신 이것을 쓴 것이다.

 그럼에도 불구하고 나는 지금 이렇게 살아 있다. 그리고 그 악몽 같은 사건이 완전히 끝난 지금, 나는 다시금 펜을 잡고 계속해서 쓰고 있다.

솔직히 말하자면 나는 이다음 일을 쓰고 싶지 않다. 나에게 그것을 쓰라는 것은 너무 잔혹한 짓이다. 이 잔혹한 짓을 나한테 시킨 사람은 다름 아닌 긴다이치 코스케 씨다.

긴다이치 코스케 씨는 나에게 이렇게 말한다.

"모처럼 여기까지 쓰셨는데 중간에서 끝나는 일은 없겠죠. 그럼 그 사람에게도 안 좋지 않습니까."

긴다이치 코스케 씨가 그렇게 말한다면 그런 거다. 나는 자신의 불민함을 사죄하기 위해서라도 이 기록을 마지막까지 끌고 가지 않으면 안 된다. 그러므로 나는 잃어버린 용기를 되살려 이 기록을 계속 이어나가기로 한다.

아무튼 우리가 백로탕에 도착한 다음 날은 다행히 아주 좋은 날씨여서 남자는 아침 일찍부터 삼각대와 캔버스를 들고 나갔다. 나가면서 그는 이렇게 말했다.

"마누라, 미안한데 도시락 쪼매 들고 오면 안 되겠나? 오늘은 다행히 따시니까 어데 초원에서 같이 도시락이나 묵자."

"예, 그란데 어디로 가면 되는데예?"

나는 어설픈 오사카 사투리로 물었다. 옆에 시즈가 있어서다.

"아, 그 렌카 공양탑 근처에 있을 기다. 시즈 양, 미안한데 울 마누라 좀 델꼬 와줄 수 있겠나?"

"네, 알겠어요. 딱 점심 때 맞춰서 부인과 함께 도시락 가져 갈게요."

"부탁한데이."

이렇게 남자가 나간 후 나는 방에 틀어박혀 '소설'을 계속해서 썼다. 그렇게 하면서 나는 호기심에 찬 시즈의 공격을 피함과 동시에 자신의 '유서' 정리에 착수했다.

11시를 넘어 시즈가 도시락을 가지고 부르러 와서 나는 원고를 슈트케이스에 쑤셔 넣고 열쇠를 잠근 후 함께 나갔다. 가는 길에 시즈가 귀찮을 정도로 우리 부부에 대해 질문한다. 화가 지망생과 여류작가 지망생이라는 조합이 그녀의 호기심을 크게 자극한 모양이다.

그에 대해 나는 가급적 수줍음을 타는 젊은 부인이어야 했다. '네'라든지 '아니오' 외에 너무 말을 많이 하면 내 오사카 사투리는 들킬 우려가 있었다.

어제 남자와 둘이서 왔던 황혼고개에 이르자 "아, 남편 분, 저기 계시네요." 하고 시즈가 가르쳐주었다.

역시 삼수탑에서 백 미터 정도 떨어진 곳에 삼각대를 세우고 남자는 유유히 붓을 놀리고 있다. 옆에는 검은 옷을 입은 스님 같은 분이 머리에 모로쿠 두건* 비슷한 것을 쓰고 지팡이를 짚은 채 서 있다.

"저분은 누군교? 호넨 스님입니꺼?"

"맞아요, 맞아. 호넨 스님이 옆에 계시니 전 이만 실례하겠어요."

"와예?"

"저, 요전에 저분을 굉장히 화나게 해서요……. 그럼 부인, 도시락 받으세요."

도시락을 내게 밀어주고 시즈가 도망쳐 돌아간 후, 내가 혼자서 남자 쪽으로 다가가자 발소리를 듣고 두 사람이 돌아보았다.

"아, 다쓰코. 수고가 많다. 시즈 양은 어딨노?"

"저까지 왔다가 그냥 돌아갔어예."

"흐흠, 그 여편네, 내가 무섭겠지."

"아, 다쓰코. 이분이 호넨 스님이시다. 내하고 완전 친해졌데이. 스님, 이 사람이 아까 말한 집사람 다쓰코입니다."

"첨 뵙겠심더……."

고개를 숙이는 내 얼굴을 호넨 스님은 노인다운 뻔뻔스러움으로 물끄러미 응시했다.

"이야, 대단한 미인이시구먼. 이거야 남편이 자랑하는 것도

---

* もうろく頭巾. 질냄비 모양의 두건. 승려나 노인이 주로 쓴다.

무리가 아닐세. 아, 실례. 내가 호넨이오."

호넨 스님은 나이에 맞지 않게 윤이 나는 피부를 지닌 사람으로, 흰 수염을 가슴까지 늘어뜨리고 모로쿠 두건으로 민머리를 가리고 있었다.

"호넨 스님, 그리 놀리시면 안 됩니다. 집사람이 순진해가꼬."

"아, 미안, 미안. 부인, 남편께서는 아주 그림을 잘 그리는 군요. 그야 전문가니까 당연한 일이겠지만……."

호넨 스님의 말에 남자의 뒤로 돌아 아무 생각 없이 캔버스 위에 시선을 보낸 나는 무심코 숨을 삼켰다.

거기에는 삼수탑의 모습이 무난한 데생으로 그려져 있었다.

무서운 모습

나는 또다시 이 남자를 알 수 없게 되었다.

그날 이후 남자는 매일같이 삼수탑 부근으로 가서 그림을 그렸다. 날이 지남에 따라 캔버스 위에 위트릴로* 풍의 잔잔한 풍경화가 그려지는 걸 보고 나는 왠지 가슴이 두근거렸다.

"당신, 그림 배웠어요?"

여기 와서 2주일 정도 지난 어느 밤에 잠자리에서 내가 물었다.

---

* Utrillo. 프랑스의 화가(1883~1955). 몽마르트르를 사랑하여 그 거리를 테마로 그린 작품이 많다.

"아니, 딱히 배웠던 건 아니야. 그림을 그리는 건 아이 적부터 좋아해서 한때는 그림쟁이가 되려고 생각했을 정도라."

"위트릴로를 좋아하는군요."

"아하하, 그렇게 보여? 뭐, 딱히 위트릴로를 염두에 둔 건 아니지만 쓸쓸한 겨울 풍경을 그리니 위트릴로가 되어버리는군. 한여름의 풍경을 그리면 고흐가 될 테고. 그건 그렇고 오토네, 네 소설은 어때?"

"소설은 일단 완결 지었어요. 다시 어떻게 전개될지는 모르지만……."

"음, 또다시 전개되겠지."

남자는 엄숙한 목소리로 말하고 나서 갑자기 생각난 듯 말했다.

"그래, 참. 오토네, 호넨 스님이 내일 삼수탑을 보여주겠다고 했어. 부인도 데려오라고 했으니 너도 같이 가자."

그 말을 듣자 왠지 모르게 내 가슴은 꿈틀 떨렸다.

"그럼 마침내 안으로 들어가는군요."

"아, 까다로운 할아범이라 비위 맞추는 데 2주나 걸렸다니까."

"그런데 당신은 두루마리의 행방을 알아요?"

"아니, 그건 몰라. 그러니까 너도 있는 힘껏 호넨 스님 비위를 맞춰서 가급적 내가 자유로이 그 탑에 출입할 수 있게 도 와줘. 알겠어?"

"네."

"그런데 묘하군. 호넨 스님이 말하는 걸 들어봐도 후루사카 시로가 접근한 것 같진 않아. 그놈, 그 사진이 없어진 걸 아직 눈치 못 챘나?"

"그 사람이 그걸 알아차렸다면 이쪽으로 손을 뻗쳤을 거라 생각해요?"

"그건 물론이지. 보통 녀석이 아닌 것 같으니까."

"대체 그 사람은 어떤 사람인가요? 사타케 일족은 아니죠? 그런데 어째서 그 탑의 사진을 갖고 있는 건가요?"

"글쎄, 그것도 탑의 내부를 보게 되면 알 수 있지 않을까. 그때까지는 대답을 보류하지."

그다음 날 오후, 나는 남자에게 이끌려 삼수탑으로 향했다. 탑 밖에는 호넨 스님이 언제나처럼 모로쿠 두건으로 머리를 감싼 채 기다리고 있었다.

한동안 계속되었던 맑은 날씨가 내리막길로 접어든 모양인 지 음산하게 구름 낀 하늘에 뼛속까지 냉기가 스며들 것 같은 날이었다.

"호넨 스님, 억수로 춥심더."

"정말 그렇구먼. 이거, 간만에 심한걸. 부인, 잘 오시었소. 그럼 안내하지요."

역시 전쟁 후에 잘 돌보지 않은 탑의 내부는 낡고 썩은 냄새가 진동했다. 그렇지 않아도 채광이 좋지 않은 건물인 데다가 그날따라 하늘이 흐려서 한층 음침하고 으스스한 느낌이었다.

"이거 안 되겠는데. 잠시 기다리시게. 바로 등불을 가져올 테니."

호넨 스님은 탑 뒤쪽 방에 사는 듯 금세 촛불을 켠 고풍스런 촛대를 가지고 왔다.

"아하하. 오랜만에 탑 구경을 할라 카니까 기분도 나고 좋심더."

"아무래도 본존을 모신 본전은 어둡소. 자, 바깥양반이랑 부인도 이쪽으로 오시게. 우선 본전부터 안내하지."

구두를 벗고 올라가니 양말 바닥으로 마루방의 서늘함이 몸에 스민다. 계단에 붙은 복도를 건너 덧문 밖을 지나가자 다다미 열두 장을 깐 어두운 방 한편에 감옥 창살 같은 격자문이 있고 그 안쪽으로 등불 빛이 깜박거리고 있다.

"여기가 본전이지. 댁들은 아실지 모르겠네만 이 본전 안에 세 개의 머리가 모셔져 있다네."

"세 개의 머리……?"

남자는 일부러 숨을 삼켰다.

"스님, 놀래키시면 안 됩니더. 맴 약한 마누라가 함께 있잖십니꺼."

"아하하, 이거 미안, 미안. 뭐, 머리라고 해도 진짜 머리는 아닐세. 나무로 만든 머리 조각상이라네."

"그런 기면 괘안치만서도 느닷없이 머리라 카시니, 남자인지도 움찔했십니더. 우째 그른 게 모셔져 있는 깁니꺼?"

"그 이유는 나중에 얘기하지. 그 때문에 이 탑을 일명 삼수탑이라고 한다네. 자, 들어가세나."

달그락달그락 열쇠를 짤랑이며 돈주머니 모양의 큰 자물쇠를 벗겨내더니 호넨 스님은 직접 앞장서서 본전 안으로 들어간다. 남자는 망설이는 나를 독촉하며 격자문을 빠져나간다. 나도 할 수 없이 뒤따랐다.

삼면의 벽으로 둘러싸인 본전 안은 격자문 밖보다 한층 어두워 상대의 얼굴이 어슴푸레하게 보일 정도다. 세 개의 등잔에 심지가 조금씩 소리 내며 타는 것이 혼을 어딘가로 빼앗길 것 같은 적적함을 느끼게 한다. 나는 무심코 어깨를 움츠린다.

"자, 보시게. 저게 세 개의 머리라네."

호넨 스님이 쳐든 촛대의 빛이 비춘 것은 번들번들 검은 빛을 발하는 세 개의 나무 머리였다. 그것은 시로의 슈트케이스에서 발견한 사진과 같은 순서였다. 오른쪽부터 사타케 겐조, 다케우치 다이지, 그리고 다카토 쇼조……

사진보다 한층 생생하게 다가온다. 그 생동감에 나는 무심코 귀기를 느꼈다. 그때 남자가 내 귀에 입을 가져다 대고 속삭였다.

"잠깐……. 가운데 머리를 잘 봐. 누군가 닮지 않았어?"

그 말을 듣고 다케우치 다이지의 얼굴을 뚫어지게 보는 동안 나는 갑자기 전신에 전류가 흐르는 듯한 충격을 느꼈다.

사진만으로는 잘 알 수 없었는데 이렇게 실물을 접하고 보니 세상에, 그것은 후루사카 시로와 닮지 않았는가.

청동 뱀

"후루하시, 무슨 말씀을 하시었는가?"

호넨 스님은 촛대를 들고 남자의 얼굴을 올려다보며 묻는다.

"아입니더, 암것도 ……."

역시 배짱 좋은 남자도 방금 깨달은 사실에는 다소 동요한 듯 목소리가 잠겨 있었다.

"그러니까…… 이 오른쪽에 있는 사타케 겐조라는 남자가 가운데 있는 다케우치 다이지를 죽였지. 원인은 은광 때문이라 하네."

호넨 스님은 촛대를 단 위에 두더니 낮은 목소리로 소곤소곤 말하기 시작했다.

"확실치는 않으나 사타케 겐조란 사람은 상당히 돈이 많은 도련님이었다는데, 광산업자 다이지에게 잔뜩 속아 친구인 다카토 쇼조란 사람과 공동출자로 나오지도 않는 은을 찾아 땅을 파는 사이에 결국 재산을 날렸다네. 그래서 다이지의 사기에 걸린 걸 알아차린 겐조가 분노한 나머지 일본도를 휘둘러 베어버렸는데 다이지의 목이 뎅겅 떨어졌다는군. 나이는 젊지만 상당히 완력이 강했던 모양이야."

호넨 스님은 말을 이었다.

"그런데 살인을 저지른 겐조는 그대로 도망쳐 행방을 감추고 말았고, 아직까지도 행방을 몰라. 아마 외국으로 도망쳤을 거라고 하더군. 아무튼 다이지 살인죄 말인데, 그게 어찌 된 영문인지 공동출자자인 다카토 쇼조에게 간 거야. 쇼조도 마찬가지로 사기의 피해자라서 다이지에 대한 미움이 여간 아니었고, 게다가 이 남자도 완력이 셌다네. 그리고 아무래도 그 무렵 이 부근의 정치 정세가 죄다 다이지 살인범을 잡아 단죄해야 한다는 여론이었지. 해서 쇼조는 가타부타 말도 못 하고 붙잡혀 심한 고문 끝에 저지르지도 않은 죄를 자백하고 마침내 참수당하고 말았네. 목이 잘린 형장이 바로 이곳이지. 후루하시, 자네가 지금 서 있는 자리가 바로 잘린 머리를 씻은 우물 바로 위에 해당한다네."

"헉……."

남자가 기분 나쁜 듯 물러섰을 때였다.

"에헤헤, 이미 늦었어."

단에 기대어 있던 호넨 스님이 손을 뒤로 하여 덜그럭덜그럭 쇠사슬을 울리는 소리를 내는가 싶더니, "으아아아!" 하는 비명만 남기고 남자의 모습은 이미 내 눈앞에서 사라져 있었다.

말 그대로 그것은 '앗' 하는 순간의 일이었다. 나는 한순간 무슨 일이 일어났는지 영문을 모르고 멍하니 발밑에 뚫린 네모난 구멍을 응시했다. 하지만 다음 순간 나는 정신 나간 것처럼 구멍 가장자리를 더듬고 있었다. 컴컴한 구멍 바닥 멀리서 무언가가 깨지는 소리가 들리는가 싶더니 이어서 털썩 둔한 소리가 들렸다. 그것뿐, 이후에는 아무 소리도 나지 않고 차가운 바람만 송곳으로 후벼대듯 불어온다.

"당신…… 당신…… 당신……."

나는 슬픈 소리를 쥐어짰다. 남자를 잃은 절망적인 슬픔이 내게 모든 걸 잊게 만들었다. 공포도, 자신의 몸에 임박한 위험도.

"당신…… 당신……."

그렇게 말하는 나를 호넨 스님이 뒤에서 꽉 끌어안았다.

"어, 부인. 당신은 뛰어내리면 안 돼."

이 사람이 대체 누구인지, 나는 그것을 생각해보려고도 하지 않았다. 이 사람이 어떤 사람이든 남자가 함정 속에 떨어졌다는 사실은 변함없다. 그리고 컴컴한 함정 바닥에서 남자는 살아남았을까 죽었을까.

"당신…… 당신…… 괜찮아요……?"

함정 가장자리에 매달려 내가 비통한 소리를 쥐어짜고 있을 때였다.

"앗, 그 여자를 뛰어내리게 하지 마!"

뒤쪽에서 귀에 익은 남자 목소리가 들린다. 놀라 돌아본 나는 거기서 절망적인 광경을 보았다.

격자문 밖에서 싱글거리며 이쪽을 보고 있는 사람은 세상에, 후루사카 시로와 유카리가 아닌가. 유카리 뒤에 기토 쇼이치도 있다. 아, 역시 남자가 우려하던 대로 후루사카 시로의 손이 뻗어 있었던 것이다.

"시로, 아직도 저 여자한테 미련이 있어? 스님, 됐으니까 그년도 밀어버려요."

아아, 이것이 가련한 유카리의 입에서 나온 말이었다.

"안 돼, 안 돼. 그런 짓을 하면! 스님, 그 여잘 죽이면 안 돼요."

후루사카 시로가 허둥지둥 격자문 안으로 들어오려는 것을 유카리가 팔을 잡아 세웠다.

"우후후, 꽤 열심이시네. 하지만 그건 안 돼. 스님, 뭘 우물쭈물해요. 그 여잔 당신의 연적이에요. 빨리 밀어서 끝내버려!"

유카리가 이상한 말을 했지만 나는 무슨 뜻인지 몰랐다. 하지만 내 겨드랑이 밑에 양팔을 넣어 목 뒤로 조이고 있던 호넨 스님은 그 말을 듣더니 한순간 깜짝 놀란 듯 나를 안은 팔에서 힘을 뺐다. 나는 그 팔을 뿌리치고는 "당신!" 하고 소리를 지르며 몸을 날려 컴컴한 구멍 속으로 뛰어들었다.

그리고 얼마나 지났을까. 타는 듯한 키스 세례와 "오토네…… 오토네……." 하고 어둠 속에서 속삭이는 소리에 문득 의식을 찾은 나는 늠름한 남자의 팔에 안겨 있는 걸 깨달았다.

"아, 당신이었군요. 당신이었어요."

"그래, 나야. 오토네, 나야."

어둠 속에서 우리는 미칠 듯이 서로를 끌어안았다. 이 이상 몸과 몸이 맞닿을 수 있을까 싶을 만큼 힘껏 서로를 끌어안았다. 그리고 그것이 어떤 장소이든 간에 이 남자와 함께라는 사실이 얼마나 행복한가를 나는 통렬하게 느꼈다. 남자는 사랑스런 듯 내 머리를 어루만졌다.

"오토네, 어디 다쳤어?"

"아뇨, 별로……. 아픈 덴 아무 데도 없어요."

"그래, 그럼 다행이다. 내가 잘 받아냈군. 오토네, 너도 그 중이 밀었어?"

"아뇨. 난 스스로 뛰어내렸어요. 그런 놈한테 노리개 취급을 당할 바엔 당신과 함께 죽고 싶어서."

"그런 놈이라니?"

"후루사카 시로와 사타케 유카리…… 그리고 기토 쇼이치도 있었어요. 아, 당신, 다친 거 아니에요?"

나는 손바닥에 끈적끈적한 것을 느끼고 남자로부터 떨어져 몸을 일으켰다.

"응. 떨어질 때 난 뭔가를 붙잡았어. 그게 부러졌던가 해서 다시 거기서 떨어졌는데 그때 왼팔이 찢어진 것 같아. 큰일은 아니지만……."

"안 돼요. 이렇게 계속 피가 나오고 있는걸. 괜찮아요, 목도리로 묶어줄게요. 당신, 성냥은 없어요?"

"아, 그래, 참. 오버코트 주머니에 회중전등이 있는데……."

더듬어보니 회중전등이 있다. 시험 삼아 버튼을 눌러보니 다행스럽게도 '확' 하고 불이 켜진다.

"웃옷을 벗어요……."

"응, 알았어."

웃옷을 벗자 와이셔츠가 피로 흠뻑 젖어 있다. 그 와이셔츠를 반쯤 벗기자 늠름한 팔에 폭이 넓은 청동팔찌가 감겨 있다. 그것은 뱀이 똬리를 틀고 있는 형태였다. 이 팔찌만은 언제 어느 때고 남자는 결코 빼지 않았고 나한테도 만지지 못하게 했다.

"안 돼요. 이 팔찌를 빼지 않으면······."

"괜찮아, 오토네. 빼도 돼. 하지만 그 전에 키스해줘."

남자의 눈동자가 다정하게 웃고 있다. 나는 남자의 양쪽 눈과 입술에 키스하고 살며시 팔찌를 벗겨냈다. 어깨에서 흘러나오는 핏줄기가 팔찌 아래를 흠뻑 물들이고 있다.

나는 그 피를 목도리로 닦아냈다. 그리고 보았던 것이다.

바로 그 문신을······.

우물 바닥에서

 남자의 왼팔에서 '오토네-슌사쿠'의 문신을 발견했을 때 내가 얼마나 놀랐는지!

 나는 이것과 같은 문신을 국제호텔에서 살해당한 남자의 왼팔에서 본 적이 있다. 그것과 똑같은 문신이 이 남자의 왼팔에 있다니, 대체 어찌 된 영문일까.

 아, 알았다. 이 남자는 어쩌면 살해당한 사촌 대신 나와 결혼해서 그 막대한 유산을 횡령하려던 건 아닐까. 아니, 아니, 하지만 그런 일은 불가능하다. 다카토 슌사쿠가 살해당했다는 사실은 구로카와 변호사도 잘 알고 있다. 이제 와서 대역을 할 수도 없다. 게다가 이 남자의 자신에 찬 다정한 눈매…….

나는 망연하여 그 문신과 남자의 얼굴을 번갈아 보았다. 내 머릿속에서 수백 개의 불꽃이 흩날렸다.

 "당신……."

 나는 커다랗게 숨을 들이쉬고 물었다.

 "이 문신, 어찌 된 거예요?"

 하지만 그 순간 "위험해!" 하고 외치며 남자가 늠름한 팔로 느닷없이 나를 감싸 안았다. 그 순간 쿵 하고 묵직한 소리를 내며 단무지돌 같은 커다란 돌이 내 뒤에 떨어졌다.

 "오토네, 회중전등을 꺼."

 아, 그런가. 회중전등 빛을 노리고 돌을 던진 건가. 나는 당황해서 불을 끄고 어둠 속에서 남자의 가슴에 달라붙었다.

 커다란 돌은 그 뒤로도 두세 개 연달아 떨어졌다. 다행히 내가 정신을 잃은 사이 우물 바닥 옆에 있는 커다란 홈으로 남자가 나를 들여놓았던 터라 위에서 던지는 단무지돌도 우리를 뭉개지는 못했다. 그래도 어둠 속에서 돌과 돌이 부딪쳐 튀어 오르는 소리를 듣자 나는 등골이 아파왔고, 남자의 가슴에 매달린 전신에서 식은땀이 흠뻑 흘렀다.

 커다란 돌이 연달아 서너 개 떨어지더니 위쪽에서 쾅 하고 뚜껑을 닫는 소리가 들렸다. 악한들이 우물 뚜껑을 닫은 것이다.

 남자는 나를 끌어안은 채 발을 옮겨 우물 위를 엿보았다.

"오토네, 이제 괜찮아. 어쨌거나 상처 치료를 해줘."

"회중전등을 켜도 돼요?"

"아, 이제 괜찮아."

회중전등을 켜보니 큰 돌이 대여섯 개 구르고 있다.

"위험했어요."

이런 경우조차 태연자약하게 흰 치아를 드러낸 채 웃고 있는 남자다. 그의 믿음직스러움이 이 순간만큼 강하게 내 가슴을 두드린 적은 일찍이 없었다.

나는 재빨리 상처를 동여매면서 머뭇머뭇 상대의 얼굴을 올려다보았다.

"이 문신은 어찌 된 거예요?"

"아, 그건 지금 얘기할게. 고마워. 치료가 끝나면 회중전등은 꺼두자. 어둠 속에서도 얘긴 할 수 있고 전지를 아끼지 않으면 안 되니까. 자, 이쪽으로 와. 안아줄게."

"네."

남자는 나를 무릎 위에서 끌어안더니 다정하게 머리카락을 어루만졌다.

"오토네, 넌 이제까지 몰랐었어?"

"몰랐다니, 뭘요?"

"내가 진짜 다카토 슌사쿠라는 걸……."

남자는 가급적 아무렇지 않게 말을 꺼냈지만 그 한마디만큼 내 혼을 뒤흔든 것은 일찍이 없었다. 숨이 멎는가 싶었다. 너무 놀라서 한동안 입도 벙긋할 수 없었다.

"오토네, 오토네."

남자는 힘껏 나를 끌어안았다.

"왜 가만히 있지? 왜 아무 말도 안 하는 거야?"

"당신, 당신."

곤혹스러워 나는 뭐라 말을 해야 좋을지 몰랐다.

"그럼 국제호텔에서 살해당한 사람은……."

"그건 내 사촌인 다카토 고로야. 숙부의 흉계로 나는 어릴 때 사촌과 이름도 신분도 바꿔치기당했지. 그 일에 대해서는 언젠가 나중에 자세히 얘기할게. 그 전에 꼭 알려줘야 할 게 있어. 내 말을 믿어주겠지?"

"네……."

나는 새어 나오려는 흐느낌을 간신히 억눌렀다.

"고마워. 나는 말이지, 네가 생각하는 것만큼 악당은 아니야. 그야 암거래상 같은 걸 했으니 여러 방면으로 알려져 있지만. 게다가 오토네, 난 너 아닌 다른 여자는 몰라. 나한테는 네가 첫 여자고, 그리고 단 하나의 여자야. 그것만은 믿어줘."

"당신……."

내 눈에서 어느샌가 눈물이 흘러넘친다. 눈물은 셔츠를 지나 남자의 가슴까지 스며들었다.

남자는 다정하게 내 머리를 쓰다듬었다.

"하지만 이렇게 말하면 아카사카의 유리코나 쓰루마키 식당의 도미코는 어떻게 된 거냐고 하겠지……."

"아뇨, 알겠어요. 그 사람들을 농락한 건 당신의 사촌이었군요."

"아, 오토네. 넌 알아주는군. 사촌은 나쁜 놈이었어. 보통은 슌사쿠로 통하면서 나쁜 짓을 할 때만큼은 본명인 고로를 댔지. 그 뒤치다꺼리를 내가 해왔어."

"미안해요. 어째서 난 지금까지 그걸 눈치 못 챘을까요."

내 눈에서 계속 눈물이 흘러넘친다. 하지만 그 눈물이 오래도록 나를 괴롭혔던 감정의 응어리를 없애준다.

"당신은 왜 그 사실을 나한테 말해주지 않았나요?"

"미안, 미안. 하지만 오토네, 누구든 살해당하는 건 싫지 않을까."

"살해당하다뇨……?"

"그래. 내 사촌을 봐. 다카토 슌사쿠란 이름을 대고 얼굴을 내미니 살해당했잖아. 게다가 그놈은 하룻밤에 세 남녀를 제물로 바치면서도 꼬리 하나 남기지 않는 무서운 놈이야. 그런 놈이 다카토 슌사쿠의 존재를 기뻐하지 않는데 살해당한 건 슌사쿠가 아니었다. 그건 슌사쿠의 사촌인 고로이고 진짜 슌사쿠는 나다. 그러면서 나와봐. 언제든 분명 날 노릴 거다. 난 그렇게 비겁하지도 않고 겁쟁이도 아니지만 밤에 던지는 돌멩이는 막기 어렵지. 범인을 모르니 그쪽이 노리면 막을 재간이 없어. 그러니까 당분간 제삼자로 숨어 있자고 결심했지. 하지만 그렇게 되면 걱정인 건 오토네, 너였어. 알겠어, 내 마음……?"

기쁜 폭로

나는 몸이 뜨거워져서 숨을 몰아쉬었다.

남자의 팔에 안겨 나는 몸도 마음도 녹을 것 같았다. 아아, 이 사람은 악당이 아니었다. 이 사람이야말로 언젠가 구로카와 변호사가 사진을 보여주었을 때 영문 모를 두근거림을 느꼈던 그 소년이었던 것이다. 지금까지 어째서 그것을 알아차리지 못했을까.

하지만 나는 여자다. 그리고 여자란 존재는 책략가인 것이다. 몸도 마음도 황홀해지는 행복감에 잠겨 있으면서도 나는 시치미 떼는 걸 잊지 않았다.

"안다니, 뭘요?"

"아하하, 능글맞긴. 알면서."

남자는 강하게 나를 끌어안고 뺨을 비볐다.

"나는 말이지, 국제호텔 복도에서 만났을 때 바로 너란 걸 알았어. 구로카와 씨 사무소에서 일하고 있어서 전부터 널 알고는 있었지만 그날 밤 네 아름다움에 난 매혹돼버렸지. 게다가 그때 넌 내 뒷모습을 바라보고 있었어. 오토네, 구로카와 씨가 네게 내 어린 시절 사진을 보여줬지? 그때 넌 잠재의식 속에 있던 사진의 모습을 내 안에서 보았던 게 아닐까?"

아아, 그랬던 거다. 그래서 내가 그렇게 영문 모를 행동을 했던 거야. 하지만 그 일도 이제 와 생각하면 기쁜 일이라고, 나는 남자의 가슴속에서 끄덕이고 있었다.

"그 사실…… 네가 바라보고 있었단 사실이 묘하게 내 가슴을 쥐어뜯었어. 게다가 그 뒤에 난 엄청난 사실을 알아차렸지."

"엄청난 사실?"

"다카토 슌사쿠가 죽었다는 사실. 비록 가짜였지만 다카토 슌사쿠라고 알려진 사람이 죽었다면 넌 그 남자와의 결혼에서 해방되겠지. 다카토 슌사쿠가 죽었다면 유언장이 어떻게 변경될지 모르지만 어쨌거나 너는 아름다워. 게다가 넌 학교도 마쳤고 결혼 적령기에 와 있지. 언제 어느 때 다른 혼담이 들어올지 몰라. 그걸 생각하니 난 가슴을 도려내는 것 같았어. 절대 널 아무한테도 넘겨주고 싶지 않았어. 어떻게 해서든 내 것으로 만들어두자고 결심했지. 그래서 그런 비상수단을 썼는데, 넌 그때 일에 화났어?"

"몰라요!"

난 무턱대고 남자의 가슴에 얼굴을 대고 떼쟁이처럼 도리질을 친다. 내 몸은 다시 뜨거워지고 그걸 막으려는 것처럼 숨이 거칠어진다.

"몰라요! 몰라! 못됐어!"

나는 주먹을 쥐고 남자의 가슴을 때렸다. 그러면서도 몸과 마음이 저릿해지는 행복감이 몸 안에 가득 차는 것을 느꼈다. 아아, 나는 잘못된 남자를 허락한 게 아니었어. 허락해야 할 남자를 허락한 거였어.

"그럼 이제 그때 일에는 화내지 않는군."

"당신……, 난 기뻐요."

"고마워, 오토네."

남자는 땀에 젖은 내 이마에서 머리카락을 쓸어 올리며 다정하게 입맞춤을 했다.

"우리는 특이한 결합을 했지만 당연히 이어져야 할 두 사람이었단 걸 부디 알아줘야 해."

"당신."

"응?"

"난 기뻐요. 유리코도, 도미코도 당신과는 아무 사이도 아니었군요."

"오토네, 난 단언해. 신께 맹세해도 좋아. 난 너 외에 다른 여자는 몰라. 오토네, 너야말로 괜찮은 거야?"

"괜찮다니요?"

"시가 라이조나 후루사카 시로하고 말이야."

"몰라요!"

나는 토라져서 몸을 빼려고 했지만 남자는 강하게 끌어안고 놓아주지 않았다.

"미안, 미안. 오토네, 암거래상 연회에서 널 놓치고 난 후 며칠 동안 난 지옥의 괴로움을 맛봤어."

"믿어줘요. 그 사람들과 손가락 하나라도 닿았다면 난 이렇게 기쁘게 당신 품에 안겨 있지 못해요."

어둠 속에서 우리는 격렬하게 입을 맞췄다. 오랫동안, 오랫동안 그러고 있었다.

한참 지나 나는 응석 부리듯 남자에게 물었다.

"그런데 당신이 슌사쿠라는 사실을, 어째서 좀 더 일찍 내게 알려주지 않았나요? 난 아무한테도 말하지 않았을 텐데."

"네가 순순히 믿어줄지 어떨지 알 수 없었어. 나 자신이 슌사쿠라는 증표가 될 만한 게 하나도 없었으니까. 숙부는 내가 장래 막대한 유산의 상속자가 될 거라는 사실을 알아냈지. 그래서 자기 아들인 고로에게 내 왼팔에 있는 것과 똑같은 문신을 새기게 하고 굉장히 교묘하게 나와 고로의 신분을 바꿔치기했어. 나는 어릴 때 양친을 잃고 숙부에게 신세를 지고 있어서 숙부의 명령이라면 무엇이든 듣지 않으면 안 되었지. 숙부는 나와 고로 두 사람을 데리고 태어난 고향인 구라시키(倉敷)에서 오사카로 거처를 옮겼어. 그 이후 나는 고로, 사촌은 슌사쿠로 지내왔던 거야. 그래서 나야말로 진짜 슌사쿠라는 사실을 증명해줄 사람은 하나도 없어. 단 한 가지의 증거 외에는……."

"단 한 가지의 증거라니요?"

"손도장과 지문 말이야, 오토네. 요전에도 네게 얘기했었지. 다카토 슌사쿠도 이 탑에 와서 손도장과 지문을 찍었다는 거."

"아, 그럼 당신도……."

"그래. 내가 이 탑에 온 건 너보다 나중이었던 게 분명해. 언젠가 네가 얘기해주었듯 나도 눈을 감으면 생각이 나. 밝은 방 안에 나와 겐조 노인이 앉아 있었어. 그 무렵 겐조 노인은 여든 가까운 나이였지. 백발을 길게 기르고 수염을 가슴까지 늘어뜨리고 양복을 입고서 단정히 무릎을 꿇고 앉아 있었어. 나는 열 살인가 열한 살 정도로, 금색 단추를 단 학생복 차림이었지. 그리고 두 사람 앞에 펼쳐진 금실로 수를 놓은 비단 두루마리에는 붉은 이파리처럼 귀여운 손도장이 두 개, 그 위에는 열 손가락의 지문이 하나씩 찍혀 있었어. 나한테도 양손의 도장과 지문을 찍으라고 노인은 말했지. 그리고 유치원생 정도로 보이는 귀여운 여자아이의 사진을 보여주더니 여기에 손도장을 찍어두면 장래 이 여자아이가 네 신부가 되고 두 사람은 큰 부자가 될 거라고 노인은 말했어. 그 무렵 나는 아이였으니 재산 같은 건 아무래도 좋았지만 그 사진 속 여자아이가 귀여워서 참을 수 없었어. 어린 마음에도 '이런 귀여운 여자아이를 신부로 맞을 수 있다면!' 하는 생각에 나는 기쁘게 손도장과 지문을 찍었지. 그때 난 노인에게 여자아이의 이름을 물었어. 그때 노인이 가르쳐주었지. 미야모토 오토네라고……."

남자는 거기서 한 번 숨을 쉬었다.

"그럼에도 불구하고 내가 이 삼수탑의 행방을 몰랐던 이유는, 나는 구라시키에서 자동차로 여기까지 왔는데 오는 내내 눈가리개를 하고 있었어. 분명 겐조 노인은 숙부를 경계했겠지."

악령

"그럼 그 두루마리는 이 탑 안에 있는 건가요?"

"아, 있을 거야. 그때 노인은 이렇게 말했어. 이 두루마리는 소중하게 이 탑 안에 숨겨둘 테고, 언젠가 네게 도움이 될 거라고……. 노인은 그때 이미 대역이 나타나지나 않을까 겁을 냈던 모양이야."

"그 두루마리만 손에 넣으면 당신이 다카토 슌사쿠라는 사실을 증명할 수 있단 거죠?"

"그래. 지문만큼 확실한 신분증명서는 없으니까. 거기엔 노인이 '다카토 슌사쿠의 손도장과 지문'이라고 썼고, 게다가 같은 두루마리의 같은 종이에 네 손도장과 지문이 찍혀 있어.

그만큼 확실한 증거는 없지."

아아, 이 사람이 다카토 슌사쿠라면 누구 한 사람 죽일 필요가 없지 않은가. 숨겼던 두루마리를 손에 넣어 자신이 다카토 슌사쿠라는 사실을 증명하고 나와 결혼하면 겐조 노인의 유산을 상속할 수 있는 것이다. 뭐가 좋아 피를 흘리겠는가. 뭐가 좋아 남을 죽이겠는가.

그 사실이 더할 나위 없이 나를 안심시키고 기쁘게 했다. 나는 지금까지 너무나 엄청난 피바다를 건넜고, 또 때로는 이 사람을 의심한 적도 있었으니까.

나는 쾌적한 요람에 있는 것처럼 남자의 무릎에 몸을 맡기고 있었지만 갑자기 무서운 불안감이 뱃속에서 치밀어 올라왔다.

"하지만 그 두루마리를 후루사카 시로가 어쩌지 않았을까요?"

"오토네, 그 일이라면 나도 생각해봤는데 시로가 두루마리에 대해 알 리가 없다 싶어."

"하지만 그 사람, 다케우치 다이지의……."

"응, 자손이 분명해. 아까 본 다이지의 목상과 시로가 두드러지게 비슷한 걸 봐도. 후루사카 시로는 분명 다케우치 준고의 아들임에 틀림없어."

"다케우치 준고라면 겐조 할아버님이 미국에 데려와서 상속인으로 삼으려던 사람이죠."

"그래. 겐조 노인은 옛날의 죗값을 치르려고 자기 손에 죽은 남자의 자손에게 재산을 물려주려고 했던 거야. 하지만 준고가 몹쓸 인물이라 절연의 대가를 주어 일본으로 쫓아 보냈다고 언젠가 구로카와 씨가 얘기했지. 그게 쇼와 5년(1930년)의 일이라고 했으니 준고가 일본에 돌아와서 결혼하고 아이를 만들었다 쳐도 딱 후루사카 시로 정도의 연령이 돼. 하지만 우리가 겐조 노인의 지시로 손도장과 지문을 찍은 것은 쇼와 12년(1937년)의 일이니까 준고와 연을 끊고 7년이나 지나서의 일이 되지. 정나미가 떨어져서 인연을 끊은 남자에게 노인이 그토록 중요한 일을 털어놨을 리가 없어. 아무리 일본에 돌아와 준고를 만났다 해도……. 그렇다면 준고가 모를 일을 자식인 시로가 알 거라고는 생각이 안 돼."

"듣고 보니 그러네요."

나는 다소 안심했다.

"하지만 후루사카 시로가 삼수탑의 사진을 가져온 걸 보면 그건 아버지인 준고가 촬영한 게 틀림없어. 준고는 겐조 노인이 일본에 돌아와 이 공양탑을 지은 것을 알고 있었겠지. 혹은 노인과 만나 유산 문제에 대해 물어봤을지도 몰라. 그래서 그 자식인 시로가 아버지의 뜻을 이어 사타케의 자손과 접촉한 게 아닐까. 아버지의 경우엔 복수심이었겠지만 자식의 경우는 색과 욕의 두 갈래 길이었겠지."

"그럼 다케우치 준고란 사람은……?"

"이미 죽지 않았을까. 지금까지 한 번도 그럴듯한 사람이 얼굴을 내민 적이 없는 걸 보면. 3년쯤 전에 겐조 노인에게 협박장이 갔다는데 그 후 사망했던지 아니면 자식인 시로가 아버지의 이름을 썼던지……. 하지만 그건 문제가 아냐. 준고는 사망했다 쳐도 준고의 의지랄까 악령이랄까, 그것은 시로의 혼 안에 살아 있으니까. 어쩌면 준고 본인보다 시로 쪽이 더 할지도 모르고."

나는 정말 그렇다고 생각했다. 언젠가 에도가와 아파트에서 면도날을 들이대던 시로의 얼굴은 인간 같지가 않았다.

"그럼 이번 살인사건은 죄다 시로의 짓일까요?"

"그게, 그렇다고 단정할 수가 없다는 데에 이번 살인사건의 어려움이 있어."

"그럼 시로가 아닌가요?"

"역시 시로는 무서운 놈이야. 여차하면 살인도 할 놈이지. 하지만 그놈에게는 알리바이가 있고, 이번 사건처럼 꼬리에 꼬리를 물고 계획적으로 진행시킬 수완이 있다고는 생각되지 않아. 이번 사건의 범인은 좀 더 세상 물정에 밝은 거물일 게 뻔해."

하지만 주위를 둘러봐도 그런 거물이 있다고는 생각되지 않는다. 이 사람이 말하는 것은 다테히코 삼촌일까.

"거물이란 누구……?"

"아니, 그건 나중에 의논하기로 하고 그보다 우선 이 우물 안을 탐험해보지 않겠어? 오토네, 무릎에서 내려와 줘."

남자는 왠지 말을 흐렸지만 나는 눈치채지 못하고 순순히 일어났다.

이런 말을 하면 거짓말로밖에 생각되지 않겠지만 그때까지 나는 우물 바닥에 갇힌 현재의 입장을 거의 생각하지 못했던 것이다.

남자의 태연자약한 태도가 나를 안심시켰고, 이 남자와 함께 있는 이상 내 몸에 위험이 닥칠 리가 없다고 나는 어느새부턴가 미신적인 신뢰를 남자에게 보내고 있었다. 게다가 방금 남자가 들려준 기쁜 폭로로 인해 나는 너무 좋아서 어쩔 줄 모른 나머지 현재의 처지도 잊어버렸던 것이다.

하지만 남자가 회중전등을 켜고 새로이 주변을 둘러보았을 때 나는 새삼 뭐라 말 못할 불안감에 사로잡혔다.

아아, 우리는 살아서 다시 이곳을 나갈 수 있을까.

우물 바닥에서*

 우리가 지금 있는 장소는 아까도 말했듯 우물 바닥에서 한 칸 정도 파인 자리였다. 그것은 밥공기를 옆으로 세워 아래쪽 절반을 잘라낸 것 같은 형태를 하고 있었다. 어째서 그런 홈이 생겼는지 모르지만 우리는 이 홈 덕분에 단무지돌을 피할 수 있었던 것이다.

 토질은 불그스름한 갈색으로 퇴색된 점토질로, 아까부터 뚝뚝 물방울이 떨어지고 있었지만 그 물도 우물 바닥에 고이

---

* 이 소제목 '우물 바닥에서'는 별다른 이유 없이 두 번이나 쓰였다. 아마 작가 요코미조 세이시가 연재하면서 실수로 같은 소제목을 두 번 쓴 듯하다.

지는 않고 어딘가 땅속에 흡수되는 것 같았다.

"옛날에는 이래 봬도 진짜 우물이었겠지. 그게 지진 같은 걸로 지하층에 변화가 생겨 빈 우물이 되어버렸을 거야. 덕택에 우린 살았지만……."

남자는 그렇게 말하면서 점토 벽을 톡톡 두드리고 있다.

"뭘 하는 거예요?"

"뭐, 소설 같은 데 보면 빈 우물 벽에 구멍이 있잖아. 하지만 분하게도 이 우물에는 그런 로맨틱한 장치는 없는 듯하군."

남자의 말대로였다. 시험 삼아 나도 벽을 두드려봤지만 그 것은 묵직한 소리만 낼 뿐 아무 반향도 없었다.

"그만해, 오토네. 아무리 두드려도 소용없어. 이게 단순한 빈 우물에 지나지 않는다면 우리가 살 길은 아까 떨어진 본전의 구멍밖에 없어."

남자는 홈에서 나와 회중전등 빛을 위로 비췄다. 그 빛줄기는 아무리 해도 우물 뚜껑까지는 닿지 않았다.

"우물의 깊이는 어느 정도예요?"

"글쎄, 30미터는 되지 않을까? 아까 떨어진 감으로는……."

"그런데 용케 상처가 없었네요."

"응, 내 경우엔 도중에 뭔가 붙잡았어. 자, 저걸 봐."

남자가 회중전등을 아래로 비추자 거기에 굴러떨어진 단무지돌에 깔려 사다리 같은 것이 흩어져 있다. 살펴보니 그것은 이미 완전히 썩은 목제 사다리였다.

　"나는 무의식중에 저걸 붙잡았어. 그러자 저게 우지끈 부러지면서 사다리와 함께 떨어졌지. 그때 어딘가에 어깨를 부딪힌 거야."

　회중전등을 위로 향하자 10미터 정도 위쪽의 우물 측면에 부러진 사다리 끝이 늘어져 있었다.

　생각하건대 여기가 우물이 된 후 누군가가 여기에 사다리를 세웠겠지. 어쩌면 바닥의 홈도 뭔가를 저장하기 위해 판 것일지도 모른다. 하지만 그것도 꽤 오래전부터 사용되지 않았고 사다리도 부패한 채 방치되어왔을 것이다.

　그 생각을 하면 오싹하다. 혹시 그 사다리가 없었다면 어땠을까. 구멍에서 여기까지 낙하했다면 아무리 몸이 가벼운 이 사람이라 해도 분명 이 정도로 끝나지 않았겠지. 그리고 이 사람이 제대로 받아주지 않았다면 나 역시 그때 살도 뼈도 바스러져서 지금쯤은 이 사람과 삼도천(三途川)을 건넜을지도 모른다.

　회중전등으로 조사해보니 위에서 내려와 있는 사다리 하단까지 넉넉잡아 10미터는 될 것 같았다. 두 사람의 신장을 더해도 도저히 거기까지는 닿지 않는다. 가령 어떤 방법을 써서 거기까지 닿는 일이 가능하다 하더라도 이렇게 부패한 상태로는 한 사람의 무게도 버티지 못할 것이다.

나는 새삼 불안감이 사무쳤다.

남자는 잠자코 우물 지름을 재고 있었으나 이 우물은 상당히 넓어서 남자가 양손을 펼치고 몸을 가로로 눕혀도 그 지름에는 미치지 못했다. 혹시 양손을 뻗어 닿는다면 남자는 양손과 양다리로 다리를 걸치듯 해서 위로 올라갈 작정이었겠지.

그것도 불가능하다는 것을 확실히 알게 되고 당장은 탈출할 방법이 없다는 것을 확인하자 남자는 가볍게 어깨를 으쓱이고는 다시금 아까의 홈으로 돌아와 앉았다.

"오토네, 이쪽으로 와. 거기 서 있으면 위험해. 위에서 또 뭐가 떨어질지 몰라."

"네. 하지만……."

나는 남자 옆으로 다가섰다.

"어디로도 빠져나갈 수 없다면 우린 어쩌죠?"

"뭐, 언젠가 누가 구하러 오겠지."

남자는 천연덕스럽게 말했다.

"인간이란 좀처럼 죽지 않는 존재야. 그보다 외려 끙끙 앓는 편이 훨씬 나빠. 오토네, 마음 졸이지 않는 편이 좋아."

"아뇨, 나 아무것도 걱정 안 해요. 당신과 함께라면 죽어도 좋아요. 그럴 생각으로 뛰어내렸으니까."

"오토네, 고마워."

남자는 다시금 나를 무릎 위에서 끌어안았다.

"오토네, 난 강한 척하거나 안심시키려고 이런 말 하는 게 아니야. 언젠가 구조의 손길이 올 거라는 확신이 있어. 우선은 백로탕이겠지. 거기서는 우리가 오늘 여기 왔던 걸 아니까. 그러니 우리가 돌아오지 않으면 분명 이 탑으로 찾으러 올 거야. 그리고…… 또 한 사람, 삼수탑의 행방을 아는 사람이 있을 거야. 도쿄 쪽에……."

"누구죠, 그 사람? 혹시 긴다이치 코스케……?"

"아니, 긴다이치 코스케는 아냐."

"그럼 누구예요, 그 사람은?"

"헬렌 네기시를 죽인 범인."

"어머!"

나는 무심코 눈을 크게 떴다.

"어째서 그 범인이?"

"네가 말했었지. 후루사카 시로의 트렁크는 자물쇠가 부서져 있었다고……."

"앗!"

"그렇잖아. 후루사카 시로든 누구든 그렇게 중요한 걸 자물쇠가 부서진 트렁크에 넣어둘 리 없지. 그러니 누군가가 너보다 한 발 먼저 자물쇠를 부수고 트렁크 속을 조사한 게 분명해. 그건 분명 헬렌 네기시를 살해한 범인일 거란 추리는 억지가 아니다 싶은데……."

생각해보니 그 봉투 입구는 난폭하게 뜯겨 있었다.

"그 사람은…… 그 범인은 왜 사진을 가져가지 않았을까요?"

"그건 너보다 빈틈없다기보다…… 세상 물정에 밝기 때문이겠지. 자물쇠가 부서져 있었다는 것만으로는 후루사카 시로도 범인이 트렁크 속을 어지르고 갔지만 사진에는 신경이 미치지 못했을 거라고 안심할지도 모르잖아."

"미안해요. 그럼 내가 사진을 가지고 나오면 안 되었던 거군요."

"괜찮아, 괜찮아. 너로선 삼수탑 사진을 나한테 보여주고 싶었을 테니까. 게다가 네가 사진을 가지고 나왔기 때문에 후루사카 시로는 범인도 그 사진을 보았다는 사실을 눈치채지 못했을지도 모르니까."

"당신."

나는 남자의 가슴에 매달려 무심코 숨을 몰아쉬었다.

"그럼 그 범인이 우리를 죽이러 여기로 올 거라는 건가요?"

남자는 잠자코 내 등을 쓰다듬고 있었지만, 이윽고 왜인지 갈라진 목소리로 말을 이었다.

"오토네, 도쿄 같은 혼잡한 도시에서라면 범인이 누구든 도리어 남의 눈에 띄지 않고 행동할 수 있어. 실제 내가 그랬지. 하지만 일단 도쿄를 떠나 이런 촌구석에 와봐. 바로 남의 눈에 띄지. 아니, 다른 사람은 몰라도 한 사람, 알아차릴 인물이 있잖아."

"그건 누구?"

"긴다이치 코스케."

나는 반사적으로 고개를 들고 남자를 보았다. 남자는 악동 같은 미소를 지으며 내 볼에 키스했다.

"더없이 얄궂은 일이지. 어제의 적은 오늘의 동지. 어쩌면 우리를 도와줄 사람은 긴다이치 코스케밖에 없을지도 몰라. 아하하."

아, 그렇다. 이 사람이 진짜 다카토 슌사쿠라면 우리가 그 사람을 두려워할 필요는 조금도 없는 거다. 그렇게 생각하니 지금까지 그토록 얄미웠던 긴다이치 코스케란 사람의 배후에서 후광이 비치는 것처럼 생각되었다. 타산적인 인간이기 때문일까.

동성애 지옥

하지만 그렇다고 해서 내 불안이 완전히 해소된 것은 아니었다.

"저, 호넨 스님은 이 사건에서 어떤 역할을 하는 건가요? 그 사람은 왜 갑자기 적으로 돌아선 거죠?"

"아, 나도 아까부터 그 생각을 했는데…… 후루사카 시로와 사타케 유카리가 있었다고?"

"네, 기토 쇼이치도 있었어요."

"기토 쇼이치가……? 그 두 사람은 왜 기토 쇼이치를 여기 데려왔지?"

"그게 무슨 뜻……?"

"사타케 유카리에게는 후루사카 시로라는 안성맞춤의 짝이 생겼잖아. 기토 쇼이치에게는 더 이상 용건이 없을 텐데. 굳이 이런 곳까지 데려오지 않아도……."

"어쩌면 그 사람이 다케우치 준고가 아닐까요? 그리고 부자가 각자 사타케 일족에게 촉수를 뻗쳤던 거라면요?"

"아하하."

남자는 목구멍으로 낮게 웃었다.

"오토네, 네 생각은 드라마틱하고 재미있지만 그건 그렇지 않아. 난 관계자 일동의 출신성분을 자세히 조사했어. 기토 쇼이치는 옛날부터 기토 쇼이치야. 그놈은 그런 사나운 얼굴과 몸을 하고 있지만 근본은 소심한 남자야. 나무인형 같은 남자라고. 유카리 같은 작은 아가씨한테 조종당하는 남자니까."

"유카리와는 어떤 관계인가요?"

"유카리의 아버지가 죽은 후 어머니가 유카리를 데리고 재혼했어. 하지만 그 모친이 죽자 어느샌가 관계를 가지게 된 거지."

그리고 나중 일은 나도 듣고 싶지 않았다. 그 한심한 구경거리를 생각하니 나는 지금도 불쾌한 응어리가 해소되지 않는 기분이었다.

"그러니 시로든 유카리든 여기까지 남자를 데려올 필요는 없다 싶은데……. 아니, 거기서 더 이상한 건 호넨이야. 난 사전에 이 부근에서 여러 가지 정보를 수집했었는데 그렇게 나쁜 사람은 아니다 싶었어. 그런데 왜 시로나 유카리에게 연루되었는지…….”

"그래요, 참. 호넨 스님은 나까지 밀어 떨어뜨릴 작정은 아니었어요. 하지만 유카리가 이상한 말을 했어요, 스님에게. 나는 무슨 말인지 못 알아들었지만…….”

"이상한 말이라니, 무슨?”

"그 여자는 당신의 연적이라고…….”

그 순간 나를 안고 있던 남자의 몸이 꿈틀하고 떨렸다. 남자는 내 얼굴을 들여다보았다.

"그 여자란 널 말하는 거로군. 그리고 그 자리엔 후루사카 시로도 있었지.”

"네.”

"시로는 널 어쩌려고 했지? 널 도우려 하지 않았어?”

"네. 그랬더니 유카리가 그렇게 말한 거예요. 유카리가 한 말은 무슨 뜻이죠?”

한동안 침묵하고 있던 남자는 이윽고 내 머리카락을 만지작거리면서 목구멍에 무언가 걸린 듯한 소리로 말했다.

"오토네, 미안해. 내 부주의로 너까지 그런 위험한 일을 겪

게 해서……. 내가 좀 더 빨리 그걸 알아차렸어야 했는데."

"아뇨, 난 아무래도 좋아요. 난 당신과 같이 죽는 게 기뻐요. 하지만 '그거'라니 무슨 말이에요?"

"오토네, 난 후루사카 시로를 굉장히 신경 쓰고 있었어. 네가 사진을 가져갔다는 걸 알아차린다면 시로 놈, 분명 이쪽으로 손을 뻗을 게 분명하니까. 그리고 이런 시골에서는 도시에서 사람이 오면 모를 리 없지."

"네, 그래서……?"

"그럼에도 시로의 소식은 어디에서도 들려오지 않았어. 그게 나한테는 이상하기 짝이 없었는데, 몰랐던 것도 무리가 아냐. 호넨이 놈을 숨겨주고 있었던 거야."

"그럼 호넨 스님과 그 사람은 어떤 관계인가요?"

"오토네, 백로탕의 시즈가 이렇게 말했지. 지금부터 1년 정도 전에 삼수탑에는 호넨 외에 또 한 사람, 젊은 제자가 있었다고……."

"네."

"그리고 그 제자가 없어져서 호넨은 굉장히 신경질이 늘었다고……."

"네, 그래서……."

"오토네, 시로가 가지고 있던 두 장의 사진 중 삼수탑의 전경 쪽은 내가 갖고 있던 것과 마찬가지로 굉장히 오래된 것이었지만 세 개의 머리를 찍은 사진은 최근 것이었잖아. 게다가 시로의 트렁크 속에는 카메라가 있었다고 네가 말했었지."

"어머, 그럼 1년 전에 여기 있던 젊은 제자란……?"

"시로였다고 생각해도 무방하겠지. 다케우치 준고는 3년 전에 미국으로 협박장을 보내고 얼마 되지 않아 죽은 게 분명해. 그때 시로에게 대충 상황을 설명했던 거야. 그래서 시로는 처음으로 복잡한 사건의 경위를 들은 거지. 하지만 역시 여러 가지 모를 일이 있어서 일단 가장 먼저 삼수탑에 온 다음 말재간을 부려 호넨을 꼬드겨 제자로 들어갔다……. 그렇게 생각하면 부자연스러울까."

"아뇨, 아뇨."

나는 숨을 몰아쉬었다.

"그래서…… 그때 시로가 세 개의 머리를 사진으로 찍은 거군요."

"그래. 하지만 그것만이 아니라 그때 시로는, 시로는……."

남자는 뭔가 말하기 껄끄러운 듯 말을 흐렸다.

"당신."

나는 남자의 얼굴을 올려다보면서 양손을 남자의 목에 둘렀다.

"그때 시로는 어떻게 했나요? 뭔가 알아차렸다면 전부 말해줘요. 어차피 죽는 거라면 난 전부 알고 죽을래요. 어금니에 뭔가 낀 것 같은 이런 기분으로 죽고 싶지 않아."

"오토네, 자꾸 죽는다, 죽는다, 그렇게 함부로 말하지 마. 우리는 마지막의 마지막까지 희망을 버려선 안 돼. 그런데 지금 한 말은 말이야."

남자는 내 귀밑에 키스했다.

"오토네는 남자가…… 그러니까 호넨 같은 남자가 다른 남자, 이를테면 시로 같은 미모의 소년을 사랑하는 경우가 있단 걸 알아? 그것도 육체적으로……."

그 순간, 내 전신에 차가운 오한이 전파처럼 지나갔다. 그것은 격렬한 분노와 거무죽죽한 혐오감이 뒤섞인 오한이었다.

아무리 '맑고 바르고 아름답게'라고는 해도 나도 전쟁 후에 자란 여자다. 호모나 레즈비언 같은 말이 무엇을 의미하는지 정도는 알고 있다.

전쟁 후의 혼란스런 세상에서는 남자도 여자도 성에 대한 도덕이나 규율을 잃고 동성애의 악덕에 빠진 사람이 상당히 많다고 들었다. 게다가 이런 악덕은 현대에 시작된 게 아니라 옛날부터 있었다는 사실도 안다. 〈구약성서〉에도 나와 있고 일본의 경우 전국시대 무장이나 승려들 사이에서는 당연한 것으로 여겨졌다고 한다.

나는 처음으로 유카리가 뱉은 말의 의미를 확실히 깨달았다.

'스님, 그 여잔 당신의 연적이에요.'

내 전신에 다시금 격렬한 분노와 거무죽죽한 혐오감이 전류처럼 스쳐 지나갔다.

이 사건 관계자에게는 한심할 만큼 추잡한 일들이 따라다녔으나 방금 들은 이야기만큼 내 혐오감을 부른 것은 없었다. 남자의 가슴에 얼굴을 묻은 내 몸에 분노와 굴욕에서 오는 전율이 몇 번이나 날카롭게 스쳐갔다.

"아아, 너도 아는군."

남자는 다정하게 내 등을 쓰다듬었다.

"그건 더없이 한심하고 인륜에도 어긋나는 짓이야. 하지만 일단 동성애 지옥에 빠지면 끝이야. 그건 마약을 맛본 것과 같다고 해. 이성 애인일 경우와 달라서 대상이 동성일 경우, 선택의 범위가 한정되지. 자기 취향에 맞는 사람이 있어도 상대가 같은 취미에 탐닉해줄지 어떨지는 모르니까. 호넨에게 원래 그런 취미가 있었는지, 시로에게 유혹당해 동성애 지옥에 빠졌는지, 어쨌거나 그렇게 되고 나서 호넨은 분명 시로의 뜻대로 조종당하게 되었겠지."

"그렇게 해서 호넨 스님한테 필요한 정보를 얻은 다음 시로는 도쿄로 나간 거군요."

"그래. 호넨은 삼수탑을 지킬 정도니 상당히 여러 가지 일을 알고 있었을 게 뻔해. 적어도 사타케 일족 중의 누군가를. 예를 들어 시마바라 아케미 정도는 어떻게 알고 있지 않았을까."

그 시로가 지금 삼수탑에 돌아와 있다. 그리고 호넨이 일그러진 정열의 포로가 되어 시로의 뜻대로 조종당한다면 아아, 우리는 이제 구조될 길이 없다.

내가 그 말을 하자 남자는 부드럽게 목소리를 높였다.

"오토네, 그렇게 매사를 죄다 비극적으로 봐서는 안 돼. 난 이제야 시로가 기토 쇼이치를 여기 데려온 이유를 알 것 같아."

"그게 무슨 말이에요……?"

"시로는 유카리와의 관계를 호넨에게 숨기고 싶지 않았을까. 그 관계를 위장하기 위해서는 기토 쇼이치의 존재가 필요했을 거야. 유카리는 기토 쇼이치의 정부니까 자신과는 아무 관계도 없다고 해두고 싶어서 말이지."

"그래서요……?"

"그런데 진상이 밝혀진다면, 시로와 유카리의 관계를 알게 된다면 호넨이 어떻게 나올까. 그들 사이에 분열이 생기지 않을까……? 그러니 우리는 마지막의 마지막 순간까지 희망을 버리지 말고 참을성 있게 탈출 기회가 오기를 기다려야 하는 거야."

하지만 남자가 그렇게 이야기한 것은 그저 나를 실망시키지 않으려는, 겁먹지 않도록 하기 위한 친절이라는 것을 나는 잘 안다. 그리고 내게 있어 그런 건 아무래도 좋았다.

이 남자와 함께 구조되어 결혼하고 막대한 유산을 상속받는다면 물론 그보다 기쁜 일은 없겠지만, 여기서 이렇게 이 남자와 함께 죽는다 해도 나는 상관없다. 나는 그저 이 남자와 함께 있고 싶다. 이 사람과 함께라면 나는 언제든 행복하다.

갑자기 나는 격렬한 정열의 폭풍우에 사로잡혔다.

"날 안아줘요……. 당신의 강한 팔로 힘껏 안아줘요……."

"좋아!"

남자는 회중전등을 끄고 어둠 속에서 돌연 나를 끌어안았다. 그리하여 컴컴한 지하에서 기묘한 우리들의 애정 생활이 시작되었던 것이다.

남자가 기대했던 것과 같은 구조의 순간은 좀처럼 오지 않았다. 그 사실…… 즉, 살아서 두 번 다시 이곳을 나갈 수 없을지도 모른다는 자포자기의 심정과 지하의 어둠이라는 이상한 환경이 우리들로부터 인간다운 수치심이나 조심성을 앗아가 버렸다. 살아 있는 동안 서로의 애정의 샘을 퍼 올리고자 우리는 어둠 속에서 두 마리 굶주린 야수처럼 얽혀서는 떨어지지 않았다.

하지만 그럴 때도 남자는 역시 이성적이었다. 그는 손목시계의 태엽을 감는 일을 잊지 않았고 하루 밤낮이 지나면 점토 벽에 줄을 하나씩 그었다. 그리고 그 줄이 세 개가 되었을 때 우리는 맹렬한 굶주림에 시달리지 않으면 안 되었다.

처음에 우리는 우물 바닥에 있는 이끼를 뜯어 먹었다. 그리고 그런 곳에도 이따금 기어가는 게를 부숴 먹기도 했다. 하지만 그런 것이 배를 채워줄 수 있을까. 또 언제까지 계속될까.

"오토네, 인간이란 굶주림 때문에 죽는 일은 좀처럼 없어. 난 언젠가 27일간 지하에 생매장되었다가 구조된 남자의 기록을 읽은 적이 있어. 인간에게 필요한 건 음식보다 물과 공기야. 다행히 물과 공기는 여기에 충분해."

남자는 또 이렇게 말했다.

"여차하면 내 살을 도려내서라도 네게 먹여줄게."

"싫어요, 그런 거……."

하지만 나는 남자가 그 정도로까지 나를 사랑해주는 게 기뻤다.

"날 안아줘요……. 당신의 몸으로 나를 뜨겁게 해줘……."

"응, 좋아……."

이상한 건 그 무렵까지 굶주림조차도 우리의 정열의 불꽃을 꺼뜨리지는 못했다는 것이다.

 그로부터 다시금 점토 벽에 줄이 네 개 늘었을 때 우리의 신변에 이상한 일이 일어났다.

구조의 손길

7일에 이르는 절식과 무분별한 성생활은 역시 내 육체에서 레몬을 짜듯 정력을 쥐어짰다.

나는 이미 기아에서 오는 위의 맹렬한 아픔도 느끼지 못하고 종일 나른한 권태감에 꾸벅꾸벅 졸고 있는 일이 많아졌다. 그런 나를 격려하고 위로해준 것은 속삭이는 듯한 남자의 목소리였다. 남자도 굶주리고 있었다. 그럼에도 불구하고 그는 늘 말을 걸어주고 이따금 내 손발을 문질러 데워주었다.

말하는 것을 깜박했는데, 2월이라는 날씨에도 불구하고 땅밑은 그리 춥지는 않았다. 그 사실이 우리를 동사에서 구해주었지만 그래도 굶주림이 심해짐에 따라 내 손발은 얼음처럼 차가워졌다. 그것을 남자가 끈기 있게 문질러 조금이라도 따뜻하게 해주려고 애썼던 것이다.

그때도 남자가 다리를 문질러주고 있었다. 나는 꾸벅꾸벅 졸고 있었으나 갑자기 멀리서 꿈인지 생시인지 모를 비명 같은 게 들렸나 싶더니 이윽고 쿵 하고 땅이 울리는 소리가 들렸다.

"이게 무슨 소리예요?"

"오토네, 가만있어. 누가 떨어진 것 같아."

남자는 홈에서 나가 위를 향해 소리쳤지만 뚜껑은 이미 닫혀 아무 응답도 없다.

"오토네, 회중전등을 줘."

"네, 여기……."

남자는 최근 좀처럼 쓰지 않던 회중전등을 켜더니 거기 납작하게 뻗어 있는 누군가의 머리카락을 움켜쥐고 얼굴을 살폈다.

"앗!"

곧바로 힘은 없지만 날카로운 소리를 낸다.

"누구……?"

"기토 쇼이치……."

"어머."

나는 휘청거리며 일어나려 했다.

"오토네, 이쪽으로 오면 안 돼. 기토는 살해당했어."

"살해당해요……?"

"응, 등에 비수가 꽂혀 있어."

"피가 많이 흘러서 오지 말라는 건가요……?"

어처구니 없는 질문을 했다. 그때 반은 잠들고 반은 깬 상태였던 나는 사람이 살해당했다는 것도 딱 머릿속에 와 닿지 않았다.

"아니, 다행히 피는 흐르지 않아. 이 비수는 뽑지 말고 두자. 피가 흘러나오면 성가시니까. 오토네."

"네……."

"이걸로 내 예상이 적중했다는 걸 알겠지. 분열이 시작된 거야. 기토를 죽인 게 호넨인지 시로와 유카리 커플인지, 거기까지는 아직 모르지만……."

오랜만에 이상한 사태가 일어나자 남자의 목소리는 다소 활기를 띠었으나 나로서는 그런 건 아무래도 좋았다. 남자의 목소리를 자장가처럼 들으면서 나는 다시금 꾸벅꾸벅 수마에 몸을 맡겼다.

그때였다. 갑자기 남자가 더없이 기쁜 듯 외쳤던 것이다.

"오토네! 오토네! 정신 차려. 먹을 거야. 먹을 거라고. 기토 쇼이치가 주먹밥을 가져왔어."

그 일만은 지금도 수수께끼지만 그때 기토 쇼이치는 아기 머리통만 한 커다란 주먹밥 여섯 개를 대나무 껍질에 싸서 등에 지고 있었다.

분명 동료들의 분열에 불안해지고 신변에 위험을 느낀 기토 쇼이치는 동료를 등지고 자기 혼자 탈주하려고 했을 테지. 남자도 지적했다시피 기토 쇼이치는 얼굴이나 몸집에 어울리지 않게 소심한 남자였으니까.

그걸 동료들에게 들켜 살해당했을 거라고들 하지만 직접 해친 사람은 누구인지 지금도 정확지 않다. 그러나 등에 꽂힌 단도 손잡이에 지문이 없었던 걸로 보아 그렇게까지 용의주도하게 행동할 만한 사람은 후루사카 시로 외에는 없다고들 한다.

하지만 다른 곳에서 살해당해 구멍까지 옮겨진 것은 확실했다. 그 일은 한 사람의 힘으로는 감당하기 어려운 일이다. 기토 쇼이치는 남들의 배가 넘는 커다란 체구를 지니고 있었으니까. 하지만 공범자가 누구이건 간에 그들은 이 빈 우물을 알고 있었으니 분명 범인은 시로와 유카리, 어쩌면 호넨도 한패였던 것은 아닐까 싶다.

어느 쪽이건 간에 기토 쇼이치가 지고 있던 주먹밥이 당장의 굶주림을 면하게 해주었다. 하지만 솔직히 말해 나는 그때 조금도 식욕을 느끼지 못했다.

"바보! 바보! 그렇게 기가 약해서 어떡해. 하지만 절식 후에 갑자기 주먹밥을 먹고 몸을 해치면 안 되니까 내가 먹기 좋게 해줄게."

남자는 주먹밥을 입에 머금고 타액으로 그것을 죽처럼 만들어 조금씩 내 입에 흘려주었다.

"이런, 삼켜버렸어."

그런 농담을 하면서 누워 있는 내 얼굴을 양손으로 붙잡고 죽을 입에서 입으로 흘려 넣어주는 남자의 얼굴을 오랜만에 회중전등 빛으로 보았을 때 내 눈에서는 눈물이 흘러 멈추지 않았다.

"이제 배불러요."

"응, 그럼 이 정도로 해두자. 한 번에 너무 많이 먹어도 좋지 않으니까."

"당신도 드세요……."

"그래, 나도 먹을게."

7일간 먹지 못한 남자의 얼굴은 상당히 초췌해졌고 수염도 길었지만, 그럼에도 악동 같은 눈의 반짝임은 이전과 조금도 변함이 없었다.

"우린 분명 구조될 거예요."

"구조되고말고. 이만큼 주먹밥이 있으면 앞으로 사나흘은 버틸 수 있어. 오토네, 이번에는 자중하자. 우후후."

"당신, 식사가 끝나면 불을 꺼요……. 그리고 내 옆에 와서 손을 잡아줘요……."

"응, 좋아."

기토 쇼이치의 주먹밥 덕택에 우리는 조금씩 원기를 회복한 것을 확실히 알 수 있었다.

이렇게 기토 쇼이치는 우리를 굶주림에서 구해주었을 뿐만 아니라 우리에게 구원의 손길을 이끌어주었던 것이다. 그것은 벽 위에 다시금 줄이 세 개 늘어난 날의 일이다.

손을 마주 잡고 내 옆에 잠들어 있던 남자가 갑자기 벌떡 일어나더니 서둘러 우물 쪽으로 나갔다.

"당신, 왜 그래요?"

"빛이 들어와. 뚜껑이 열렸어."

두더지처럼 어둠에 익숙해진 남자의 눈은 아주 가느다란 빛조차 느낄 수 있었던 것이다.

"어이!"

남자는 창자를 쥐어짜는 소리를 질렀다.

"오토네, 오토네, 회중전등…… 회중전등을……."

기토 쇼이치의 주먹밥 덕분에 나도 앉은걸음으로 나올 정도의 기력은 있었다. 남자가 아래에서 회중전등을 비추자 위에서 소리가 들려온다.

"거기 누구 있소……?"

"!"

"누구냐……?"

"남자와 여자."

한동안 소리가 끊어졌다가 다시 들렸다.

"여자는 미야모토 오토네 씨인가."

"그렇다. 그러는 당신은……?"

"긴다이치 코스케."

갑자기 내 눈에서 눈물이 흘러내렸다. 긴다이치 코스케란 이름을 듣고 왜 내가 울었는지는 모르겠다. 분명 남자의 예상이 다시금 적중했다는 사실에 감동했기 때문이겠지. 어쨌거나 그때 나는 울고 또 울고 어쩔 도리가 없이 울었다.

"그런데 지금 말하는 자네는 누구지?"

긴다이치 코스케 씨가 위에서 물었다.

"호리이 게이조."

"아, 그래. 호리이 게이조이자 다카토 고로이자 다카토 슌사쿠인가. 아하하."

긴다이치 코스케 씨는 유쾌하게 웃었다.

"한데 오토네 씨, 괜찮아요……?"
"네, 건강합니다."
"좋아, 기다려요. 지금 바로 구출해드리지."

긴다이치 코스케 씨의 얼굴이 일단 물러났을 때, 우리는 우물 바닥에서 서로를 꼭 끌어안았다.

두 사람의 교수형 집행인

 이제 나는 여기서 더없이 이상한 이야기를 하지 않으면 안 된다.

 이것이 왜 더없이 이상한 이야기인지, 그것은 이 기록을 좀 더 뒤까지 읽어보면 아시게 될 거라 생각한다.

 이제 와서 당시 사건을 회상해보면 여러 가지 생각나는 일이 많지만, 그중에서 내 기억이 가장 애매한 것은 빈 우물에서 구출되어 백로탕까지 돌아왔을 때까지의 일이다.

 긴다이치 코스케가 구하러 와준 것을 알고 남자와 끌어안은 순간, 나는 안도감으로 의식을 잃었고 이후는 죄다 막연하다. 어떤 식으로 빈 우물에서 구출되었는지, 또 누가 백로탕까지 데려와 주었는지 그다지 기억이 명료하지 않다. 게다가 이제부터 이야기하려는 사건은 그동안 내가 겪었던 더없이 이상한 경험이다.

그곳이 어디인지 나로서도 알 수 없었다. 그저 노천인 것 같다고 짐작하는 것은 바로 위에서 별이 반짝반짝 빛나고 있었기 때문이다. 주변은 깜깜한 정도는 아니었고 얇은 비단으로 덮은 듯 어슴푸레한 빛 속에 삼수탑의 검은 지붕의 경사면이 선명하고도 비스듬히 하늘을 가르고 있었다.

나는 어쨌거나 땅 위에 반듯이 누워 있었던 것 같다. 그런데 조금도 추위를 느끼지 않았던 것은 이불이나 무언가로 몸을 감싸고 있었던 덕분일까, 그렇지 않으면 그때의 기묘한 정신상태 탓일까. 분명 둘 다겠지.

또 삼수탑의 풍경(風磬)이 희미하게 울리던 것이 기억에 남아 있는 정도니까 다소 바람이 불었던 건 확실하다. 그럼에도 뺨에 조금도 냉기가 느껴지지 않았던 것은 마찬가지로 그때의 기묘한 정신상태 탓이었을 것이다.

아무튼 내 옆에는 불룩 한데다 동그랗고 작은 토치카* 같은

---

* 콘크리트, 흙 등으로 만든 사격 진지. '점'이라는 뜻을 가진 러시아어 'tochka'에서 유래되었다.

것이 있었다. 나는 그쪽으로 머리를 돌린 기억이 없는데 거기에 그처럼 묘한 것이 있다는 사실을 어찌 된 영문인지 알고 있었다. 그리고 그 토치카의 검고 작은 아치형 입구가 음산하게 내 쪽을 향하고 있다는 것도 잘 알고 있었다.

실은 아까부터 나는 그 깜깜한 입구에서 뭔가 이상한 것이, 예를 들어 도깨비 같은 것이 기어 나오지나 않을까 하고 손에 땀을 쥔 기분으로 두려움에 떨고 있었다. 그럼에도 거기에서 도망쳐 다른 이를 불러 도움을 요청할 생각은 들지 않았다.

그러자 예상대로 그 토치카 속에서 미끄러지듯 검은 그림자가 기어 나왔다. 한 그림자 뒤에서 또 하나의 그림자가 기어 나왔다. 두 개의 그림자는 하늘을 보고 누운 내 양옆으로 소리없이 다가오더니 위에서 내 얼굴을 들여다보았다.

그 순간 나는 차가운 손이 꾹 심장을 움켜쥔 듯 격렬한 오한과 동요를 느꼈다. 그것은 후루사카 시로와 사타케 유카리 두 사람이었다.

하지만 이것은 대체 어찌 된 영문일까. 두 사람은 전신에 황갈색의 진흙을 바르고 있었다. 얼굴도 손발도 입고 있는 옷에도. 두 사람의 얼굴은 마치 진흙으로 만든 가면을 뒤집어쓴 것처럼 황갈색으로 더럽혀져 있고 속눈썹 한 올 한 올에까지 진흙이 묻어 있다. 그리고 황갈색 진흙 가면 속에서 눈만이

번들번들 기묘하게 빛나고 있었다.

두 사람은 내 얼굴로부터 고개를 들더니 서로 시선을 교환하고 입술을 일그러뜨리며 싱긋 웃었다. 이전에도 이후에도 나는 그만큼 기분 나쁘고 심술궂게 웃는 얼굴을 본 적이 없다.

나는 전신에서 식은땀이 흘러나오는 것을 느꼈다. 아아, 후루사카 시로와 사타케 유카리는 이런 곳에 숨어 있었던 것이다. 주변에 아무도 없는 걸 기회로 여기에서 나를 죽이려고 하는 것이다. 소리 내어 도움을 청하지 않으면…… 손발을 움직여 마지막까지 저항하지 않으면 안 돼.

하지만 내 몸은 사슬로 묶인 것처럼 움직이지 않았다.

숨결은 폭풍우처럼 격렬하고 동요로 인해 가슴이 터질 것 같았으며 땀은 폭포수처럼 흘렀다. 그런데도 손발을 움직이기는커녕 소리조차 낼 수 없었다.

후루사카 시로와 사타케 유카리는 자못 기분 좋은 듯 황갈색 가면을 쓴 얼굴로 내가 공포와 괴로움으로 몸부림치는 모습을 내려다보았다. 이윽고 두 사람은 의미심장한 시선을 교환하더니 유카리가 뭔가를 꺼냈다. 그것은 가늘고 튼튼한 끈이었다.

유카리는 역시 황갈색 진흙이 묻은 장갑을 낀 손으로 그 끈을 한 번 감아 내 목에 둘렀다.

"자, 시로. 그쪽 끝을 잡아."

그렇게 말하며 자신은 한쪽 끝을 쥐고 다른 한쪽 끝을 후루사카 시로 쪽으로 내밀었다. 그때 내 목과 목구멍을 건드린 유카리의 손이 얼음처럼 차가웠던 것을 나는 지금도 확실히 기억한다.

"뭘 우물쭈물하고 있어. 자, 잡으라면 잡아!"

약간 주저하는 후루사카 시로를 꾸짖는 유카리의 목소리는 교수형 집행인처럼 냉혹했다.

나는 이 무서운 두 사람의 교수형 집행인들로부터 도망치고 싶어서 발버둥 쳤다. 아니, 발버둥 치려 했지만 몸은 변함없이 사슬에 묶인 것처럼 경직되어 있다. 호흡만은 폭풍우처럼 귓전을 때렸지만 여전히 목소리는 나오지 않았다.

마침내 시로가 떨리는 손으로 끈 끄트머리를 움켜쥐었다. 그 손에도 진흙 장갑을 끼고 있다.

"뭐야, 시로. 떠는 거야? 패기가 없네. 아아, 넌 아직도 이 여자한테 미련이 있어? 바보, 네가 아무리 반했어도 이 여잔 네 것이 못 돼. 우선 내가 그렇게 놔두지 않아. 자, 알겠어? 내가 하나, 둘, 셋을 세면 네가 힘껏 그쪽 끈을 당기는 거야. 내가 이쪽 끝에서 끈을 당길 테니. 알았어? 알겠냐고, 시로."

"알았어, 유카리. 그만 말해."

"우후후, 숨겨도 소용없어. 손이 떨리고 있잖아. 자, 센다.

하나, 둘……."

"아, 안 돼, 유카리. 사람들이 왔어."

시로가 당황해서 일어난다. 내 귀에도 왁자지껄하게 떠들면서 이쪽으로 다가오는 사람들의 목소리가 들렸다.

"제길! 제길! 신불(神佛)이 살려준 줄 알아라!"

유카리는 분한 듯 혀를 차면서 내 목 언저리에서 끈을 치우더니 그걸 뭉쳐서 주머니에 쑤셔 넣었다. 까칠까칠한 감촉으로 보아 아무래도 그건 두꺼운 무명 끈인 것 같았다.

"자, 시로. 뭘 우물쭈물해. 너, 그렇게 이 여자한테 미련이 있니?"

"시끄러워. 꼬맹이 주제에 질투 마."

"아무래도 상관없으니 빨리 움직여. 들키면 끝장이야."

유카리는 시로의 손을 잡고 질질 끌듯 컴컴한 토치카 구멍 속으로 들어간다. 그 순간 나는 완전히 의식을 잃고 말았다.

출렁이는 초롱 빛과 웅성거리는 사람들의 소리를 멀리, 희미하게 의식하면서……. 그 웅성거림 속에 "아, 지독한 땀! 불쌍하게도 나쁜 꿈을 꾸고 가위눌렸군요." 하고 말하는 소리를 들은 기억이 있는데, 아무래도 긴다이치 코스케 같았다.

두 사람의 행방

 내가 확실히 의식을 회복한 것은 그로부터 이틀 후였다고 한다.

 몽롱하고 혼탁한 의식 저편에서 귀에 익은 다정한 소리가 들려온다.

 "불쌍하게도. 이렇게 여위어서……."

 눈물 젖은 목소리는 다정한 시나코 님이 아닌가. 아아, 나는 또 꿈이라도 꾸는 걸까.

 "아, 긴다이치 선생님, 고맙습니다. 당신이 알아차리지 못하셨다면 이 아이는 그 남자와 함께 지하 빈 우물에서 굶어 죽었을 겁니다. 아하하, 아니 이제야 웃을 수 있지만……."

깊은 울림이 있는 목소리로 웃는 사람은 아무래도 다테히코 삼촌인 모양이다. 아, 그럼 이것은 이미 꿈은 아닌 걸까. 분명 긴다이치 코스케 씨의 전보를 받고 시나코 님과 디테히코 삼촌이 달려온 게 틀림없다. 그렇지만 우에스기 백부님은?

나는 무언가 말하려고 했으나 전신을 휘감는 나른한 권태감에 입을 벙긋하는 것은 물론, 눈꺼풀을 들 기력조차 없었다. 자연스럽게 나는 세 사람의 대화를 꿈결 속에 들을 수밖에 없었다.

"아, 이건 아가씨가 운이 좋았던 거죠."

그때 긴다이치 코스케 씨가 말하는 것을 나는 비몽사몽간에 듣고 있었다. 그것은 대충 다음과 같은 내용이었다.

삼수탑 속을 구석구석까지 조사했던 긴다이치 코스케 씨도 처음에는 그 빈 우물을 눈치채지 못했다고 한다. 그 빈 우물 뚜껑 위에는 낡은 돗자리가 깔려 있어서 긴다이치 코스케 같은 인물조차 좀처럼 알아차리지 못한 것도 무리가 아니었던 것 같다.

하지만 세 개의 머리가 모셔져 있었으니 긴다이치 코스케 씨의 관심이 그 본전으로 향한 건 당연한 일이다. 그는 몇 번이나 그 주위를 조사했고 그러던 중 돗자리 바로 옆 바닥에 묻어 있던 얼룩 하나를 발견했다. 그것은 겨우 눈에 띌 정도의 작은 반점이었다고 한다. 혹시 피일지도 모른다는 사실을 알아차렸을 때 긴다이치 코스케 씨는 처음으로 돗자리를 들춰볼 생각을 했다. 그리고 거기에서 그 뚜껑을 발견했다고 한다.

이 이야기를 들으면서 나는 비몽사몽간에 생각했다.

분명 기토 쇼이치를 살해한 범인과 그 공범자는 거기까지 시체를 운반해온 다음 돗자리를 젖히고 뚜껑을 들었을 때 시체를 일시적으로 바닥 위에 놓았겠지. 그때 떨어진 한 방울의 피가 긴다이치 코스케 씨로 하여금 돗자리를 들춰보게 했으니 역시 우리는 운이 좋았다. 그런 장소에 빈 우물이 있으리라고 대관절 누가 상상하겠는가?

그런데 긴다이치 코스케 씨는 어떻게 해서 이 황혼촌에 온 것일까. 그에 대해 다테히코 삼촌이 물어보니 긴다이치 코스케 씨는 "그것은 수사상의 비밀이라 지금 단계에선 말씀드릴 수 없습니다."라고 가볍게 말을 흐렸지만 나는 안다.

아, 여기에서도 그 사람의 예상은 멋들어지게 적중하지 않았나. 긴다이치 코스케 씨는 범인 뒤를 쫓아 여기 온 게 분명하다. 그게 아니라면 긴다이치 코스케 씨가 아무리 명탐정이라고 한들 이 지방에 삼수탑이 있다는 사실을 알아차렸을 리 없다.

그럼 범인도 이 마을에 와 있는 것인가!

하지만 그때의 내 혼탁한 의식으로는 이상하게 두렵게 느껴지지 않았다. 나는 마치 장님도깨비가 노는 것 같은 기분으로 꾸벅꾸벅 졸면서 그 후에도 머리맡에 앉은 세 사람의 대화를 듣고 있었다.

"그건 그렇고, 어르신."

한참 지나 긴다이치 코스케 씨가 말을 꺼냈다

"우에스기 선생님은 같이 안 오셨습니까?"

"네. 세이야 씨는 어떤 잡지사 의뢰로 일주일 정도 전부터 간사이에서 규슈에 걸쳐 강연 여행을 하고 있어서요……. 하지만 주최자 분께 잘 부탁했으니 달려오겠죠. 그런데 긴다이치 씨."

시나코 님은 주변을 꺼리는 듯 목소리를 낮췄다.

"지금 저쪽에서 도도로키 경부님의 취조를 받고 있는 사람 말인데요. 그 사람이 오토네와 함께 있었다고 하던데, 대체 어떤 사람인가요? 다테히코 씨 말에 의하면 구로카와 씨 사무소에서 만난 적이 있다던데……."

"아, 그 인물 말인가요. 아하하."

긴다이치 코스케 씨는 낭랑하게 웃었다.

"그 사람은 굉장히 유쾌한 인물이에요. 표면적으로는 호리이 게이조란 이름으로 저와 마찬가지로 남에게 의뢰받은 조사 등을 합니다. 구로카와 변호사와도 그런 의미로 접촉이 있었습니다만 그것은 표면상의 것으로 한 꺼풀 벗기면 암거래상의 보스. 실로 갖가지 종류의 다양한 가명과 은신처를 갖고 있는 인물이죠. 아하하."

"어머!"

시나코 님은 겁먹은 목소리로 물었다.

"그런 사람과 오토네가 어떻게……?"

"아, 아, 어르신. 아직 더 들어가야 합니다. 암거래상 보스에서 더 들어가면 한층 의외의 인물이 됩니다."

"의외의 인물이라뇨?"

"어르신도 사타케 씨도 놀라시면 안 됩니다. 그 인물이야말로 누구냐, 겐조 노인이 점찍은 사람, 즉 여기 계신 오토네 씨와 부부가 되어 백 억 엔의 유산을 물려받을 다카토 슌사쿠, 그 사람입니다."

"앗!"

시나코 님과 다테히코 삼촌의 입술에서 거의 동시에 외침이 새어 나왔다. 그와 함께 복도 쪽에서도 낮고 날카로운 외침이 들리는 듯했다.

"누구……?"

긴다이치 코스케 씨의 소리가 들리고 장지문이 열리는 소리가 났다.

"아, 우에스기 선생님. 방금 도착하셨습니까?"

아아, 백부님이 도착하셨구나. 날 염려해서 일부러 강연 여행을 하시다가 달려와 주셨구나.

일어나지 않으면 안 돼. 일어나서 인사드려야 해…….

그러나 생각에 그칠 뿐 나는 그럴 만한 기력이 아직 없었다. 나는 마음속으로 죄송스러워하면서도 여전히 비몽사몽간에 머리맡의 대화를 듣는 것 외에는 아무것도 할 수 없었다.

얼추 인사가 끝난 다음 "매형, 매형!" 하고 흥분한 듯 말하는 사람은 다테히코 삼촌이다.

"방금 긴다이치 코스케 선생한테 엄청 놀라운 얘길 들은 참인데요."

"놀라운 얘기라니……?"

그 말에 대꾸하는 백부님의 음성은 의외로 가라앉아 있었다. 백부님도 방금 복도에서 긴다이치 코스케 씨의 이야기를 들으셨을 테지.

"그보다 누님, 지금 오토네는 어떻습니까? 꽤 여위었다는 것 같던데."

나를 걱정해주시는 것은 기쁘지만 왜 좀 더 열심히 그 사람 얘기를 들어주시지 않을까. 나는 비몽사몽간에도 그 점이 무엇보다 슬펐다.

"예, 하지만 건강은 그렇게 걱정할 정도는 아니래요. 금방 의식을 회복할 거라고 의사 선생님도 그러셨던 것 같아요."

"아, 그래요. 그런데 여기 오는 도중에 이야기를 들었습니다만, 오토네가 남자와 같이 있었다고 하지 않았나요?"

"매형, 매형, 그 얘긴데요."

다테히코 삼촌의 흥분한 목소리가 들렸다.

"엄청 놀라운 얘기란 게 말입니다. 긴다이치 선생 얘기에 따르면 그 남자야말로 그 누구냐, 오토네의 정혼자 다카토 슌사쿠라고 합니다."

백부님은 한동안 침묵하고 계시다 "그런 바보 같은!" 하고 말을 토해냈다.

"다카토 슌사쿠라면 국제호텔에서 살해당하지 않았나."

"그런데요, 선생님. 그게 가짜였습니다. 그 사람은 슌사쿠의 사촌인 고로라는 인물입니다. 어릴 때 고로의 아버지, 즉 슌사쿠의 숙부에 해당하는 남자의 계략으로 신분과 이름을 바꿔치기당했다고 합니다."

"그 남자 본인이 그렇게 말했습니까?"

"아뇨, 이건 제가 조사한 결과 판명된 사실인데요. 유감스럽게도 지금 와선 그 남자의 신분을 확실히 증명해줄 만한 증인도 증거물도 없단 겁니다. 그래서 저도 골치를 썩고 있는 참인데요……."

"긴다이치 선생, 증인이나 증거도 없는 일을 그렇게 경솔하게……. 이건 오토네에게 정말 중대한 문제이니까요."

백부님의 고뇌에 찬 얼굴이 보이는 것 같다. 백부님이 그런 식으로 의심하시는 것도 당연하지만 나는 그 사실이 너무도 슬펐다.

"하지만 우에스기 선생님, 여기에 한 가지 희망이 있습니다. 바로 삼수탑 말인데요. 그곳에 그 남자가 다카토 슌사쿠라는 것을 증명해줄 물건이 숨겨져 있지 않을까 싶은 대목이 있어요. 그게 그 남자와 오토네 씨를 여기로 이끈 원인이 아닌가 합니다만."

한참 동안 고요한 침묵이 이어진 끝에 갑자기 시나코 님의 목소리가 들렸다.

"어머, 세이야 씨. 도쿄를 출발했을 때 가져간 담배 케이스는?"

"누님, 그건 어딘가에서 잃어버렸습니다."

우에스기 백부님은 담배 케이스를 딱 소리 내며 열었다.

"긴다이치 선생, 그 물건이란 뭐죠……?"

"그건 아직 잘 모릅니다. 그 남자가 입을 열질 않아서요.

아, 경부님. 무슨 일입니까?"

"아, 우에스기 선생님. 오셨습니까."

도도로키 경부의 목소리였다.

"음, 아직은 잘 모르겠군요. 그 남자도 아직 몸이 정상이 아니라서 너무 엄하게 추궁할 수도 없고. 어쨌거나 신병을 확보했으니 느긋하게 갑시다."

"그런데 후루사카 시로나 사타케 유카리의 행방은?"

"글쎄요, 그게 여전히 의문이라서요. 기토 쇼이치의 시체를 던진 시점에는 두 사람도 이 부근에 있었겠죠. 그건 지금부터 닷새 전의 일이 되는데, 이 부근의 탈것이란 탈것은 죄다 조사해봤지만 그 전후로 두 사람에 해당하는 인물이 탄 흔적은 전혀 없습니다. 그렇다면 당연히 이 근방에 숨어 있어야 할 텐데 그놈들, 대체 어디에 있는 건지……. 게다가 호넨이란 스님도 도통 행방을 모르겠습니다만……."

'아아, 시로와 유카리 두 사람이라면!'

마음속으로 외치면서 나는 여전히 몽롱한 혼수상태에 빠져 있었다.

두꺼운 끈

 내가 정말로 깨어난 것은 그날 밤 한밤중이 지나서의 일이었다. 그리고 나를 각성시킨 그날 밤 백로탕의 소동이 상처 입기 쉬운 여자의 약한 마음을 지탱해주어 나는 급속도로 회복했던 것이다.

 한밤중 무렵 심상치 않은 기척에 눈을 떠보니 실내에 밝게 불이 켜져 있고 덧문 밖에 왁자지껄하게 뭔가 떠들어대며 오가는 사람들의 발소리가 들렸다.

 무슨 일이 일어났나 싶어 나른하게 눈을 뜨고 가볍게 고개를 든 내 눈에 복도에 서서 이야기를 하는 시나코 님과 우에스기 백부님, 그리고 다테히코 삼촌의 모습이 보였다. 물론

세 사람 다 잠옷 위에 겉옷을 걸치고 있다.

"매형, 시나코 님, 오토네는 괜찮겠죠?"

다테히코 삼촌의 속삭이는 듯한 목소리.

"네, 이쪽으로는 오지 않은 것 같지만……. 다테히코 씨, 그럼 후루사카 시로란 남자가 숨어 들어왔다는 건가요?"

시나코 님의 목소리는 떨리고 있다.

"아무래도 그런 것 같습니다. 뒷문과 덧문이 하나씩 열려 있고 흙발로 짓밟은 흔적이 있어요."

"그때 내가 힐끗 본 게 그게 아니었을까. 뒷간에서 돌아오니 바로 쿵쾅 하고 소동이 일어났으니까……. 그때 누가 뭘 하는지 봤다면 좋았을걸."

이것은 백부님의 음성이다.

"그런 무서운 짓은 관둬요. 당신 몸에 불상사라도 생기면 어쩌려고요."

시나코 님은 가볍게 나무랐다.

"다테히코 씨, 어때요. 그 사람, 목을 졸렸다면서요."

그 순간 나는 침상 위에 몸을 일으켰다. 하지만 세 사람은 아직 알아차리지 못했다.

"그게 말입니다. 어둠 속에서 그 남자가 눈을 뜨고 저항했고 다른 사람이 바로 달려와서 범인은 목적을 이루지 못하고 도망쳤답니다. 그런데 제법 호되게 목이 졸려서……. 아무래도 열흘 남짓 절식해서 몸이 약해져 있던 참이었으니까요."

비틀거리며 침상 위에 일어선 나를 알아차리고 세 사람이 일제히 이쪽을 돌아보았다.

"어머, 오토네. 정신이 들었니?"

"백부님, 아주머니, 죄송해요. 그 사람, 어디 있나요?"

"오토네, 넌 가면 안 돼. 넌 여기서 자거라."

"아뇨, 백부님. 가게 해주세요……. 가서 간호해야 해요."

"오토네! 오토네! 그 남잔 대체 너한테 뭐냐!"

여느 때와 달리 백부님의 실성한 듯한 눈이 무서웠다. 하지만 나는 이미 주눅 들지 않는다. 정면에서 백부님의 눈을 마주 보았다.

"그 사람은 제 남편입니다."

"뭐라고!"

"백부님, 죄송해요."

"오토네, 다시 한 번 말해보거라. 누구 허락 받고 넌…… 넌 그런 남자와……."

여느 때는 활달하고 유머러스한 분이기에 왠지 절망적인 분노로 가득한 백부님의 노기 만면한 얼굴이 나로서는 지독히 인상적이고 무서웠다. 하지만 나는 가야만 한다.

"백부님, 죄송해요. 하지만 가게 해주세요. 전 남편의 간호를 해야 돼요."

"오토네! 너는…… 너는……."

마치 덤벼들 것처럼 흥분한 백부님에게 이제껏 놀라 두 사람의 모습을 보고만 있던 다테히코 삼촌이 당황하여 뒤에서 끌어안았다.

"자, 자, 매형. 왜 그러십니까. 숙소 사람들이 다 듣겠습니다. 오토네, 너도 참. 그렇게 쇠약해진 몸으로……."

"저는 괜찮아요. 아주머니, 백부님께 잘 말씀드려주세요……."

"오토네, 가려거든 이걸 입고 가렴. 감기 걸리면 안 되니까."

세 사람 곁을 지나가는 내 뒤에서 여관의 솜옷을 건네는 시나코 님의 목소리에는 눈물이 배어 있었다.

"아주머니, 죄송해요. 그럼 백부님을 부탁드려요……."

"오토네, 넌 가는 거냐. 그 남자한테……. 오토네, 넌 가버리는 거냐……."

휘청거리며 발을 디디고 복도를 걷는 내 뒤에서 들려오는 우에스기 백부님의 음성은 왜인지 비통하고 절망적이었다.

남자의 방은 금세 알 수 있었다. 밝게 불이 켜져 있고 장지문 밖 복도에 너덧 명의 여관 사람들이 서서 이야기하고 있었다. 장지문을 열자 반듯이 누워 있는 남자의 머리맡에 긴다이치 코스케 씨와 도도로키 경부, 그리고 마을 의사인 듯한 사람과 여관 주인이 빙 둘러앉아 있는 게 보인다. 나중에 들으니 남자는 인공호흡으로 겨우 호흡을 되살렸다고 한다.

"앗, 오토네 씨."

긴다이치 코스케 씨의 목소리에 남자는 고개를 번쩍 들었다. 생각보다 건강하고 맑은 안색에 눈물이 나올 만큼 기뻤다.

"당신······."

내가 비틀거리며 매달리자 "오토네······." 하고 남자는 나를 끌어안더니 남 앞인 것도 개의치 않고 격렬하게 키스를 했다. 나는 남자의 가슴에 얼굴을 묻고 흐느껴 울었다.

"오토네, 이제 울 일은 없어. 보다시피 괜찮으니까. 너야말로 어때, 몸 상태는······?"

"난 이제 괜찮아요. 이삼일만 지나면 원래대로 돌아올 거예요."

"너도 이쪽으로 오지 않겠어? 서로 간호해주기로 하자. 난 이제 너와 한시도 떨어질 수가 없어."

"나도 옆을 떠나기 싫어요."

나는 눈을 뜨고 남자의 목 언저리를 보았다. 거기에는 보랏빛으로 목 졸린 흔적이 피부까지 벗겨질 정도로 파고들어 있었다.

"어머, 이런 지독한 짓을……."

"아, 조금만 더했으면 황천길로 갈 뻔했어. 보통 때의 나였다면 지지 않았을 거야. 오히려 범인을 잡았을 텐데, 역시 쇠약해져 있었나 봐. 배가 고파서 싸울 수가 없다는 건 딱 이 얘기야. 아하하. 자, 오토네. 무릎에서 내려와. 다들 보고 계시잖아."

"네."

새삼 붉어지는 볼을 의식하면서 남자의 무릎에서 내려온 순간, 도도로키 경부가 만지작거리는 끈에 시선이 멎었다.

"어머!"

나는 무심코 눈을 크게 떴다. 그것은 그 두꺼운 무명 끈이 아닌가.

"아, 오토네 씨. 당신은 이 끈을……?"

도도로키 경부가 몸을 내민다.

아아, 그것은 꿈이었을까. 환상이었을까. 그렇지 않으면 현실의 사건이었을까. 어느 쪽이든 그때 목을 감은 끈의 감촉은 분명 무명 끈이었다.

내가 그 이야기를 털어놓자 도도로키 경부와 긴다이치 코스케 씨가 갑자기 긴장했다.

"사장님, 그 탑 옆에 토치카 같은 게 있습니까?"

긴다이치 코스케 씨가 여관 주인을 돌아보며 물었다.

"혹시 숯가마를 말씀하시는 건가요? 호넨 스님이 항상 직접 숯을 때곤 했는데요……."

"하지만…… 하지만……."

긴다이치 코스케 씨는 반신반의한 낯빛이었다.

"그때 저희는 우선 오토네 씨를 구출하고 슌사쿠 씨의 구출작업에 들어갔는데, 그동안 오토네 씨는 탑 본전에서 잠들었거든요. 숯가마가 있을 법한 실외에서 재운 기억은 없는데……."

그렇게 말하다가 긴다이치 코스케 씨는 갑자기 생각난 모양이었다.

"그래요, 참. 그러고 보니 삼수탑에서 두 사람을 운반했을 때 급히 만든 들것의 상태가 좋지 않아서 오토네 씨의 들것을 지상에 한 번 내려놓았던 적이 있어요. 맞아, 맞아. 그러고 보니 옆에 토치카 비슷한 게 있었어."

긴다이치 코스케 씨는 흥분한 듯 더벅머리를 벅벅 긁었다.

"들것 수리는 분명 5분 정도 걸렸어요. 하지만 그동안 옆에는 많은 사람들이 계속 있었고, 게다가 오토네 씨는 의식을 잃은 상태였는데……. 오토네 씨, 전에도 그 토치카 같은 숯가마 옆에 간 적이 있습니까?"

"아뇨, 한 번도……. 그래서 그때도 숯가마라고는 생각 못했어요."

"이상하네. 이제껏 한 번도 본 적 없는 것을 꿈에 볼 리도 없고. 오토네 씨, 목에 감긴 끈의 감촉은 분명 무명 끈이었다고 하셨죠?"

나는 도도로키 경부가 쥐고 있는 끈을 잠시 만져보았다.

"네, 분명 이것과 같았다고 생각해요."

"그리고 시로도 유카리도 전신이 진흙투성이였다 하셨고요."

긴다이치 코스케 씨와 도도로키 경부는 무명 끈과 내 얼굴을 번갈아 보면서 조용히 침묵한 채 시선을 교환했다.

나는 왠지 오싹한 느낌에 사로잡혀 남자 쪽으로 다가앉았다.

회복기

본디 건강한 두 사람이었다.

병이 있어서 쓰러진 것도 아니고 절식 때문에 쇠약해졌을 뿐이라 의사의 지도로 뜨거운 물에서 미음, 미음에서 죽, 죽에서 밥으로 식사를 바꿔감에 따라 둘 다 날이 갈수록 건강을 회복해갔다.

그리고 사흘째 되었을 무렵부터 슬슬 백로탕 뜰을 산보할 수 있게 되었고 닷새가 지나서는 완전히 원래의 건강 상태로 돌아왔다. 아니, 아니, 이전처럼 남자에 대한 의혹이나 불안감이 없는 탓에 내 몸에는 젊음과 건강이 넘쳐흘렀다.

"오토네, 대체 어떻게 된 거야? 요즘 들어 한층 아름다워졌잖아. 마치 빛이 반짝이는 것 같아."

 남자가 그렇게 말하고 감탄하는 숨을 토하며 내 모습을 훑어보는 일도 간혹 있었다.

 "나한텐 더 생각해야 할 게 없어서 그래요. 고민도 괴로움도 죄다 저 빈 우물 속에 두고 왔는걸요."

 하지만 그렇게 말했음에도 나의 고민이 완전히 해소된 것은 아니었다. 나의 고민거리는 예상을 훨씬 뛰어넘은 백부님의 분노였다. 백부님도 시나코 님도 다테히코 삼촌도 아직 백로탕에 머물러 계셨지만, 나는 백부님의 노여움이 두려워 가급적 그쪽으로 접근하지 않았다. 다만 가끔 백부님이 부재중이실 때 시나코 님에게 안부를 여쭈러 갔다. 시나코 님은 그저 우실 뿐, 남자에 대해서는 아무것도 묻지 않으시고 또 아무 말씀도 하지 않으셨다.

 나는 굳게 믿고 있었던 것이다. 남자의 신원, 이 남자가 진짜 다카토 슌사쿠라는 게 증명되면 반드시 백부님도 시나코 님도 용서해주실 거라는 사실을. 그 때문에 무엇보다 걱정되는 것은 손도장을 찍은 두루마리였다.

 "당신, 두루마리를 찾았나요?"

 어느 날 밤, 남자에게 물었다.

 "아니, 그럴 겨를이 없었잖아. 그렇게 잠만 잤는걸. 오토네,

아무한테도 그 애길 하진 않았겠지?"

"네, 하지만 긴다이치 선생은 아세요. 백부님과 다테히코 삼촌에게 얘기하셨는걸요."

"오토네!"

남자는 깜짝 놀랐다.

"긴다이치 선생이 두루마리에 대해 알고 있다고?"

"아뇨, 두루마리인 건 몰라요. 하지만 당신의 신원을 증명할 수 있는 무언가가 그 탑 안에 있는 것 같다고……."

"그 애길 백부님하고 다테히코 삼촌에게 했어?"

남자는 굉장히 불안한 기색이었다.

"오토네, 오토네, 너 이제 괜찮아?"

"뭐가요?"

"아, 이제 나갈 수 있지? 내일이라도 당장 삼수탑에 가서 두루마리를 찾아보지 않겠어? 너도 도와줄 거지?"

"네, 그렇게 해요. 그런데 당신, 다테히코 삼촌을 의심하고 계시죠?"

그에 대해 남자는 아무 대답도 하지 않았다.

하지만 그다음 날, 우리는 삼수탑 수색에 나설 수 없게 되었다.

말하는 것을 깜박했는데 우리는 건강이 회복됨에 따라 도도로키 경부나 긴다이치 코스케 씨로부터 여러 가지 질문을 받았다. 그에 대해 우리는 숨기는 일 없이 지금까지 있었던 일을 죄다 털어놓았다. 국제호텔 방에서 두 사람이 맺어진 이야기를 할 때에는 남자도 수줍어했고 나도 얼굴이 붉어지지 않을 수 없었다. 하지만 도도로키 경부와 긴다이치 코스케 씨가 진지하게 들어주어서 고마웠다.

도도로키 경부와 긴다이치 코스케 씨는 한편으로 기를 쓰고 후루사카 시로와 사타케 유카리의 행방을 쫓고 있었지만 그 후에도 묘하게 두 사람의 소식은 알 수 없는 모양이었다. 호넨 스님도 마찬가지였다.

아무튼 남자와 삼수탑 수색에 나서기로 약속한 날은 아침부터 하늘이 잿빛으로 흐렸고 초속 10미터 이상의 회오리바람이 언덕에서 언덕, 계곡에서 계곡으로 불고 있었다. 그래도 우리가 나가려고 외출 준비를 하는 참에 긴다이치 코스케 씨와 도도로키 경부가 찾아왔다.

"아, 외출하십니까?"

"네, 잠시 가볍게 산책을……."

"그거 마침 잘됐네요. 오토네 씨도 잠시 봐주십사 하고."

"제가 뭘……?"

"삼수탑 옆에 있는 숯가마 말인데요. 당신이 꿈에서 봤다는 토치카라는 게 그것인지 일단 확인해보고 싶어서요……."

나는 남자와 얼굴을 마주 보았다. 이쪽도 마침 삼수탑으로 가려고 하던 참이다. 남자가 끄덕이는 것을 보고 "알겠습니다." 하고 나는 아무 생각 없이 대답했다. 그때 거기에 그토록 무서운 것이 기다리고 있을 거라고 내가 어찌 알았을까.

제 5 장

삼수탑의 불길

앞으로 몇 년을 살 수 있을지 모르지만 그날 거기에서 전개된 그 무시무시한 광경이야말로 평생 지울 수 없는 몽마(夢魔)로 내 뇌리에 남아 끝없이 나를 위협할 것이다.

 지금 이렇게 펜을 쥐고 있어도 회상이 그 참담한 장면에 이르면 펜을 쥔 손가락이 무심코 떨린다. 다정하고 남자다운 남편이 옆에 있고 미소를 지으며 격려해주는 덕분에 이 기록을 계속 써내려갈 수 있는 거지만.

 우선 내 눈에 떠오르는 것은 어두운 회오리바람 속에 흔들리고 있던 불길한 삼층탑의 모습이다. 이제 와서 생각하면 삼수탑은 그때 단말마의 운명에 가로놓여 있었던 것이다. 그리고 휘몰아치는 어두운 잿빛의 회오리바람에 휩싸여 뼈가 바스라지는 듯한 단말마의 신음을 내질렀던 것이다.

그 삼수탑을 백 미터 정도 너머에서 바라보는 절벽 아래 문제의 숯가마가 서 있었다. 나는 그 숯가마를 본 순간, 그것이 언젠가 내 꿈에서 본 토치카라는 사실을 확실히 알았다. 이 토치카의 어두운 아치형 구멍에서 후루사카 시로와 사타케 유카리가 진흙투성이로 기어 나왔고 다시 그곳으로 기어 들어갔던 것이다.

나는 무심코 비명을 지르며 남자의 가슴에 매달렸다. 나는 한 번도 여기 온 적이 없다. 그럼에도 불구하고 나는 분명히 이 숯가마를 꿈에서 보았던 것이다. 삼수탑도 마침 그 위치에 서 있었다.

"오토네, 오토네, 정신 차려. 네가 꿈에서 본 건 분명 이 숯가마였군."

"그리고 이 구멍에서 후루사카 시로와 사타케 유카리가 기어 나와 당신을 교살하려다 실패하고 다시 들어갔군요."

도도로키 경부와 얼굴을 마주 보는 긴다이치 코스케 씨의 목소리는 떨리고 갈라져 있었다.

"네, 네……."

"긴다이치 선생님, 그런데 이 숯가마를 대체 어쩌시려는 겁니까?"

남자는 내 팔을 꽉 붙든 채 이상한 듯 주변을 둘러보았다. 거기에는 각자 삽이나 곡괭이를 든 경찰과 사복형사들이 엄숙한 얼굴을 하고서 숯가마를 둘러싸고 있었다. 조금 떨어진 곳에 우에스기 백부님과 다테히코 삼촌이 마을 사람들 사이에 섞여 이상한 듯 이쪽을 보고 있다.

"아, 다카토 씨."

긴다이치 코스케 씨는 부끄러운 듯 더벅머리를 긁었다.

"우리는 갑자기 초자연주의자, 신비주의자로 전향했습니다. 오토네 씨가 이 숯가마 속에서 후루사카 시로와 사타케 유카리가 기어 나오는 꿈을 꾼 데에는 무언가 초자연적이고 현대과학의 한계를 넘어서는 의미가 있지 않을까 생각하기 시작했죠. 그래서 이제부터 이 숯가마를 때려 부수고 안의 지면을 파볼 생각입니다. 자, 여러분. 시작해주십시오."

긴다이치 코스케 씨가 하는 말의 의미를 아직 확실히 이해하지는 못했지만 왠지 무서운 전율이 뒤에서, 뒤에서 내 등골을 훑었다.

"당신…… 당신……."

"오토네, 오토네, 정신 차려. 내가 같이 있으니까 괜찮아."

남자는 강하고 늠름한 힘으로 내 등을 감싼 채 눈도 깜박이지 않고 경찰관들의 작업을 지켜보고 있다. 나는 보지 않으려 했지만 도저히 그쪽에서 시선을 뗄 수 없었다. 강한 전기 같은 힘이 내 시선을 숯가마 쪽으로 잡아끈다.

점토로 굳힌 숯가마 토치카는 경관들의 곡괭이 세례를 받고 나뭇잎처럼 갈라져 간다. 회오리바람 속에 흩날리는 미세한 점토분이 춤을 추며 우리 머리 위에서 내려온다. 남자는 내 어깨를 감싼 채 대여섯 걸음 물러선다.

바람은 한층 거세게 불고 삼수탑은 흔들리고 또 흔들려 삐걱삐걱 단말마의 비명을 지르고 있다. 삼수탑을 품은 언덕 위로 낙엽을 떨어뜨린 앙상한 나뭇가지 끝은 마치 여자의 흐트러진 머리카락처럼 나부끼고 웅성거리고 흔들린다.

숯가마 토치카는 눈 깜짝할 사이에 부서졌고 경관들의 삽은 이미 흙을 파고 있다. 그 옆에 서서 삽 끝을 보는 긴다이치 코스케 씨의 머리카락이 마치 마물처럼 곤두서 있다.

"아, 있다!"

갑자기 경관 한 사람이 외치더니 흙 위에 무릎을 꿇었다.

"조심하세요. 훼손되지 않도록······."

"앗, 여기도 있다!"

또 다른 경관이 외치는 소리. 경관이 삽을 버리고 흙 위에 쭈그려 앉았다. 다른 경관들과 사복형사들도 다들 삽이나 곡괭이를 버리고 두 경관 주위에 모여 양손을 진흙투성이로 만들며 흙을 파기 시작한다.

대체 뭐가 있다는 걸까. 저 사람들은 무엇을 파내려 하는 걸까.

경관들에게 가려져 우리 쪽에서는 보이지 않았지만 남자는 이미 알아차린 모양이다.

"오토네, 정신 차려. 내가 같이 있으니까 괜찮아."

"네, 네……."

이빨이 딱딱 울린다. 미세한 전율이 뒤에서, 뒤에서 등골을 기어 올라온다. 내 몸은 숲의 벌거숭이 나뭇가지처럼 남자의 팔 안에서 떨리고 또 떨렸다.

"날 꽉 안아줘요……."

"응, 알았어!"

이윽고 경관들의 입술에서 일제히 놀라움과 분노에 찬 욕설이 새어 나오더니 자기들이 판 구멍에서 무언가를 끄집어 내는 것 같았다.

"오토네 씨, 당신 같은 여성을 번거롭게 하는 것은 굉장히 송구스런 일이지만 잠시 이걸 보아주시겠습니까?"

긴다이치 코스케 씨의 목소리와 함께 사람들이 좌우로 흩어졌을 때 나는 거기서 보았던 것이다.

전신에 검붉은 점토를 바른 두 사람의 시체를…….

두 사람의 시체는 얼굴도 손발도 입은 옷도 황갈색 진흙으로 덮여 얼굴 형태조차 확실하지 않았다. 하지만 헷갈릴 것 없이 진흙투성이의 두 시체는 바로 그날 밤의 후루사카 시로와 사타케 유카리였다.

아아, 그래.

이렇게 황갈색 진흙으로 뒤덮인 얼굴에서도 두 사람의 눈만은 반짝반짝 빛나고 있었어. 속눈썹 한 올 한 올조차 누런 진흙으로 덮여 있었지. 그리고 역시나 누런 진흙에 덮인 그 손으로 무명 끈 양끝을 쥐고 양쪽에서 내 목을 조르려 했었어…….

"오토네, 오토네! 정신 차려, 내가 있어! 내가 곁에 있으니까 괜찮아!"

남자의 목소리가 멀리 아득한 곳에서 들리는 듯했다. 남자가 격하게 몸을 흔들어서 한순간 실신할 뻔한 나는 겨우 그 직전에 정신이 돌아왔다. 그때 도도로키 경부의 무서운 중얼거림이 내 귀에 들려왔다.

"긴다이치 선생, 두 사람 목 주변에 남은 자국은 무명 끈으로 졸린 흔적 같소만."

"당신! 당신!"

나는 남자의 팔 안에서 절규했다.

"저 두 사람은 내가 꿈에서 본 후 살해당한 거예요. 그렇지 않으면…… 그렇지 않으면 난 유령을 본 게 되는걸요."

"오토네 씨, 어쨌거나 이 경우는 후자인 것 같군요."

긴다이치 코스케 씨의 엄숙한 말이 귀에 꽂혔을 때 나는 다시 한 번 실신할 것만 같았다.

"싫어! 싫어! 그런 무서운 거…… 그렇게 무서운 거…… 싫어! 싫다고!"

나는 남자의 가슴에 얼굴을 묻고 떼쟁이 아이처럼 고개를 저었다. 그때 경관 한 사람의 말이 문득 내 마음을 붙들었다.

"경부님, 여기 이런 담배 케이스가 나왔는데요. 피해자 것일까요, 그렇지 않으면 범인의?"

담배 케이스……?

나는 최근 어딘가에서 같은 말을 들은 기억이 떠올라 파득 고개를 들고 경관의 손에 들려 있던 물건을 보았다.

"어머! 그건 우에스기 백부님의……."

남자가 당황해서 내 입을 막으려 했으나 이미 늦었다.

긴다이치 코스케 씨와 도도로키 경부를 필두로, 경관들은 일제히 저편에 서 있던 우에스기 백부님을 돌아보았다.

우에스기 백부님은 놀란 듯 눈썹을 찌푸리며 이쪽을 보고 있었지만 그러던 중에 경관이 든 담배 케이스를 알아차렸다.

아아, 나는 금후 몇만 몇천 년을 살아도 그때의 백부님의 얼굴을 뇌리에서 지울 수 없을 것이다.

순식간에 백부님의 뺨이 일그러지고 머리털이 곤두섰다. 여느 때의 활달한 백부님의 얼굴이 악마처럼 무시무시한 형상으로 변모하나 싶더니 빙글 몸을 돌려 삼수탑 쪽으로 쏜살같이 달려 나갔다.

"저놈 잡아라! 도망치게 해서는 안 돼!"

도도로키 경부의 분노에 찬 목소리.

하지만 다테히코 삼촌이나 마을 사람들이 우에스기 백부님의 움직임을 알아차리고 돌아보았을 때 백부님의 모습은 이미 멀리 떨어져 있었다.

"제기랄! 제기랄! 악당 놈! 악당 놈!"

회오리바람 속을 미친 듯이 달려가는 도도로키 경부와 경관들의 뒷모습을 바라보며 나는 남자의 팔 안에서 비틀거리고 있었다. 바람은 한층 강하게 불었다. 분명 초속 15미터를 넘어섰을 것이다.

"어떻게 된 거예요? 우에스기 백부님이 어떻게 된 건가요?"

"오토네, 정신 차려. 넌 아무 생각도 하지 않는 게 좋아."

"하지만, 하지만 백부님의 담배 케이스가 어째서 저런 곳에……."

"그러니까, 그러니까 넌 아무것도……. 앗!"

갑자기 남자가 절규하는 바람에 나는 놀라 고개를 들었다. 마침 그때 불어온 회오리바람 속에 머리를 흩날리며 삼수탑으로 달려가는 우에스기 백부님의 뒷모습이 보였다.

"오토네, 오토네! 뇌, 뇌, 저 탑 속에 내 목숨이! 내 생명이!"

"나도 가요. 날 두고 가면 안 돼!"

회오리바람 속에 황급히 남자 뒤를 쫓아가던 나는 전부 미쳐버린 거라고 생각지 않을 수 없었다.

토치카 속에서 나온 진흙투성이의 두 시체, 묘한 곳에서 나온 담배 케이스, 갑자기 악당처럼 변모한 우에스기 백부님, '악당! 악당!' 하고 욕을 퍼붓던 도도로키 경부와 경관들.

오늘 이 날씨처럼 혼란한 내 머릿속에는 그 사건들을 이어 붙여 정리할 능력이 결여되어 있었다. 그저 한 가지 확실한 건 저 탑에 사랑하는 남자의 운명이 걸려 있다는 사실뿐.

백부님보다 한 걸음 늦게 도도로키 경부 일행이 삼수탑으로 달려갔을 때 그 면전을 가로막은 것은 양쪽으로 여는 육중한 떡갈나무 문이었다. 분노에 가득 찬 노호와 함께 그 문은 경관들에 의해 난타당했다. 그럼에도 완강하게 열리지 않는 것은 백부님이 안에서 빗장을 걸었기 때문일 것이다.

"곡괭이, 곡괭이를!"

도도로키 경부가 외치는가 싶더니 그 말이 끝나자마자 두세 사람이 이쪽으로 되돌아왔다. 그 사람들이 나와 엇갈려 지나갔을 때였다.

"아앗!"

비통한 절규가 내 앞을 달려가는 남자의 입술에서 새어 나왔다. 말 그대로 그것은 창자가 끊어지는 듯한 소리였다.

나도 회오리바람 속에서 고개를 들었다. 그리고 보았던 것이다. 우리의 희망이 꿈처럼 무너져 가는 것을.

삼수탑 내부에서 자욱하게 연기가 뿜어져 나오고 있다.

아아, 저 탑에는 전깃불이 켜져 있지 않다. 조명은 죄다 원시적인 석유램프나 양초, 유채기름을 쓰고 있다.

나는 강한 석유 냄새를 맡았다. 그리고 다음 순간, 자욱한 연기 뒤로 이무기의 혓바닥 같은 불길이 활활 타오르는 것을 보았다.

문 앞에 모인 경관들도 이것을 보더니 '앗' 하고 소리 지르며 뒤로 흩어졌다. 곡괭이를 짊어진 두세 사람이 탑 쪽으로 돌아왔으나 때는 이미 늦었다. 때마침 불어온 회오리바람에 휩쓸려 불꽃의 혓바닥은 순식간에 삼수탑 전체에 퍼졌다.

"제, 제기랄!"

한순간 넋을 놓고 서 있던 남자가 이를 악문 소리를 내며 타오르는 삼수탑을 향해 달려가려는 것을 보고 나는 당황해서 그 팔에 매달렸다.

"진정해요……."

"놔! 놔! 오토네! 내 목숨이, 내 모든 생명이……."

"하지만, 하지만……."

"놔! 놔! 오토네……!"

아수라처럼 날뛴다는 말은 이럴 때 쓰는 말이겠지. 남자의 팔에 매달려 나는 누더기 걸레처럼 흔들렸다.

"그만해요, 다카토 씨. 아니, 슌사쿠 씨."

옆에 와서 남자의 팔을 잡고 본디대로 돌려놓은 것은 더벅머리의 긴다이치 코스케 씨.

"그쪽은 내가 긴다이치 코스케란 걸 잊은 건가요?"

"네?"

"당신은 나를 좀 알아준다 싶었는데 의외로군요."

자신에 차서 싱글벙글 웃고 있는 긴다이치 코스케 씨의 표정을 보던 남자의 눈동자가 갑자기 반짝 빛났다.

"긴다이치 선생님; 그, 그럼 당신이……."

"자, 들어봐요, 슌사쿠 씨."

그때 긴다이치 코스케 씨의 태도에도 말투에도 잘난 척은 털끝만큼도 없었다. 그는 그저 담담하게 남자에게 들려주었다.

"난 방금 삼수탑에 불을 붙인 그 범인을 몰래 뒤따라 여기까지 왔어요. 그리고 저 삼수탑을 발견했죠. 난 그 빈 우물을 발견하기 전에 탑 안을 샅샅이 수색했어요. 다행인지 불행인지 탑에는 내 수사를 방해하는 사람은 하나도 없더군. 그런데 내가 그처럼 중요한 걸 놓칠 남자라고 생각해요?"

"서, 선생님!"

남자는 그 자리에 털썩 무릎을 꿇었다. 나도 같이 무릎을 꿇고 남자의 어깨에 손을 올렸다.

"난 처음으로 당신이…… 아니, 두 사람이 찾는 것이 뭔지 알았어요. 그런데 말이죠, 다카토 슌사쿠 씨."

"예."

"이건 도도로키 경부님도 잘 아시는데, 난 어지간한 확신, 혹은 확증이 없으면 단정 짓는 말은 안 하는 사람이에요. 그런 내가 당신을 다카토 슌사쿠라고 불렀어요. 이건 굉장히 실례되는 일이지만 빈 우물에서 구출했을 당시 당신은 일시적으로 실신 상태에 빠졌어요. 그때 몰래 지문을 채취했죠. 게다가 난 지문 감별에는 자신이 있거든."

"선생님! 긴다이치 선생님!"

흙 위에 양손을 짚고 깊숙이 고개를 숙였을 때 남자의 눈에서 억수처럼 눈물이 흘렀다. 옷자락을 나부끼면서 서 있는 이 작고 궁상맞은 사람이 왠지 위대하게 보였겠지. 나는 말 그대로 그 뒤에서 후광이 비치는 것 같다고 생각했다.

"선생님, 고맙습니다."

나 역시 순순히 양손을 짚었다.

그때 삼수탑은 바지직 뭔가 튀는 것 같은 큰 소리와 함께 전신에서 금분을 뿜어내나 싶더니 단숨에 불길에 에워싸였다.

"자, 이걸로 전부 끝났어. 범인은 삼수탑과 운명을 같이했어. 이제 피비린내 나는 살육은 일어나지 않겠지."

긴다이치 코스케의 중얼거림이 들려왔다. 우리는 끌어안은 채 회오리바람 속에서 불길에 싸여 무너져 가는 삼수탑을 언제까지나, 언제까지나 바라보고 있었다.

대단원

아아, 이 얼마나 안락한 나날인가. 피바다에 전신을 담근 채 발버둥 치고 헐떡이고 몸부림치던 나에게 이처럼 안락한 날이 돌아오리라고는…….

나는 지금 쇼난의 바다가 내려다보이는 따뜻한 방에서 이 수기를 쓰고 있다. 내 옆에는 사랑하는 남편이 느긋한 자세로 소파에 기대 조용히 책을 읽고 있다. 때때로 우리는 눈을 들어 애정에 찬 미소를 주고받는다.

겐조 노인은 바다 저편에서 죽었다. 그리고 우리는 지금 막대한 유산 상속의 수속 중에 있다. 우리는 구로카와 변호사 부부의 중매*로 결혼했고 아타미(熱海)의 집도 구로카와 씨의 도움으로 손에 넣었다.

이 집에는 이따금 다테히코 삼촌과 가사하라 가오루가 손을 잡고 놀러 온다. 두 사람도 조만간 결혼할 것 같다. 유산 상속 수속이 끝나면 이 두 사람에게도 뭔가를 해주지 않으면 안 되겠다고 우리는 이야기하고 있다. 다테히코 삼촌은 그런 걱정은 하지 말라며 웃지만…….

지금 우리 부부의 최대 관심사는 상심한 시나코 님을 어떻게 위로하느냐는 것이다. 시나코 님은 지금 도쿄의 집을 팔고 가마쿠라에서 상심한 몸을 돌보고 계시다. 백부님에 대한 믿음이 두터웠던 만큼 시나코 님의 탄식은 애처롭기만 하다. 우리는 여러 번 이 집에 오시라고 말씀드렸지만 시나코 님은 들어주시지 않는다. 하지만 언젠가 정성이 통하여 반드시 우리와 생활을 함께 해주실 것이다.

아무튼 모를 것은 사람 마음이다. 백부님이 나를 사랑하고 계셨다니. 그것도 지금 옆에 있는 남편이 나를 사랑하는 것과 같은 의미로.

"그렇습니다. 그것이 모든 비극의 발단입니다."

---

* 일본은 연애결혼이라 하더라도 형식적인 중매인이 있으며. 중매인은 결혼식에 참석해 증인 겸 주례 등 식을 이끄는 역할을 한다.

긴다이치 코스케 씨가 엄숙한 얼굴로 설명했다.

"우에스기 선생님은 오토네 씨를 아무한테도 넘겨주고 싶지 않았겠죠. 그래서 우선 오토네 씨의 남편으로 정해진 다카토 슌사쿠…… 사실은 사촌인 고로였지만, 그 남자를 죽였습니다. 하지만 그 때문에 오토네 씨가 유산 상속의 권리를 잃을 게 아쉬웠어요. 자기 자신의 물욕에서가 아니라 분명 사랑하는 오토네 씨 때문에 아쉬웠겠죠. 그런데 두 번째 유언장이 발표되었을 때 시가 라이조나 기토 쇼이치의 발언에서 한 명이라도 죽으면 그만큼 오토네 씨의 상속액이 늘어난다는 걸 알았어요. 그래서 그 무서운 살육이 개시되었던 겁니다. 그건 분명 자신에 의해 전 재산의 상속권을 잃은 오토네 씨에 대한 속죄와도 같은 마음이지 않았을까요."

"긴다이치 선생님, 그럼 우에스기 선생님은 회갑연날 밤, 이미 가사하라 미사오가 사타케 일족이란 사실을 알고 계셨던 겁니까?"

남편의 조리 있는 질문에 대해 긴다이치 코스케 씨는 이렇게 대답했다.

"자, 이런 겁니다. 그런 점 때문에 우에스기 선생님은 본인도 자각하지 못한 채 사건 밖으로 벗어나 오래도록 우리의 맹점 속에 숨어 있을 수 있었습니다. 선생님이 그 일을 아셨을

리 없었을 테니까요."

"그럼 왜……?"

"슌사쿠 씨. 사물을 죄다 합리적으로 보려는 것은 좋습니다. 또 그래야 하지만, 한편으로 세상에는 이상한 우연의 일치가 있다는 것도 아셔야 합니다. 그렇지만 그날 밤 가오루와 미사오 자매가 거기 온 것은 우연의 일치가 아닙니다. 사타케 다테히코 씨가 자기 일족으로서 두 사람을 거기 데려온 거니까. 하지만 우에스기 선생님이 그 방…… 고로가 살해된 방에서 나오는 자리에 우연히 미사오가 있었다면…… 그땐 이미 미사오가 사타케 일족인지 아닌지 그런 것과 관계없이 살려둘 수가 없죠. 그런데 때마침 미사오가 사타케 일족이었기 때문에 도리어 선생님은 아주 유리한 입장이 되었던 겁니다."

"그렇군요."

남편은 감회 어린 표정이었다. 내 감회는 한층 더했다.

나중에 생각하니 미사오는 세 번째 희생자였지만, 내가 실제 목격한 첫 희생자는 그 사람이었다. 그 이후 나는 엄청난 피바다를 건너지 않으면 안 되었다.

그 생각을 하니 나는 지금 이렇게 안락한 생활에 몸을 맡기고 있음에도 새삼 서늘한 땀이 배는 듯한 전율을 막을 수 없다. 남편은 가능한 한 빨리 잊으라고 말해주었지만.

"긴다이치 선생님, 비밀탐정을 죽인 이유는요……?"

"우에스기 선생님은 고로에게 그런 문신이 있다는 걸 몰랐지 않았을까요. 그래서 피해자와 자신은 인연도 연고도 없는 생면부지 타인이라고 하면 통하리라 싶었겠죠. 단 한 사람, 두 사람의 관계를 아는 건 비밀탐정인 이와시타 씨. 그래서 그 사람을 죽이고 입을 봉해버리자…… 했던 거죠."

이상이 긴다이치 코스케 씨의 설명이고, 이 설명에 의해 모든 수수께끼는 해명되었다고 생각한다.

나머지 살인의 경우, 범인이 우에스기 백부님일 리 없다는 반증은 어디에서도 나오지 않았다.

예를 들어 두 번째 유서가 발표된 후 첫 번째 희생자는 시마바라 아케미였다. 그 사건의 경우에도 내 알리바이는 엄격하게 검토되었지만 아무도 백부님의 알리바이에 눈을 돌리는 사람은 없었다. 분명 다른 사건의 경우에도 그랬을 것이다.

강연 여행 도중 백부님은 이틀 정도 단독 행동을 했다고 한다. 분명 후루사카 시로의 트렁크 속에 있던 사진으로 삼수탑의 소재를 알게 된 백부님은 몰래 황혼촌에 오셨을 것이다. 그리고…… 그리고…….

단 한 가지 여기서 아무도 이해 못하는 것은 내가 꾼 무서운 꿈이다. 그것이 사건 해결의 단서가 되었으니 그 생각을 하면 나는 지금도 이가 딱딱 맞부딪치는 두려움을 느낀다.

하지만 그에 대해서는 깊이 생각하지 말자고 나는 결심했다.

긴다이치 코스케 같은 합리주의자조차 "세상에는 이치를 벗어난 일이 있으니까요." 하고 아연해했을 정도이니 내가 아무리 생각해봤자 알 리가 없다.

그저 한 가지 여기 덧붙이자면 호넨 스님은 그로부터 열흘 정도 지난 후 황혼고개의 산속에서 목매달아 죽은 채로 발견되었다고 한다. 남의 손에 의한 것은 아니고 스스로 목매달아 죽었다고 한다.

게다가 호넨 스님의 사망시일은 후루사카 시로나 사타케 유카리보다 나중이라고 한다. 이상한 것은 그가 목을 매단 나무 밑에는 기토 쇼이치가 가지고 있던 것과 같은 대나무 껍질이 대여섯 개 흩어져 있었고 그 대나무 껍질에는 밥알이 가득 달라붙어 있었다는 점이다.

이걸 보면 내 남편이 빈 우물 속에서 예상한 대로 후루사카 시로와 사타케 유카리, 호넨 스님과 기토 쇼이치, 이 네 사람 사이에 피로 피를 씻는 심각한 분열이 일어났던 건 아닌가 짐작하고 있다.

호넨 스님도 기토 쇼이치 살해에 가담했는지 어떤지는 별개로 하고, 그도 역시 그 무리에서 도망치고 싶어졌겠지. 그리하여 잔뜩 식량을 준비해 황혼고개의 산속 깊은 곳으로 도망쳐 한동안 그곳에서 조금씩 식량을 먹으며 목숨을 부지했지만 식량이 떨어짐에 따라 스스로 목매어 죽었을 거라고 한다.

이것도 오로지 동성애 지옥의 결과였을지도 모른다.

아무튼 이걸로 어느 정도 자세한 사정은 이야기를 끝냈지만, 여기 한 가지 나 자신에게 의문이 남아 있다. 그것은 후루사카 시로와 사타케 유카리의 시체와 함께 백부님의 담배 케이스가 나왔을 때 남편이 내 발언에 당황해서 내 입을 틀어막으려 했던 일이다. 그 일에 대해 이제부터 들어보자.

"당신에게 물어보고 싶은 게 있어요. 숨기지 말고 말해줄래요?"

"무슨 일이지, 오토네?"

"당신은 혹시 우에스기 백부님이 범인이란 걸 전부터 알고 있지 않았나요?"

남편은 잠자코 내 얼굴을 보고 있다가 내 진지한 표정을 알아차리고 일어서더니 남편 전용의 화장대 서랍에서 반지 케이스를 꺼냈다.

"열어봐."

아무 생각 없이 그것을 연 순간 나는 무심코 '앗' 하고 숨을 삼켰다. 안에는 진주로 만든 버튼이 하나 들어 있었다. 그것은 분명 백부님의 와이셔츠 버튼이 아닌가.

"이건……?"

"오토네, 언젠가 구로카와 선생님 사무실에 관계자 일동이 집합했을 때 백부님도 계셨지. 그때 난 이 버튼을 백부님 와이셔츠에서 보았어. 그런데 나중에 에도가와 아파트에서 살해당한 헬렌 네기시가 이 버튼을 손에 쥔 걸 발견했지. 하지만 네 마음에 상처를 입히고 싶지 않아서 잠자코 있었어. 백부님을 더할 수 없이 경애하는 네 순정을 짓밟고 싶지 않았지. 알겠어?"

"당신…… 당신……."

눈물이 치밀어 올랐다. 눈물은 계속해서 내 뺨을 타고 흐른다. 나는 이런 사람을 악당이라고 불러왔던 것이다.

"오토네, 좀 진정하고 내 얘길 들어주지 않겠어? 이건 너한테도 아주 중요한 일이라고 생각하는데……."

"네, 뭔가요……?"

"백부님은 많은 사람들에게 손을 대셨어. 그리고 삼수탑 옆에서 담배 케이스가 발견되었을 때까지는 꼬리 하나 잡히지 않았지. 그래서 세상 사람들은 백부님을 악의 천재, 희대의 계획적 범죄자로 여기고 있어. 하지만 실제는 그렇지 않았을 거라 생각해."

"네……."

"백부님은 그저 되는대로, 이른바 운에 맡기고 결행한 것에 지나지 않았다고 생각해. 그게 백부님의 지위나 신분이나 명성, 그런 것들과 여러 우연이 쌓여 도와준 것에 지나지 않았다 싶어. 예를 들어 도쿄에서 일어난 살인사건의 경우, 항상 거기에는 미야모토 오토네란 여성과 정체불명의 암거래상 보스의 그림자가 아른거려서 수사당국은 그쪽에 현혹되고 말았지. 긴다이치 선생은 별개지만. 이 버튼이나 담배 케이스는 그 좋은 예인데 백부님은 그 외에도 여러 가지 실수를 하시지 않았을까 싶어."

그렇다. 학자 체질인 우에스기 백부님은 좀 덜렁거리는 구석이 있어서 자주 물건을 잃어버리시고는 가즈코 이모님에게 야단을 맞고 그러셨지……

내가 그 사실을 말하자 남편도 끄덕였다.

"그렇겠지. 그런 사람이 그런 일을 결행했어. 그것도 일편단심으로 너를 사랑하고, 그리고 긴다이치 선생도 지적하셨듯 너에게 속죄하는 마음에서 그렇게 많은 피를 흘리게 했지. 그러니 백부님은 세상에서 말하는 악의 천재는 아니야. 너도 백부님을 용서해드리지 않으면 안 된다고 생각해."

"당신, 고마워요."

나는 마침내 그 자리에 엎드려 울고 말았다.

작품해설

요코미조 세이시 표 롤러코스터

decca (howmystery.com 운영자)

 작가 요코미조 세이시는 요샛말로 얘기하면 '멀티태스킹'에 강했다. 연보를 살피면, 단순히 다작을 넘어 불가사의할 정도의 동시 연재 능력이 확인된다. 이런 경향은 1954년부터 두드러지는데, 1954년에는 6편을 발표했고 1955년 역시 6편, 1956년에는 9편을 발표하더니 1957년에는 15편을 써내려갔다. 트릭에 집중하는 본격 미스터리를 쓰는 일은 상당한 공이 들기 마련이다. 이러한 다작의 모습은 요코미조 세이시의 작풍이 변화하고 있다는 것을 의미한다.

 제2차 세계대전의 패배 이후 십여 년, 일본은 패전의 상처를 추스르고 발전의 고삐를 바짝 죄고 있었다. 한편, 허무주의가 팽배해 사회 질서가 흐트러지고 곳곳에 퇴폐가 독소처럼 자리 잡는 시기이기도 했다. 본격 미스터리 작가이지만, 고료로 생계를 잇는 대중소설 작가이기도 한 요코미조 세이

시가 당대의 경향을 따른 것은 너무나도 당연한 일일 것이다. 1950년대에 들어선 요코미조 세이시의 작품은 정교하게 다듬은 본격 미스터리라기보다는 당대의 유행에 편승한 대중소설에 가까웠다. 이 점은 걸작으로 손꼽히는 그의 작품이 대부분 약력 초기와 말기에 몰려 있다는 사실에서도 드러난다.

요코미조 세이시가 절필을 선언한 시점이 1964년. 작가 약력으로 보면 중기에 속하는 1950년대 후반의 걸작은 대략 두 편으로 추려지는 듯하다. 하나는 이미 국내에 소개된 《악마의 공놀이 노래》(1957), 다른 하나는 바로 《삼수탑》이다. 《삼수탑》은 1955년 1월부터 12월까지 연재된 작품이다. 앞서 얘기했듯, 요코미조 세이시는 이 해에만 《흡혈 나방》, 《두레우물은 왜 삐걱거리나》, 《목》, 《폐원의 귀신》까지, 여섯 편의 작품을 발표했다.

《삼수탑》은 이미 긴다이치 코스케 시리즈를 읽은 독자라면 낯설다고 생각할 정도로 매우 이채로운 작품이다. 먼저 여성 1인칭 시점이 눈에 띈다. 1인칭 시점이야《팔묘촌》등에서도 이미 효과적으로 사용된 바 있지만, 여성의 시점으로 진행된 것은 시리즈 중에서도 매우 드문 경우이다. 그만큼 사건의 전개가 감정적인 면과 강하게 연결돼 있다. 또 인칭의 변화는 작품의 성격에 큰 변화를 가져왔다. 즉, 여주인공이 사건에 휘말리는 구성을 취함으로써《삼수탑》은 국내 소개된 어떤 긴다이치 코스케 시리즈보다도 서스펜스 요소가 두드러진다.

"'맑고, 바르게, 아름답게'를 인생 목표로 삼아온 미야모토 오토네는 백억 엔이라는 어마어마한 금액의 상속자 중 한 명으로 지목되면서 망망대해의 조각배처럼 사건에 휩쓸리기 시작한다. 하나둘 나타나는 기이한 등장인물들(당연히 모두 재산을 노리고 있다). 그리고 몰아치는 피바람, 극적인 순간마다 나타나는 운명의 남자……. 세 사람의 목이 조각돼 놓여 있는 수수께끼의 탑……."

《삼수탑》은 이렇게 슬쩍 요약해도 간질간질한, 서스펜스가 듬뿍 담긴 풍속소설의 면모를 지닌 작품이다. 게다가 전후 일본 사회의 퇴폐성을 고스란히 반영한 묘사는 수위가 상당히 높고, 미야모토 오토네의 행동은 현대의 여성성과 제법 거리가 있어 이채롭다는 말 외에는 달리 표현할 방법이 없어 보인다.

또 재미있는 점은 '긴다이치 코스케'의 역할이다. 보통 1인칭 시점의 당사자(범인, 피해자 혹은 범인으로 지목받은 인물일 경우가 많다)가 바라보는 긴다이치 코스케는 아무런 존재감이 없거나, 도움이 전혀 안 되지만 왠지 찜찜한 탐정 등으로 묘사되기 일쑤였지만, 《삼수탑》에서는 여주인공 미야모토 오토네에게 상당한 압박을 주는 당당한 명탐정으로 그려지고 있다. 하지만 명탐정 긴다이치 코스케가 그렇게 눈을 부릅뜨고 사건의 면면을 지켜보고 있음에도 불구하고 《삼수탑》에서는 역대 최대의 시체가 등장한다. 자의든 타의든 칼에 찔리고, 목이 졸리고, 독약을 먹고, 불에 타죽은 사람만 총 12명. 게다가 작품 전체를 샅샅이 훑어봐도 긴다이치 코스케에게 사건을 의뢰한 사람은 찾을 수 없으니, 실로 사람을 망연케 하는 저주받은 명탐정이라 할 수 있을 듯하다.

《삼수탑》 역시 여타 긴다이치 코스케 시리즈처럼 어김없이 영상으로 옮겨졌다. 1956년에 영화로, 그리고 1972년, 1977년, 1988년, 1993년 드라마로 모두 5회 영상화됐다. 헌데, 드라마 타이틀이 좀 심상치 않다. 각각 '화요일의 여자 시리즈', '요코미조 세이시 시리즈', '토요와이드 극장', '월요 드라마 스페셜' 등이다(가장 잘 알려진 1977년 드라마의 분위기는 buta-neko. net/blog/archives/2006/05/post_842.html에서 확인할 수 있다).

1년 365일 드라마가 방송되는 드라마 왕국 일본에는 '2시간 드라마'라는 독특한 형태가 존재한다. 1970년대 후반부터 생겨나기 시작한 '2시간 드라마'는 1980년대에 들어서면서 방송국들이 앞다퉈 제작에 참여할 정도로 엄청난 호황을 누렸다. 방영 시간대는 보통 오후 9시부터 11시로, 중장년층을 겨냥한 '2시간 드라마'는 유독 미스터리나 서스펜스를 많이 다뤘다. 게다가 특유의 선정성과 폭력성 때문에 '범죄를 조장한다'며 종종 비판받곤 했다. 한밤의 드라마 시청률이란 뻔한 것이다. 화려하고 끈적이는 사건의 이면에 자로 잰 듯한 정밀한 미스터리는 당연히 존재할 수 없었다(히가시노 게이고는

《명탐정의 규칙》에서 '여사원 온천 살인 사건—두 시간 드라마의 미학'이라는 제목으로 '2시간 드라마'의 속성을 슬쩍 비웃기도 했다).《삼수탑》은 일본인에게 원작보다는 이런 '2시간 드라마'로 더 잘 알려져 있다. 그만큼 본격 추리로서의 즐거움보다는 독자를 흥분시키는 롤러코스터 같은 서스펜스가 잘 발휘된 작품인 것이다.

《삼수탑》은 요코미조 세이시의 과도기적 형태의 작품이다. 작품 속에서 본격 미스터리의 순수성과 당대 풍속을 반영한 통속성이 끊임없이 교차하고 있다. 요코미조 세이시의 오랜 팬이라면 미스터리의 풍미가 상당 부분 사라진《삼수탑》이 탐탁지 않을 수도 있겠다. 하지만 '삼수탑'을 통해 특유의 분위기를 생성하고 범인의 의외성을 안배한 노련함은 여전히 돋보인다. 변화하는 시대 속에서도 여전히 자신의 스타일을 유지하려는 작가의 고심이 엿보이는 대목이랄까. 작중에서 긴다이치 코스케는 이렇게 말한다.

"슌사쿠 씨. 사물을 죄다 합리적으로 보려는 것은 좋습니다. 또 그래야 하지만, 한편으로 세상에는 이상한 우연의 일치가 있다는 것도 아셔야 합니다."

맞는 말이다. 《삼수탑》을 본격 미스터리의 잣대로 재려 하면 할수록 오히려 뒷맛만 개운치 못하다. 우연의 남발, 손쉬운 살인의 허점을 지적하기보다는 요코미조 세이시가 준비한 서스펜스 롤러코스터에 몸을 싣는 것이 어떨까. 여주인공 미야모토 오토네의 두근거림과 함께하다 보면 어느새 행복한 대단원에 이르게 된다. 즐거움이란 대중소설의 미덕에 가장 충실한 작품인 것이다.

옮긴이 **정명원**

1974년생으로 이화여자대학교 신문방송학과를 졸업하였다. 옮긴 책으로 《이누가미 일족》《옥문도》《팔묘촌》《악마의 공놀이 노래》《악마가 와서 피리를 분다》《밤 산책》《여왕벌》 등이 있다.

삼수탑

2010년 12월 18일 초판 1쇄 발행
2011년 6월 25일 초판 3쇄 발행

지은이 | 요코미조 세이시
옮긴이 | 정명원
발행인 | 전재국

본부장 | 이광자
단행본개발실장 | 박지원
책임편집 | 박윤희
마케팅실장 | 정유한
책임마케팅 | 정남익 노경석 조용호
제작 | 정응래 박순이

발행처 (주)시공사
출판등록 1989년 5월 10일(제3-248호)

주소 | 서울특별시 서초구 서초동 1628-1(우편번호 137-879)
전화 | 편집(02)2046-2852·영업(02)2046-2800
팩스 | 편집(02)585-1755·영업(02)585-0835
홈페이지 www.sigongsa.com

ISBN 978-89-527-6031-9 03830
ISBN 978-89-527-4678-8 03830 (set)

본서의 내용을 무단 복제하는 것은 저작권법에 의해 금지되어 있습니다.
파본이나 잘못된 책은 구입하신 서점에서 교환해 드립니다.